TROMPER LA MORT

Maryse Rivière

Tromper la mort

Roman

Fayard

L'éditeur remercie Jacques Mazel pour sa contribution.

ISBN : 978-2-213-68193-1

Le Prix du Quai des Orfèvres a été décerné sur manuscrit anonyme par un jury présidé par Monsieur Bernard Petit, Directeur de la Police judiciaire, au 36, quai des Orfèvres. Il est proclamé par M. le Préfet de Police.

Novembre 2014

Prologue

Noir total. La peur cognait dans sa tête. Les fines particules de poussière disséminées dans l'air le saisissaient à la gorge comme une main invisible. Sous ses pieds, le sous-sol tremblait par à-coups. Morlaix tendit un bras, puis l'autre, animé par un instinct de survie qui lui ordonnait d'avancer, malgré la douleur et le goût de la mort dans la bouche. La pierraille, coupante comme du verre, déchirait ses vêtements, tailladait sa peau. Sa connaissance des carrières ne lui était plus d'aucun secours, il avait perdu tous ses repères à la suite de l'éboulement. Un bloc se détacha, heurta violemment sa jambe. Il se jura qu'il ne crèverait pas ici, pas de cette manière en tout cas. Il s'arracha, rampa jusqu'à un boyau plus large. Tout son être frissonnait. Palier par palier, comme un plongeur en apnée, il nageait dans un océan de pierres.

Un puits de carrière devait se trouver à proximité, sinon comment expliquer que le simple coup de feu d'une arme ait pu déclencher un tel effondrement ? Si c'était le cas, il s'en sortirait. Ces puits ne sont jamais très éloignés de la surface. Il restait toujours des cavités que le béton ne parvenait pas à combler.

Comme il avait aimé circuler dans ce Paris inversé, retourné comme un décor en creux, à sa mesure, grandiose et théâtral. L'obscurité lui rappelait les ténèbres originelles, les eaux profondes, il s'était senti tout-puissant dans cet univers secret et silencieux.

Il tendit l'oreille, crut entendre un aboiement au fond de l'abysse. La brigade de surveillance de l'inspection des carrières avait fini par lâcher ses chiens, signe qu'on le croyait encore en vie. De nouveau, l'adrénaline et l'angoisse ! Ne plus bouger. Attendre, tapi, que ses poursuivants se découragent. Position du fœtus s'accrochant à la vie dans le ventre de la terre. *Cet éboulement, c'est peut-être ma chance, tout le monde me croira mort et je pourrai tout recommencer.* L'idée chemina en lui, aidant son cœur à reprendre un rythme à peu près normal.

Le calme semblait revenu dans les entrailles de la Terre. Les flics avaient-ils capitulé ? À moins qu'ils n'aient été engloutis, eux aussi, sous ces tonnes de gypse ? Enterrés vivants ? Le capitaine Escoffier était peut-être mort ? Escoffier, son pire ennemi, le seul capable de lire en lui.

Une bouffée d'oxygène lui rendit un peu d'espoir : une cavité devait être proche.

Un grondement lointain le mit en alerte, la roche vibrait. La ligne de métro *Porte d'Orléans-*

Porte de Clignancourt passait tout près. Il se faufila dans la direction du bruit, se hissa dans une poche de vide au prix d'un immense effort. L'obscurité se mua en pénombre ; des madriers abandonnés par les anciens carriers pour soutenir la grotte, dessinaient des formes insolites. L'espace résonnait comme s'il s'était élargi tout à coup. Haletant, il escalada un monticule de gravillons, rejoignit une lumière diaphane qui filtrait au sommet de la cavité à travers une grille de protection. Quelques centimètres le séparaient du monde des vivants. La grille céda d'un coup d'épaule.

Sauvé ! Il était sauvé !

Morlaix se retrouva sur une pelouse, aveuglé par le soleil, assailli par les bruits de la ville. Des fourrés, des arbres et des sentiers bucoliques l'entouraient : il reconnut les jardins publics, au pied du Sacré-Cœur. Un couple d'amoureux le prit pour un terrassier et continua son chemin en se bécotant, tandis qu'il se mêlait aux passants. Personne ne prêtait attention à ses loques poussiéreuses, à sa démarche d'homme ivre, à ses yeux effarés, aux griffures de ses bras, à ses doigts boursouflés et sanguinolents. Seul un enfant le dévisagea avec curiosité et le suivit du regard un long moment.

Quelques heures plus tard, de gros engins de travaux publics réparaient les dégâts. Les ingénieurs des Carrières calmaient les riverains et criaient des ordres aux ouvriers. Le ballet mécanique entreprit de couler des tonnes de béton dans les failles, les poches et les puits de carrière. Il fallait à tout prix éviter un éboulement plus grave encore.

Les policiers croyaient ainsi sceller la tombe de Yann Morlaix, *ad vitam aeternam* !

C'était mal le connaître...

Le lendemain, il rejoignait la Bretagne à bord d'une voiture volée, et frappait à la porte de Michel Le Bihan, son ami d'enfance. À douze ans, les deux garçons avaient conclu un pacte de fidélité « à la vie, à la mort ». Adultes, leurs vies avaient suivi des chemins différents. Yann avait fait le choix de la capitale où il tenait l'une des dernières librairies de Montmartre. Michel avait préféré une existence provinciale et militante. Il enseignait la philosophie dans un lycée de Carhaix et présidait une association culturelle de défense de la langue bretonne et des racines celtiques. Michel Le Bihan, lui, n'avait jamais tué personne ! Maintenant, la violence et la mort les séparaient.

Les yeux horrifiés, un rictus de dégoût au coin des lèvres, le prof de philo écoutait son ami en train de se justifier : ce n'était pas de sa faute s'il était devenu un meurtrier, la vie en avait décidé ainsi. Un destin banal, une enfance ordinaire... Il avait décroché un diplôme de libraire à Paris, et partageait sa vie avec Lisa, une conférencière formée à l'École du Louvre. Elle avait une fillette qu'il considérait comme sa propre enfant. Le propriétaire de la librairie *Point-Virgule*, Thibault Lavigne, se reposait entièrement sur lui. Yann s'était imposé comme son successeur naturel. Tout le monde s'accordait à dire qu'il était un excellent professionnel, jusqu'au jour où l'ex de son patron, Nadine Pascoli, une éditrice à la réputation sulfureuse, avait monté un complot contre lui dans le but de l'écarter. Il n'avait pas supporté cette humiliation. Peu à peu, une fièvre irrésistible s'était emparée de lui et l'avait submergé. Il avait basculé dans le crime, prisonnier d'une force qui le dépassait.

Michel se sentait tenu par leur pacte. Et il n'était pas du genre à dénoncer un ami, encore moins à le livrer à la police, même si Morlaix était devenu un dangereux criminel. Que faire de cet hôte encombrant ? Il cacha Yann dans une ferme abandonnée, entre Monts d'Arrée et Montagnes Noires, le temps de trouver une solution.

— Officiellement, tu n'existes plus, il ne te reste qu'une chose à faire, disparaître pour toujours.

— Où veux-tu que j'aille ?

— Je connais des gens en Irlande.

— Pourquoi pas la Patagonie, pendant que tu y es ?

– Personne ne viendra te chercher en Irlande.

Morlaix avait-il le choix ? La France entière connaissait son visage.

– Réfléchis bien. Tu n'as pas d'autres issues, insista Michel Le Bihan, à bout d'arguments.

Yann Morlaix se rasa le crâne, s'habilla de vêtements passe-partout et se concentra sur son nouveau personnage. Le Bihan lui confia de quoi vivre pendant une dizaine de jours, ainsi que l'adresse de Susie O'Brien dans la banlieue de Dublin.

– On est quittes pour toujours, conclut Michel, le jour du grand départ. Considère notre pacte comme définitivement rompu. Si quelqu'un vient à me parler de toi, je nierai t'avoir connu. Je ne peux plus rien pour toi...

C'était un soir d'automne, dans le port de Roscoff.

Emmitouflé dans un anorak trop grand pour lui, muni de faux papiers, Morlaix embarqua sur un ferry.

Les côtes françaises avaient disparu depuis longtemps, mais il restait sur le pont du transbordeur à regarder les traces d'écume se dissoudre dans la mer qui s'étendait à perte de vue comme un immense linceul noir. *Était-il déjà à demi-mort ou encore à demi-vivant ?*

Le cri de la Banshee

1

Dublin, deux ans plus tard.

La radio évoquait la météo et la paralysie
du pays. En quelques heures, les collines du
Wicklow, les plaines du Meath, les tourbières
du Connemara avaient été repeintes en blanc.
Grâce au Gulf Stream, le climat était habituellement clément en Irlande, frais en été,
doux en hiver. La neige s'y faisait rare, sauf
cette année. La combative Erin n'en revenait
pas de devoir plier devant un ennemi si banal.
Yann Morlaix s'engagea sur Dorset Street,
en direction de la banlieue nord. Malgré la
bruine, il parvint à tourner au bon endroit
pour enfiler Ballymun Street.

Depuis qu'il avait réussi à se fondre dans le
peuple irlandais, qu'avait-il de commun avec
l'ancien libraire de Montmartre, sinon son
goût immodéré pour la littérature ? Il avait
su tirer un trait sur son passé, éradiquer les
relents de son ancienne vie. Passager clan-
destin, fugitif insensible au jeu social, maître
du mensonge et de la falsification, séducteur
et manipulateur.

Ballymun baignait dans le brouillard.
Quelques enfants jouaient à se lancer des

boules de neige mélangée à de la caillasse, sur un terrain vague cerné par des tours. Le quartier était surtout connu pour ses rodéos de voitures en plein jour, ses dealers à la sauvette et ses chômeurs noyant leur cafard dans la bière. Rien à voir avec les taudis de la honte du XIXᵉ siècle, mais ce « joli » tableau faisait tache sur l'image de la mégapole. Le gouvernement réhabilitait les dernières poches d'une misère persistante à coups de bulldozers, avec le projet de construction d'un complexe commercial à l'américaine en lieu et place des tours de Ballymun. Mais, « Thanks God ! », s'écriaient les habitants attachés à leur quartier, « la crise l'en avait empêché ».

Un container posé sur palettes émergeait de la masse vaporeuse. Morlaix s'était garé au plus près. La baraque servait de boutique à Susie O'Brien. Grâce à un branchement artisanal à l'éclairage public, une lumière pâlotte filtrait sous la porte, signe que la propriétaire travaillait encore. Un gosse avait jeté une boule de neige sur la lucarne. La réponse de Susie ne s'était pas fait attendre :

– *You bastard !*[*] avait-elle crié de l'intérieur.

Morlaix avait poussé la porte.

– Ah, te voilà ! Assieds-toi, j'en ai pour deux minutes.

---

[*] Espèce de bâtard !

Il s'était posé sur une chaise, entre cageots de légumes et packs de bière. À soixante ans passés, Susie O'Brien essayait de rester coquette. Elle cachait ses cheveux gris sous une teinture blonde, portait jeans et baskets. De loin, l'allure était encore jeune. De près, son visage portait les stigmates d'une vie de luttes et de sacrifices. Veuve, elle vivait seule depuis que ses deux fils avaient émigré en Australie.

Elle avait transformé ce container en épicerie du pauvre, et vendait le « nécessaire » par une lucarne : des bonbons aux préservatifs, en passant par la bouteille de lait, le Coca et les cigarettes au marché noir... Tout sauf les stupéfiants, car la tenancière répugnait à la vente directe. Pour autant le commerce n'était pas sans risque. Il fallait compter avec la *Garda* qui patrouillait, les services sanitaires qui débarquaient à l'improviste, et les voyous qui lançaient des bouteilles de pisse sur les parois. Mais elle arrivait à subvenir à ses besoins. Elle avait rêvé de tenir un magasin spécialisé dans l'ésotérisme, mais ce genre d'activité, à Ballymun, menait à l'échec assuré.

Susie avait recueilli Morlaix comme on ramasse un chien errant, sans poser de questions sur son pedigree. Elle n'en était pas à son premier fugitif. Au fait des noirceurs de l'âme humaine, elle se doutait que le Français avait quelque chose à cacher. De sa jeunesse en Ulster, elle avait gardé l'habitude, comme une seconde nature, de protéger les hommes en fuite.

– Qu'est-ce que tu sais faire dans la vie ? lui avait-elle demandé, sans conviction.

– Je sais vendre des livres.

– Chez moi, on vend des tas de trucs mais pas de livres. Tu sais conduire au moins ?

– Oui.

– Y'aurait bien un boulot de transporteur pour toi, mais j'te préviens, c'est de l'occasionnel. Faudra trouver aut'chose si tu veux manger tous les jours.

Le lendemain, elle l'avait présenté à Charlie sur les montagnes de Dublin. Entouré de ses sbires, il avait expliqué à Yann Morlaix ce qu'il attendait de lui :

– Tu prends des colis, tu les transportes d'un bout à l'autre du pays, et tu poses pas de questions.

Le réseau de Charlie ressemblait à une multinationale aux activités aussi lucratives que diversifiées, du trafic de drogue aux coups de main donnés à des personnalités, en passant par la prostitution. Le caïd ne s'intéressait ni aux visages ni à l'identité de la plupart des hommes ou des femmes qui travaillaient pour lui, à l'exception de Susie qu'il connaissait depuis toujours. Pour les opérations à risques, il utilisait des gamins sans avenir qui lui mangeaient dans la main. Sa garde rapprochée était composée d'anciens

de l'IRA, des durs à cuire qui n'avaient pas
su se reconvertir après le processus de paix.
Nés en Irlande du Nord, ils n'avaient connu
que tourmentes et conflits pendant les premières années de leur existence. La violence,
ils connaissaient.

Très vite, le Français avait su se rendre
indispensable aux yeux de Charlie qui ne
pouvait plus se passer de ce messager taiseux
et sans attaches.

Morlaix passait à la boutique de Susie une
fois par semaine. La propriétaire lui remettait des enveloppes fermées, des valises ou
des colis. Il livrait la marchandise sans savoir
ce qu'il transportait. Des billets de banque ?
Peut-être. De faux documents ? Probable. Des
cigarettes de contrebande, de la coke ou du
hasch ? Sûrement. Des armes ? Possible. C'était
pas son problème. L'histoire de l'Irlande lui
paraissait sombre comme la Guinness, seule
la saga des auteurs irlandais le touchait, au
point de se demander comment un si petit
pays avait pu féconder tant de conteurs, et
pas moins de quatre prix Nobel de littérature.
Rancardé par Susie, il se prêtait aussi à de
petits boulots pour boucler ses fins de mois :
homme à tout faire, palefrenier, jardinier...
Des emplois solitaires, de préférence...

La commerçante était en train de dresser
une liste d'articles à commander. Pour patien-

ter, Morlaix feuilletait *l'Irish Times*, posé sur le bac à friandises.

– T'as lu ça ? Les politiques s'inquiètent de la montée de la violence à Ballymun, ils parlent de nettoyer le quartier.

– Les trous du cul ! Je la connais, moi, la vraie raison. Les promoteurs veulent récupérer le terrain pour construire leur putain de centre commercial et s'en foutre plein les poches.

Elle referma son livre de comptes, se pencha sous l'étal, extirpa un paquet de derrière les casiers à bouteilles.

– Y'a que ça, cette semaine ! Charlie attend la livraison pour ce soir à Belfast.

– Avec cette neige, je n'y serai pas avant minuit.

– *Take care !**dit-elle en le regardant filer, le paquet sous le bras.

– Je serai de retour demain, lança-t-il sans se retourner.

Peu de véhicules circulaient par ce temps. Quelques piétons marchaient difficilement sur les trottoirs enneigés. Morlaix ne se sentait jamais aussi bien que seul au volant d'une voiture. L'ambiance et l'épaisseur de la nuit prêtaient à la réflexion. Qu'il était loin le temps du Point-Virgule et de Lisa !

---

* Fais attention !

Il bannissait toutes formes de mouchards *spy*
comme le téléphone cellulaire avec abonnement, l'ordinateur avec connexion internet, le
GPS, et vivait en nomade. Il changeait régulièrement d'abri et de voiture, gérait plusieurs
comptes bancaires sous des noms d'emprunt,
sans chéquier ni carte de paiement.

Pour ses anciennes relations en France,
il était passé de l'autre côté du miroir, au
pays des ombres. Lisa et Michel Le Bihan
étaient les seuls à savoir qu'il était encore en
vie. Il appelait Lisa d'une cabine de temps
en temps. Périodiquement, il lui envoyait des
cartes postales afin de ponctuer et jalonner
sa présence auprès d'elle, car Lisa était un
îlot fragile, le seul lien avec son ancienne vie
qui ne fût pas rompu définitivement.

À minuit passé, il atteignit l'Irlande du Nord.
Depuis la disparition des postes-frontière,
seules les enseignes des bureaux de change
indiquaient que l'on passait d'un pays à
l'autre. Une demi-heure plus tard, il circulait
dans les rues de Belfast.

La haine intercommunautaire suintait
encore sur les murals de Falls Road. Plus à
l'ouest, se hérissaient toujours palissades et
barbelés comme si la guerre ne devait jamais
finir. Il se dirigea vers Short Strand, une
enclave catholique comme une provocation
au cœur du quartier protestant. Il frappa à la
porte d'une maisonnette en brique. Un type
en jogging lui ouvrit et s'empara de la livrai-

son. Les deux hommes n'échangèrent que quelques mots. L'opération n'avait pas pris plus de trois minutes.

Cette fois, il ne rentrerait pas directement à Dublin ! En prenant cette décision, il sentit une pulsion renaître dans son ventre et roula vers le nord.

L'Écosse millénaire sommeillait de l'autre côté de la mer. Déjà raidis par les difficultés de la conduite, ses muscles se tendirent davantage à la vue des lumières de l'hôtel Causeway. Par prudence, il laissa son véhicule un peu plus loin, à l'entrée d'un champ isolé.

Lorsque Charlie lui demandait d'acheminer des colis jusqu'en Écosse, Morlaix s'arrêtait au Causeway pour boire une bière. Il lui arrivait de fumer sur un banc avec Aine, une jeune réceptionniste, dodue et ferme. Elle lui avait confié ses rêves de vivre dans une grande ville, de devenir employée de bureau ou serveuse de fast-food, tout plutôt que réceptionniste aux fins fonds du comté d'Antrim. Elle se consolait en regardant la mer et en mangeant des muffins au chocolat.

Dans la nuit, il contourna l'immeuble jusqu'au rez-de-chaussée de l'aile est. Aine lui avait imprudemment indiqué l'emplacement de sa chambre qui donnait sur le large. Morlaix enjamba la rambarde de la terrasse et ouvrit la porte-fenêtre d'un coup de tournevis. À l'intérieur de la pièce, la jeune femme, profondément endormie, ne savait pas qu'elle n'avait plus que quelques minutes à vivre. Morlaix s'approcha du lit éclairé par un rayon de lune, en évitant de regarder le visage de la victime. Aine ne devait pas prendre forme humaine. Elle n'eut pas le temps de crier. Il l'attrapa par la gorge et le sacrifice commença. Elle lutta convulsivement. L'homme sentit sa « force » décupler. Tous ses sens furent comme électrisés.

Aine McBride reposait sur les draps blancs comme une « belle endormie ». Il avait pris une revanche sur la vie, malgré une déception et une frustration profondes. Après la fête du corps et l'exaltation, c'était toujours le néant, le flop intégral. Chaque fois, l'attente se révélait plus excitante que l'action.

Sans chercher à maquiller son crime, il quitta la chambre comme il était entré. La lueur rose de l'aube à travers les nuages éclairait une étroite bande de terre rasée par les vents. La journée allait commencer. La vie reprendrait ses droits. Aine ne travaillant qu'à midi, personne ne s'apercevrait de son absence d'ici là. Le meurtrier serait loin lorsque la *chambermaid** découvrirait, horrifiée, le corps supplicié de la jeune fille.

---

* Femme de chambre

Un journaliste du *Ballymena Observer* écrirait : « Parmi toutes les légendes, celle de la *Banshee* est la plus terrifiante. Cet esprit féminin n'apparaît aux hommes que pour leur annoncer la mort. Il prend l'apparence d'une femme aux cheveux hirsutes, vêtue d'une longue robe blanche, et pâle comme un cadavre. Son cri évoque le hurlement du loup, mais aussi l'appel d'un enfant, les lamentations d'une femme qui accouche ou le cri de l'oie sauvage. Celui qui l'entend jamais ne l'oublie. Personne n'a perçu le cri de la *Banshee* hier soir, pourtant l'esprit maléfique rôdait bel et bien autour du Causeway. »

De retour à Dublin, Morlaix s'arrêta le long de Grand Canal. Les eaux charriaient l'imaginaire irlandais, l'âme des auteurs défilant sur les berges : Bernard Shaw à la barbe fournie, Beckett au regard d'aigle, Wilde aux lèvres charnues et sensuelles, Yeats le tourmenté, Joyce le Grand, Swift, Burke et tous les autres..., procession fascinante et litanie fabuleuse de l'esprit irlandais. Assis à côté de Kavanagh, le poète statufié sur un banc, il suivit les eaux vertes du regard. Les cygnes et les canards glissaient parmi les joncs, entre les herbes folles. Tout ça finirait un jour, mais il préférait ne pas y penser.

Pas encore...

Il regagna le studio qu'il louait sous un faux nom. L'appartement du haut, desservi par un escalier extérieur, possédait une entrée sur la rue, alors que sa chambre ouvrait côté canal sur un jardinet protégé par un haut mur. Il ne connaissait son voisin d'infortune que par le frottement de ses pieds sur le plancher et le bruit de sa toux. Probablement exilé comme lui, étant donné le zèle que celui-ci déployait pour demeurer invisible.

Il se plongea dans l'une de ces méditations dont il avait le secret, réfléchissant au sens de ses actes, hanté par des êtres imaginaires, pétri de références littéraires. Que lui importaient les honneurs ou l'argent ? Le sexe ? Il n'avait qu'à se baisser pour ramasser les conquêtes. En tuant, il ne cherchait pas la jouissance érotique, mais un sentiment de domination totale qui le mettrait à égalité avec Dieu. Seul le sacrifice interdit lui procurait le plaisir extatique, nourrissait son illusion de vivre plus intensément. Impression fugace, mais reproductible à l'infini.

Et comme tous les grands sacrificateurs, il agissait à mains nues !

2

Paris.

L'hiver jouait les prolongations. Dans les rues de la capitale, la circulation était ralentie par de lourds flocons de neige. La ville avait revêtu une fausse allure virginale, apparence trompeuse quand on sait ce qui se trame derrière les murs d'une mégalopole. Je rentrais chez moi à pied après avoir passé l'après-midi à l'Institut médico-légal. Triste et nauséeux, je traversais le Jardin des Plantes et les Arènes de Lutèce. Ce que je venais de voir m'écœurait. Mes pensées étaient parasitées par les images d'un corps mutilé. La violence ne suffisait pas, la barbarie s'invitait de plus en plus souvent dans les actes criminels.

Je m'interrogeais sur mon avenir. Un passage dans la police ne laisse pas indemne. « Flic un jour, flic toujours ». Vous traînez cette seconde peau toute votre existence. À part détective privé, à quelle autre activité pouvais-je prétendre ? J'imaginais l'annonce publicitaire : « Damien Escoffier, adultères, filatures, enquêtes. Discrétion assurée, devis gratuit ». Non, merci !

Dans ma jeunesse, je voulais devenir avocat, « défendre les victimes et les opprimés », vocation abandonnée à la mort de Cécile, la jeune femme que j'aimais. Je l'avais trouvée sans vie dans son appartement, assassinée suivant un rituel vaudou. Le meurtrier avait été arrêté rapidement. Pendant son procès, je compris que je ne pourrais jamais parader en robe d'avocat, descendre les marches du Palais d'un pas léger, plaider ou jouer avec la vérité par des effets de manches. Un an plus tard, j'entrais dans la police. Mon ami psy, Arnaud Benavent, avait essayé de m'en dissuader, prétendant que ma motivation était surtout de venger Cécile, raison bien peu raisonnable à ses yeux.

Entre les murs de la Crim', j'ai ensuite appris à relever la tête et j'ai rencontré Bérangère Fernandez.

Après une tentative de cohabitation, on avait décidé de vivre chacun chez soi. Deux flics sous le même toit, c'était devenu impossible. Elle avait quitté le quai des Orfèvres pour entrer à la brigade financière. On continuait de se voir toutes les semaines. Longtemps, j'ai cru que mon instabilité et mon comportement d'adolescent attardé tenaient à la mort de Cécile. Mais le passé n'avait rien à voir là-dedans, telle était ma nature profonde…

Je m'apprêtais à passer la soirée sous ma couette en regardant un western ou un documentaire, tout sauf une série policière à la

con, après avoir dégusté des plats sucrés-
salés achetés chez Kim, au coin de la rue
Saint-Jacques. Il me restait une centaine de
mètres à parcourir pour atteindre la place
Maubert, lorsque le téléphone vibra dans la
poche de ma parka.

— Damien, t'es où ? tonna Pichot, notre
chef de groupe.

— À deux pas de chez moi, pourquoi ?

— Fais demi-tour, on t'attend dans le bureau
du patron.

— De quoi s'agit-il ?

— Amène-toi, tu verras bien.

Sur le pont Saint-Michel, les Parisiens
hâtaient le pas, la foule se formait par vagues.
Les sirènes n'en finissaient pas de gémir aux
abords de la préfecture de police.

L'instant devait être grave à en juger par
le silence qui pesait dans le bureau du divisionnaire Saulieu. Le commissaire Ughetti
avait la mine renfrognée. Loyrette, Kader et
Girodeau, calés dans leur chaise autour du
bureau ovale, restaient les bras croisés. Une
odeur de transpiration flottait dans la pièce.
Arrostéguy, le procédurier, malaxait sa balle
en mousse comme s'il s'était agi d'une pâte
à pain, depuis qu'un cardiologue lui avait
déconseillé de fumer la pipe.

— Maintenant que nous sommes au complet,
Pichot, annoncez la couleur, lança Saulieu.

Le commandant hésita, comme s'il cherchait à se convaincre lui-même.

– Vous pensez bien que je ne vous ai pas fait revenir pour commenter le bulletin météo. Le Bureau central national nous a contactés en urgence cet après-midi… Une affaire sérieuse en Irlande…

Jusque-là, rien d'anormal, les réseaux de la criminalité se déployant comme les tentacules d'une pieuvre, les polices du monde entier sont amenées à coopérer un jour ou l'autre.

– C'est une histoire à dormir debout, je vous préviens, intervint Ughetti. Lequel d'entre vous croit aux revenants ?…

– Trois crimes inexpliqués ont été commis en Irlande, enchaîna Pichot.

– En quoi ça nous concerne, surtout s'ils sont « inexpliqués » ? demanda le procédurier.

– L'ADN récupéré sur place ne correspondant à aucune formule de leur base de données, les Irlandais ont contacté le BCN de tous les pays européens ainsi qu'Interpol. Nos collègues du FNAEG* ont très vite fait le rapprochement avec l'ADN de Yann Morlaix, cet homme que nous avons laissé pour mort au fond d'un gouffre, il y a un peu plus de deux ans. Son ADN figurait toujours dans nos fichiers.

– Quoi ? m'écriai-je. Morlaix serait vivant ?

– Nom de Dieu, murmura Loyrette entre ses dents.

Le souvenir de l'ancienne enquête nous revenait en pleine gueule.

---

* Fichier national d'empreintes génétiques

– Qu'est-ce que c'est que cette mystification ? gronda Arrostéguy de sa voix fleurant
bon le piment d'Espelette, la pelote basque
et les courses de vachettes dans les rues de
Bayonne.

– C'est quoi ce délire, s'emporta Girodeau,
on voudrait nous faire croire que le fantôme
de Morlaix continue de tuer ?

– Lucifer en personne ne serait pas sorti
de cet enfer de Montmartre, renchérit le brigadier Loyrette.

– En clair, ça signifie que Morlaix aurait
survécu à l'éboulement de la carrière et au
coulage de béton, et qu'il aurait pris la fuite
en Irlande.

– Le fils de pute ! glissa Girodeau.

Le commissaire Ughetti calma le jeu :

– Pichot vous livre les informations telles
qu'elles lui sont parvenues. Pour le moment,
nous n'en savons pas davantage. Le BCN a
communiqué les résultats aux Irlandais, et
informé les autorités diplomatiques dans la
foulée.

Et d'ajouter :

– Morlaix est une vieille connaissance
pour certains d'entre nous.

Les regards convergèrent sur ma pomme.
Je haussai les épaules en signe d'impuissance.
Lors de la précédente enquête, je m'étais
lancé seul sur les traces de Morlaix, prenant
des risques inconsidérés dans les souterrains
de la Butte. Retenu quelques heures prison-

nier par le meurtrier, j'avais eu tout le temps
de mesurer la complexité de sa personnalité.
J'étais le seul à l'avoir côtoyé d'aussi près,
à le connaître vraiment. J'avais eu un doute
sur la façon dont il avait disparu. J'en avais
fait part à mes collègues, arguant qu'il eût
été préférable de voir la dépouille de nos
propres yeux pour avoir la preuve de sa mort.
Ils m'avaient rabroué, m'accusant de vouloir
toujours tout compliquer. Avec le temps, je
m'étais rangé à leur avis, mais un sentiment
d'inachevé me gênait aux entournures.

   – Ça me coûte de te le dire, mais je suis
obligé d'admettre que tu avais raison, Damien,
concéda Pichot.

   Il précisa :

   – C'est notre groupe qui récupère le dossier.

   – Un homme c'est comme un fauve, crut
bon d'ajouter le procédurier, une fois qu'il a
goûté au sang, il y revient toujours.

   – Gardons la tête froide, tempéra le divisionnaire. Après tout, une erreur est toujours
possible.

   Le groupe resta silencieux un moment,
plutôt déconcerté par cette situation impré-
vue. La possibilité d'avoir été floués, leurrés
par un usurpateur, en fichait un sacré coup à
notre ego habituellement gonflé à bloc. Nous
étions tous conscients des difficultés à venir.
Si la nouvelle se confirmait, la brigade serait
éclaboussée. Il fallait s'attendre à des remous

du côté des ministères, sans parler de la hiérarchie qui ne manquerait pas d'exiger des
explications.

– En attendant, on fait quoi ? se risqua
Kader.

Kader était une nouvelle recrue, un « ripeur »
dans notre jargon. Il avait été embauché
pour sa parfaite maîtrise de la langue arabe,
et posait un regard neuf sur ce coup de
théâtre.

– Les Irlandais nous envoient deux enquêteurs, annonça le chef de groupe. Je leur ai
demandé une contre-expertise de l'ADN en
urgence. On reprendra les archives une à
une, dès demain matin.

– Inutile de vous dire que l'affaire ne doit
pas être ébruitée, pas un mot aux journalistes, précisa Ughetti.

Au milieu de la nuit, Saulieu conclut .

– Il se fait tard, messieurs. Rentrez chez
vous, nous y verrons plus clair demain matin.

Le calme retomba sur le « 36 » et l'île de
la Cité. La neige avait cessé et les sirènes
s'étaient tues. « Dormez braves gens, nous
veillons sur vous », semblaient diffuser les
réverbères du pont Saint-Michel.

En rentrant chez moi, je téléphonai à
Bérangère et lui annonçai le retour de Morlaix sur la scène du crime.

– Qu'est-ce que tu racontes ? Morlaix est
mort et enterré sous des tonnes de béton,
objecta-t-elle du fond de son lit.

– On a retrouvé son ADN en Irlande, sur trois cadavres.

Je l'entendis glousser dans le combiné.

– Tu me fais marcher ?

– Non, c'est tout ce qu'il y a de plus sérieux.

Un blanc dans le téléphone.

– Mince ! Qu'est-ce que vous allez faire ?

– Les Irlandais débarquent dans deux jours pour une mission de liaison, on attend leurs explications.

À cet instant, je ne soupçonnais pas que ce rebondissement me mènerait loin de Paris, loin de ma vie.

Et loin de Bérangère...

3

Sur les ordres de Charlie, Yann Morlaix
était arrivé à Glendalough en début d'après-
midi. Il avait rendez-vous avec un inconnu
dans le cimetière rattaché au site monastique
fondé par Kevin au VIe siècle, et marchait au
milieu des ruines de l'ancienne chapelle. Croix
celtiques érodées, murs de pierre, tour ronde
dressée comme un spectre au milieu des
tombes, autant de vestiges d'une civilisation
aujourd'hui disparue, voilés par l'humidité
qui se déposait dans la vallée et enveloppait
le cimetière. Sous la bruine, le paysage était
d'une profonde mélancolie. Adossé au mur
de la chapelle, Morlaix songea aux écrivains
que ce style de paysage avait inspirés. Un
jour, tout ça n'existera plus, les ruines même
redeviendront poussière. Plus personne pour
se souvenir. « Et de nouveau, le monde tour-
nera sur la spire insolite », écrivait Yeats.

Des pas sur le gravier le ramenèrent à
la réalité. L'homme qui avançait entre les
tombes, serrait une grande enveloppe brune
sur son blouson. Leur conversation fut brève.
Morlaix devait se rendre à Limerick où il
déposerait ce pli avant d'échanger sa Panda
contre une BMW, dans le garage habituel.

Ensuite, il devrait monter vers Galway pour livrer un colis remis par le garagiste. Charlie lui donnait trois jours pour effectuer le transfert. Consignes transmises, l'homme se fondit dans la nature.

La pluie devenait plus drue. Le Français courut vers le *Bed & Breakfast* où il avait loué une chambre, sous un nom d'emprunt tiré de la liste de patronymes bidon dans laquelle il piochait selon les lieux et les circonstances.

Un feu de tourbe finissait de se consumer dans la cheminée du salon. Le téléviseur était branché sur une chaîne d'informations. On parlait encore du crime de Causeway. Interviewé, le responsable des services de police promettait des résultats rapides : « La police nord-irlandaise et celle de l'Eire allaient conjuguer leurs efforts pour mettre un terme à cette série de meurtres inhabituels en terre d'Irlande ».

Il longea le couloir et monta dans sa chambre. Malgré des fautes de goût dans la décoration, la maison était douillette. Le taulier, un gaillard taillé comme un rugbyman, tenait seul sa petite affaire. Suspicieux, il lui avait demandé d'où ils venaient, lui et son accent, ce qu'il faisait dans la région. Peut-être pour le mettre à l'aise après tout. Mais dans le doute, il préférait ne pas s'éterniser et lèverait le camp à la première heure le lendemain matin.

De sa fenêtre, il observa le paysage. La tache rouge du bus en provenance de Dublin dansait dans les virages, avec en toile de fond les monts du Wicklow. Il était souvent venu travailler dans ce comté, chez des propriétaires engraissés par l'essor du « Tigre celtique », qui embauchaient sans poser trop de questions et payaient cash. Palefrenier dans un club d'équitation, homme à tout faire chez un promoteur, ou jardinier dans l'imposant domaine de Powerscourt... Il avait aimé ce dernier travail plus qu'aucun autre. Dans deux mois à peine, les ouvriers remettraient le golf, les gazons et les jardins en état. Des dizaines de jardiniers, en salopette kaki, s'affaireraient à nouveau. Mais sans lui cette fois, parce qu'il ne traînait jamais ses guêtres trop longtemps dans le même secteur. Question de stratégie et d'anticipation.

Le front appuyé à la vitre, il réfléchissait. Les tabloïds le décrivaient comme un monstre assoiffé de sang, comme le « Jack l'Éventreur du siècle », alors qu'il n'aimait que la beauté des choses. Le poète Seamus Heaney avait bien saisi la lutte entre le Bien et le Mal, le contraste entre la poésie et la tragédie du monde. Entre les deux, le vide... *De toute façon, il faut bien que le mal suinte quelque part.*

Les spécialistes affirment que les criminels en série se sont exercés dès leur enfance sur des animaux. Chez lui, c'était venu tardivement. Son plaisir de tuer se mêlait à des considérations d'ordre métaphysique. Il avait bien essayé de changer. N'avait-il pas pris de bonnes résolutions en quittant la France ? N'avait-il pas promis à Michel Le Bihan de se racheter par un comportement exemplaire ? Il avait tenu parole pendant deux ans. Mais la résistance au mal s'était révélée encore plus insupportable que le mal lui-même.

Assis à une petite table, il interrogea son regard dans le miroir, et écrivit sur une carte postale représentant le site monastique : « Ma petite Lisa, je t'écris d'un endroit mythique... » Lisa aimerait cette représentation, elle avait toujours été fascinée par l'ascétisme des mystiques irlandais. L'envie le prit d'appeler, de rejoindre sa petite fleur de France. Le visage de la femme s'imposa à lui, et cette image le brisa. Il se ressaisit – ne pas se laisser prendre par l'émotion –, déchira la carte et retourna à la fenêtre. La tranquillité, le camaïeu de tons verts et bleus, les sentes forestières, le lac où aucune vague ne frémissait, cet endroit lui apportait la paix du corps. Il se sentait comme le moine de Iona : admiratif et mélancolique.

4

Je montai l'escalier de la brigade criminelle, à la bourre, comme d'habitude. Pour recevoir les Irlandais, j'avais endossé un costard de flanelle grise et ciré mes pompes. Je montrai patte blanche au sas de sécurité du deuxième étage, saluai les collègues des autres groupes par l'entrebâillement des portes. À la tête qu'ils faisaient, mi-compatissants, mi-gênés, je devinai que la nouvelle avait fait le tour de la maison. Je rejoignis les bureaux du groupe Pichot : deux pièces contiguës, dont la plus spacieuse servait de salle de réunion. Sur la porte d'entrée, une simple plaque estampillée « Pichot ». Pour les initiés, ce nom évoquait certaines affaires, une méthode, un style. Une armoire bourrée de dossiers et surmontée d'une plante moribonde, un tableau blanc, un plan de Paris et des reproductions de Picasso aux murs, des bureaux et des chaises disparates en constituaient le mobilier.

Kader avait ouvert les fenêtres en grand pour changer l'air. Loyrette pianotait sur un ordinateur tandis qu'Arrostéguy relisait le compte rendu du BCN. Girodeau entra, les mains encombrées de gobelets de café.

Il était suivi par Pichot qui ferma la porte d'un coup d'épaule.

– À quelle heure ils arrivent ? demanda Loyrette.

– Leur avion se pose à midi, annonça le chef de groupe.

Puis se tournant vers moi :

– Damien, tu maîtrises en anglais, je crois.

Je confirmai d'un hochement de tête. Après mes études de droit, j'avais séjourné un an aux États-Unis, cumulant les expériences et les rencontres, perfectionnant mon anglais sur les campus au contact d'étudiantes peu farouches.

– Parfait, tu m'assisteras pendant l'entretien.

Nous passâmes la matinée à relire dossiers, témoignages et rapports de synthèse de l'ancienne enquête.

Les officiers de police Robert Lynch et Sam Curtis déboulèrent à la Crim' en début d'après-midi. Un physique à la Peter O'Toole sur le retour pour le premier dont le teint trahissait un penchant endémique pour les boissons aromatisées à la fleur de houblon, une allure de bon père de famille pour le second. Ils accrochèrent leur imperméable au perroquet et s'installèrent devant le bureau du commandant.

Lynch parlait un français impeccable.

– Je n'ai aucun mérite, expliqua-t-il, j'ai étudié en France et épousé une de vos compatriotes, une Auvergnate.

Quant à Curtis, il baragouinait le français en moulinant des mains.

Ils expliquèrent que les corps de jeunes femmes, de race blanche, avaient été retrouvés dans la tourbe, l'un dans le comté de Clare, l'autre dans celui de Wicklow, à deux mois d'intervalle. Sortant des photos d'une sacoche, ils exposèrent les caractéristiques du mode opératoire, identique dans les deux cas. Les victimes avaient été étranglées. Des corps sans vie, couleur vert bronze, des traces sur les membres et des visages plus dorés que noirs, comme recouverts d'un mauvais fond de teint. La tourbe spongieuse, des genêts en fleurs à l'arrière-plan. Des caillebotis avaient été disposés par la police technique et scientifique pour analyser la scène de crime sans risquer de s'enfoncer dans la terre gorgée d'eau.

– Jamais vu de cadavres de cette couleur, commenta Arrostéguy, penché sur les clichés.

Je songeai à des moulages ou à des statuettes de Modigliani.

– C'est la tourbe, répondit Curtis, avec son accent à couper au couteau.

– L'acidité et l'absence d'oxygène dans le sol permettent une conservation exceptionnelle, renchérit « Peter O'Toole ». Les corps sont préservés, les insectes n'ayant pas le temps d'entrer en action. Ça donne aussi cette couleur. Vous n'avez jamais entendu parler des « Hommes des tourbières » ?

– Non.

– Des centaines de corps momifiés, datant de l'âge de fer, retrouvés en Irlande et dans d'autres pays nordiques. Presque intacts. La tourbe les a conservés en formant une gangue de protection. Elle fait partie de notre patrimoine, au même titre que la harpe ou le hurling !

– Venons-en aux faits, le coupa Pichot, que ce genre de digression agaçait au plus haut point.

Robert Lynch extirpa des fiches de sa serviette, en se raclant la gorge.

– Deirdre Gilson a été étranglée en septembre dernier dans le comté de Clare. On perd sa trace au festival des célibataires de Lisdoonvarna. Quelques semaines plus tard, un touriste trébuche sur une main qui sort de terre, près du dolmen de Poulnabrone où elle était enterrée.

S'emparant d'une seconde fiche, il poursuivit :

– Brigid O'Connor a été tuée deux mois plus tard, dans les montagnes de Wicklow. Âgée de vingt-cinq ans, serveuse dans un restaurant touristique, sur la route de Glendalough. Disparue alors qu'elle rentrait chez elle après le travail. Un éleveur de moutons a trouvé son corps dans un fourré, alors qu'il cherchait une bête égarée.

Nous écoutions sans broncher.

– Le mois dernier, nos collègues nord-irlandais ont été appelés pour le meurtre d'une jeune femme, dans le comté d'Antrim. Aine McBride, étranglée dans une chambre de l'hôtel Causeway où elle travaillait comme réceptionniste.

– Trois crimes au total, appuya Sam Curtis.

– Merci, on sait compter, bougonna Pichot que la macabre énumération rendait nerveux.

– Les trois victimes étaient blondes. Aucune violence sexuelle, ni *ante* ni *post mortem*, les légistes excluent la piste du prédateur sexuel. L'empreinte génétique retrouvée sur place ne figurant pas dans nos fichiers, nous avons élargi la recherche à toute l'Europe, comme vous savez.

Silence gêné dans la pièce. Dans les trois cas, il s'agissait de l'ADN du citoyen français Yann Morlaix.

– Nous y voilà ! lâcha Pichot, en s'affaissant sur sa chaise. Morlaix est mort depuis plus de deux ans, messieurs. À moins de croire aux fantômes ou aux revenants, je ne vois pas comment son spectre aurait pu commettre ces crimes. Son corps repose bel et bien dans les profondeurs d'une carrière de Montmartre.

– Oui, vous me l'avez expliqué par téléphone, mais... l'avez-vous vu mort ? Avez-
vous pu reconnaître son corps ?

– Le sous-sol de Montmartre est un gruyère
et des recherches auraient provoqué un éboulement plus terrible encore. Par précaution,
les ingénieurs des Carrières y ont coulé des
tonnes de béton. Je vous assure qu'il était
impossible d'en réchapper.

– L'ADN est pourtant irréfutable, fit Curtis en se frottant nerveusement les mains.
Vous ne pouvez pas aller contre les renseignements fournis par votre propre fichier
national.

Têtu, l'animal ! En son temps, César tenait
les Celtes pour les barbares les plus tenaces.
Apparemment, les siècles n'avaient pas
émoussé leur opiniâtreté.

Pichot éprouvait de la méfiance envers
cette technique qui prenait de plus en plus
d'importance dans la profession. Certes, la
découverte de l'ADN avait révolutionné les
méthodes policières. Les Anglais avaient été
les premiers à utiliser l'empreinte génétique
pour les besoins d'une enquête. Circons-
pects au début, les Français leur avaient
emboîté le pas quelques années plus tard.
Maintenant, une seule cellule pouvait suffire
à confondre un meurtrier. On parlait désormais de « virtopsie » ou autopsie virtuelle,
une technique révolutionnaire utilisant
l'imagerie tridimensionnelle et ne laissant

rien échapper des circonstances d'un crime. Pichot continuait de miser sur le flair de ses hommes. La science d'accord, mais « jusqu'à preuve du contraire, c'étaient encore les hommes qui pensaient ».

Dernière tentative du chef de groupe :

– Un « faux positif », ça existe.

– Par trois fois, reconnaissez que c'est improbable.

De ses yeux couleur de *lough**, entre vert émeraude et bleu-gris, Lynch me fixa soudain, comme s'il devinait la relation particulière que le meurtrier et moi avions entretenue dans les carrières.

– Quel genre de type, ce Morlaix ? me demanda-t-il.

Je lançai un regard interrogateur à Pichot qui acquiesça d'un signe de tête.

– Insaisissable, irrationnel.

– Une particularité ?

– Son cerveau semble habité par des dizaines de personnages.

– Morlaix était libraire, crut bon de préciser Arrostéguy.

– Impossible de prévoir ce qu'il va faire ou dire, complétai-je, il échappe à tout classement. Son QI est plus élevé que la moyenne, et c'est un manipulateur né. Il séduit et déroute ses interlocuteurs pour mieux les manœuvrer et parvenir à ses fins.

---

* Lac, en irlandais.

Tout en parlant, je me rendis compte que je venais juste de brosser le portrait type du criminel en série.

À la fin de la journée, les Irlandais s'installèrent dans un hôtel du quartier de l'Odéon. Deux jours durant, ils explorèrent les archives en compagnie d'Arrostéguy. Un rendez-vous informel fut organisé avec le juge d'instruction qui avait traité « l'affaire Morlaix », pour échanger des impressions et des éléments.

De retour à Dublin, Lynch nous envoya un courriel pour nous remercier de l'accueil que nous leur avions réservé.

À la suite de cette visite, Ughetti et Pichot s'entretinrent longuement avec le procureur. Quelques jours plus tard, une « nouvelle information » était ouverte, le juge Manzano était désigné pour l'instruire, et l'enquête française reprenait officiellement.

5

« Yann ! »

Morlaix sursauta en entendant son prénom, peu fréquent en Irlande. Quelqu'un
l'avait-il reconnu alors qu'il s'évertuait à passer inaperçu ? Dans son rétroviseur, il vit une
femme courir vers un enfant en répétant :
« Yann, viens ici immédiatement ! » Des touristes français. Il s'en tirait avec quelques
sueurs et un pincement au cœur. Morlaix
serra son volant, attendant que le feu passe
au vert pour monter sur le ferry.

Comme convenu, il avait troqué sa Panda
contre une BMW dans le garage de Limerick. Le garagiste lui avait remis le paquet
qu'il devait livrer dans un pub de Galway.
Comme d'habitude, il ignorait ce que le colis
contenait. Il avait longé le fleuve jusqu'à
l'embarcadère de Tarbert. Morlaix avait déjà
parcouru le Shannon à bord d'un bateau de
plaisance quelques mois plus tôt, de Carrick-
on-Shannon à Limerick. Il gardait un souvenir ébloui de la nature défilant sous ses
yeux. Un bateau constituait la planque idéale
à ses yeux. Il avait terminé sa course dans
cet estuaire dont les eaux grises reflétaient
un ciel tourmenté.

Il attrapa son sac à dos, fouilla à l'intérieur et ouvrit *Les Aphorismes* de Bernard Shaw. Il s'était résolu à lire exclusivement en anglais depuis qu'il avait débarqué sur l'île des Saints. Au hasard, il lut : « Un cynique est un homme qui connaît le prix de tout et la valeur de rien ». Il posa sa nuque sur l'appui-tête. Cette forme de nihilisme lui correspondait assez bien.

Tout avait si bien marché jusqu'à présent. À pied, en voiture, par bateau, il bougeait en permanence. Instinctivement, il devinait que la curée et l'hallali étaient proches, il entendait déjà le cor sonner dans sa tête, mais n'était pas disposé à se rendre. Les fous approcheraient si près de l'empire des Morts qu'ils demanderaient grâce.

Le feu vira au vert. Berlines et camions s'acheminèrent vers le ferry. Il laissa la BMW sur le pont et monta sur la coursive en plein vent. Morlaix aimait profiter de la brise, entre fleuve et océan. De son poste, il surveillerait les allées et venues, il possédait un flair éprouvé pour repérer un flic en civil. Le ferry s'ébranla sur les eaux du fleuve. C'était parti pour vingt minutes de traversée.

Rien ne lui paraissait suspect : quelques touristes, trois camionneurs, on était loin de la foule des mois d'été. Le gamin qui avait répondu au prénom de Yann courait entre les véhicules, se cachait derrière les vans.

Une scène lui revint à l'esprit. Une vision si prégnante qu'il en oublia le présent. À l'automne dernier, il se trouvait à bord de ce même ferry, en direction de Killimer. Un groupe de quatre filles riaient et parlaient fort sur le pont. Parmi elles, une blonde aux joues roses soutenait son regard. Belle insolence ! Elle s'appelait Deirdre Gilson, portait une jupe noire, très courte, sur de longues jambes chaussées de bottes compensées. Les quatre jeunes filles se rendaient au Matchmaking Festival de Lisdoonvarna, une ancienne fête aux célibataires. La foire avait été transformée en festival, avec rencontres musicales dans les pubs, courses de chevaux et Guinness coulant à flots. Les mœurs ayant changé, les garçons du pays ne venaient plus chercher une épouse mais de la distraction. En observant Deirdre, il avait senti la « force » renaître en lui, gagner chaque partie de son corps, circuler le long de ses nerfs, exciter son cœur et posséder son cerveau. Il avait suivi les jeunes filles jusqu'à Lisdoonvarna, jusqu'au pub où elles avaient rejoint un groupe d'amis.

Au milieu de la nuit, Deirdre était sortie fumer une cigarette. Il lui avait emboîté le pas. La nuit était chaude. Il avait fait son cinéma habituel : compliments, plaisanteries et roucoulades de séduction. Il avait vite compris que Deirdre était une fille facile, trop facile à son goût. Sa nymphomanie cachait mal une

angoisse de vivre. Il lui avait proposé une
balade dans les Burren, elle avait accepté,
pour son plus grand malheur. Et cette fois
encore, il avait été surpris par la facilité et la
rapidité avec laquelle on passait de vie à tré-
pas. Il voulait déposer le corps sur le plateau
en pierre du dolmen de Poulnabrone afin de
simuler un rite sacrificiel, mais des visiteurs
nocturnes l'en avaient empêché. Finalement,
il l'avait enterrée.

La police avait mis des semaines à trouver
le cadavre.

Deirdre inaugurait un nouveau cycle infer-
nal. La « force » avait gagné. Il savait qu'elle
n'arrêterait plus de le tourmenter. « Deirdre,
douloureuse beauté, amoureuse sacrifiée »,
disait la légende. L'Irlande était entrée en
guerre civile à cause d'elle. Dans le Cycle
de l'Ulster, Deirdre l'indomptable se donnait
la mort. Les Irlandais l'avaient choisie pour
incarner la résistance aux oppresseurs de
toutes sortes. John Millington Synge en avait
fait le sujet de sa dernière pièce de théâtre,
Deirdre des douleurs... Cette référence à la
mythologie l'avait séduit et lui avait donné
l'envie de poursuivre.

Un bruit de ferraille. Le ferry approchant
de la rive, les passagers s'agglutinaient devant
la chaîne et se préparaient à descendre. Il
regagna son véhicule. Il éviterait les routes

trop fréquentées, traverserait le Clare par les chemins de campagne.

À l'approche de Galway, il fit un détour en bord de mer et marcha longtemps sur la plage, le regard tourné vers l'ouest. L'Irlande, il en avait soupé. L'heure du changement avait-elle sonné ? *Prochain arrêt, New York.* Il était plus facile de se perdre sur un continent que sur une île, fût-elle d'Émeraude…, de cristal ou de rubis. À la nuit tombée, il poussa la porte du pub et livra le colis au barman. Avant de repartir, il s'installa dans l'arrière-salle vide, et mangea un plat. Entre deux bouchées, il lut le journal laissé sur la banquette. En troisième page, un article sur les meurtres et le tueur mystérieux. Son thorax se gonfla d'orgueil, élan vite rabroué par une voix intérieure qui le tança : « La satisfaction de soi est un piège qui aveugle et conduit à la faute, tu es condamné à ramper et à fuir, c'est le prix de ta liberté, ne l'oublie jamais ».

6

À la Crim', on ne contrôlait plus rien. Les accords bilatéraux en matière de police entre la France et l'Irlande, encouragent les échanges mais ne permettent pas la fusion des brigades. De nouveaux crimes ayant été perpétrés sur le sol irlandais, il incombait aux Irlandais d'arrêter Yann Morlaix. On ne s'avouait pas vaincus pour autant, il nous restait toute la partie française à élucider, et le champ d'exploration était vaste.

Dans son bureau sous les combles, Arrostéguy tapait sur son ordinateur. Froide l'hiver, étouffante en été, cette pièce formait comme une matrice où il digérait les éléments de nos enquêtes pour les transformer en synthèses. Avec cent soixante-quinze affaires au compteur, il était blindé. Il n'y avait que la barbarie de certaines scènes de crime pour le faire encore sortir de ses gonds. Ce travail l'isolait du monde. Il devait se faire violence pour nous rejoindre à l'étage inférieur et replonger dans le quotidien.

Une information du labo était tombée sur sa messagerie. Il imprima le compte rendu, se leva et quitta la pièce. Un soleil d'hiver éclairait la verrière. Il longea la coursive qui surplombait le filet tendu vingt ans plus tôt, après la tentative de suicide d'un terroriste. Il serait à la retraite avant que le grand déménagement du « 36 » ne bouleverse les usages. Tant mieux ! Il préférait ne pas voir ça. Même si les bureaux n'étaient plus adaptés, on y faisait du bon boulot.

Il frappa chez le commissaire. En voyant la tête du procédurier, Ughetti eut un mauvais pressentiment.

— Le labo ? fit-il.

— Oui, le labo.

— Alors ?

— L'ADN trouvé en Irlande appartient bel et bien à feu Yann Morlaix.

— Tu l'as dit à Pichot ?

— Je lui annoncerai la bonne nouvelle tout à l'heure.

— Tu parles d'une bonne nouvelle.

Normalement, le vouvoiement avec la hiérarchie était de rigueur à la brigade. Le procédurier était l'un des rares à tutoyer Ughetti, parce qu'il avait de la bouteille, mais surtout parce qu'un courant de sympathie les liait spontanément. Arrostéguy avait la réputation d'être l'un des meilleurs procéduriers de la Crim', ce qui pesait aussi dans la balance.

— Les Irlandais ont appelé ce matin, ajouta-t-il.

— Qu'est-ce qu'ils voulaient ?

— Savoir où nous en étions.

Ughetti quitta son fauteuil, marcha jusqu'à la fenêtre, son attention retenue par le Pont-Neuf, la pointe de l'île de la Cité et le pont des Arts, des lieux parfaits pour la romance. S'aimer à Paris, quelle foutaise ! L'immersion dans la criminalité avait éradiqué tout sentimentalisme chez lui. Le départ de sa femme avec son meilleur ami n'avait rien arrangé. Mais la souffrance l'avait conduit à mettre sa superbe de côté, et ses dents ne rayaient plus le parquet. Plus humain, il obtenait de meilleurs résultats au sein de la section qu'il dirigeait. Pour lui, ses hommes ne comptaient plus leurs heures, les équipes étaient soudées et les dernières affaires avaient été bouclées avec brio, attirant sur eux les compliments du Directeur.

Cette histoire de fantôme qui remontait à la surface, venait tout gâcher. Depuis quelques jours, la tension était montée de plusieurs crans. Question de lune sans doute ! Le divisionnaire l'avait prévenu : « Si vous n'êtes pas fichu de fournir des explications sur l'échappée belle de Morlaix, commissaire, on vous retire l'affaire. Ce sera à la brigade nationale de recherche des fugitifs de finir le travail ». Sa carrière ne se remettrait pas d'un tel camouflet.

Arrostéguy regarda la pendule accrochée au mur.

– C'est l'heure du briefing.

Le commissaire sortit de ses pensées.

Quelques minutes plus tard, le procédurier lisait le rapport du labo. Nous étions dépités. Pichot prit la suite et dévoila un élément qui allait bouleverser notre enquête.

– Loyrette a rendu une visite de courtoisie aux Shoenberg, ce matin. Vous vous souvenez des parents de Lisa ? Ils nous avaient fait perdre beaucoup de temps en voulant protéger leur fille.

Je m'en souvenais parfaitement. Comment oublier l'ex-petite amie de Morlaix ! Je menais l'audition, le jour où elle avait craqué. Lisa m'était apparue si délicate, si fragile que je m'étais senti mal à l'aise en la poussant dans ses retranchements.

– Dis-leur ce que tu as appris, Loyrette.

– Il y a bien anguille sous roche. Après la mort supposée de Morlaix, Lisa a été internée dans un hôpital psychiatrique de la banlieue parisienne. Elle affirmait que Morlaix n'était pas mort.

– Pourquoi ses parents n'ont-ils rien dit ? s'étonna Girodeau.

– Elle souffrait d'hallucinations, ils ont mis ça sur le compte de troubles comportementaux.

– Un peu maigre comme piste, murmura Kader.

– C'était aussi mon opinion, répondit Loyrette, jusqu'à ce que madame Shoenberg me montre quatre cartes postales trouvées chez sa fille, enfouies au fond d'un tiroir.

Sans texte ni signature, et en provenance d'où ? Je vous le donne en mille.

– D'Irlande ! me suis-je écrié, ma voix couvrant toutes les autres.

– Bingo !

Savoir que Morlaix vivait peinard depuis tout ce temps, à deux heures de vol de Paris, me mettait hors de moi.

Le brigadier Loyrette étala les quatre cartes sur le bureau.

– L'adresse a bien été écrite par Morlaix, les Shoenberg ont reconnu son écriture, et une rapide analyse graphologique semble le confirmer. Vous remarquerez qu'elles se ressemblent et qu'il n'y a rien d'écrit au verso, comme si l'illustration suffisait.

– Et ça représente quoi ? interrogea le procédurier.

Le brigadier bichait, pour une fois qu'il avait la vedette.

– Des reproductions du *Livre de Kells*, un manuscrit médiéval conservé au TCD.

– C'est quoi le TCD ? demanda Kader.

– Le *Trinity College of Dublin*.

– Cohérent pour un ancien libraire, observa la jeune recrue.

– Qu'est-ce qu'il évoque ce manuscrit ? s'inquiéta Pichot.

– Voici ce que j'ai glané sur Internet.

Loyrette s'empara d'une feuille de papier griffonnée.

– *Le Livre de Kells* est un chef d'œuvre de l'enluminure rassemblant les quatre Évangiles du *Nouveau Testament*. On pense qu'il a été rédigé autour de l'an 800, par des moines irlandais installés sur l'île d'Iona, au large de l'Écosse. Les invasions vikings auraient contraint les religieux à s'installer au cœur de l'Irlande, à Kells. Ce lieu a donné son nom au manuscrit. L'évangéliaire est agrémenté de trente-trois pages d'enluminures, toutes plus complexes et symboliques les unes que les autres. Les chercheurs parlent d'un ouvrage unique, d'une incroyable beauté. Umberto Ecco le définit comme le produit d'une hallucination de sang-froid.

Bluffé par le travail de notre collègue, Girodeau siffla.

– L'enfoiré, grogna Arrostéguy en triturant sa balle en mousse.

– Après vérification, les cartes ont toutes été envoyées le lendemain des crimes perpétrés en Irlande, comme si l'assassin avait voulu avertir Lisa de son passage à l'acte.

– Tu as bien dit que les Shoenberg avaient récupéré quatre cartes postales, dis-je.

– C'est exact.

– Mais Lynch n'a parlé que de trois corps.

– Il existe peut-être un quatrième cadavre quelque part, suggéra Kader. Un corps qui n'aurait pas encore été trouvé.

– Et si Morlaix s'était réfugié dans une secte ? se demanda notre procédurier.

Pichot leva la main :

– Pas tous en même temps. Cette série de cartes postales ressemble davantage à une mauvaise blague qu'à un indice. Souvenez-vous comment Morlaix nous a menés en bateau par le passé.

– On dirait qu'il a perfectionné sa méthode, soupira Ughetti. Je me demande comment il a pu se faufiler à travers les mailles du filet de la *Garda*. C'est à n'y rien comprendre.

En fin de séance, le chef de groupe distribua les rôles pour les jours suivants :

– Girodeau et Kader, vous interrogerez les témoins de l'ancienne enquête, l'ex-patron de Morlaix ainsi que tous les gens qu'il a fréquentés par le passé. Ils ont peut-être eu vent de quelque chose, après tout.

Il se tourna vers moi.

– Escoffier, arrange-toi pour rencontrer Lisa et lui tirer les vers du nez.

Pointant Loyrette du doigt :

– Toi qui excelles dans les enquêtes de voisinage, débrouille-toi pour obtenir un maximum d'informations la concernant. Arrostéguy et moi, nous continuerons d'éplucher les archives et les procès-verbaux.

– Une petite virée en Bretagne, le pays natal de Morlaix, ce serait bien, non ? tenta Girodeau. Les fuyards se réfugient instinctivement dans le cocon originel.

7

De retour de Galway, Morlaix fila chez Susie. Au rez-de-chaussée, son appartement était si sombre que la lumière électrique y brûlait à longueur de journée. Rideaux de dentelle aux fenêtres, canapés et fauteuils défoncés, de l'encens pour parfumer l'air vicié, et une photo du pape dans un cadre... Un portrait de Bobby Sands, martyr sublimé, mort d'une grève de la faim dans une prison d'Irlande du Nord, était accroché au-dessus du sofa. De sa fenêtre, Susie pouvait surveiller le container qui lui servait de boutique.

Il la trouva en train de tirer les cartes.

– Hey ! lança-t-elle.

Yann s'installa dans un fauteuil.

Susie O'Brien avait fui l'Irlande du Nord depuis près de quarante ans. Quelques jours après *Bloody Sunday,* des paramilitaires loyalistes ayant mis le feu à sa maison, elle avait émigré vers le sud avec son mari et son premier fils. Elle tenait les orangistes, les Anglais et les politicards pour responsables de ses problèmes et, par extension, de tous les maux dont souffrait cette pauvre terre d'Irlande. Depuis, elle végétait à Ballymun.

– Comment ça s'est passé à Galway ? demanda-t-elle.

– Bien.

– Quoi de neuf ?

– Tu diras à Charlie de ne plus compter sur moi pendant quelque temps.

Elle suspendit son geste, le regarda.

– Qu'est-ce qui va pas ?

– Rien, je n'ai pas pris un jour de vacances depuis trois ans, j'ai besoin de me reposer. Charlie et toi, vous êtes en mesure de comprendre ça, non ?

Elle le fixa, bouche bée. Leurs relations étaient habituellement simples : il passait, elle lui transmettait les consignes et il s'en allait sans demander son reste. Charlie préférait traiter avec un messager en chair et en os pour régler certaines affaires entre le Nord et le Sud, mission dont le Français s'acquittait avec un talent éprouvé.

À quelques exceptions près, les hommes du caïd avaient tous connu la prison. Ils le surnommaient le « Don » en référence au mafieux américain, et parce qu'il aimait les belles fringues. Depuis que la tête pensante de la pègre irlandaise croupissait dans la prison de Portlaoise, il tirait les ficelles. Son *business* était hiérarchisé, les défoncés en bas de l'échelle, les gosses des banlieues au milieu, les petits malins au-dessus et, tout en haut, les professionnels du crime. Parmi les électrons libres qui naviguaient autour de ce système bien rodé, Yann Morlaix figurait en bonne place.

Les Irlandais chassant en meute, ce loup solitaire ne leur avait pas inspiré confiance au début. Ils lui avaient tendu des pièges, l'un d'eux l'avait même passé à tabac, mais le « Don » était intervenu et tout était rentré dans l'ordre.

battu

— Je te sers quelque chose de chaud ? proposa Susie.

— Du thé, oui.

— Attention, c'est bouillant, fit-elle en lui tendant un mug estampillé du trèfle à trois feuilles.

— Je cherche un endroit tranquille pour une semaine ou deux. Un trou où personne ne viendrait me chercher. Un bateau, une grange, n'importe quoi ferait l'affaire.

— T'as des soucis ?

— Non, juste besoin de repos.

— Dans le port de Dun Laoghaire, y'a un voilier qui appartient à un de nos clients. Un gros bonnet. Personne n'y met jamais les pieds.

— C'est parfait.

— J'ai les clés, tu peux y dormir dès ce soir, si tu veux.

— Le nom du bateau ?

— Le *Deirdre*, répondit-elle en inscrivant le numéro du quai sur un bout de papier.

« Le *Deirdre*, évidemment », pensa-t-il.

— Et Charlie ? s'inquiéta Susie. Qu'est-ce que j'dis à Charlie ?

important personne

– Je lui parlerai moi-même.

– Combien de temps tu comptes te reposer ?

– J'en sais rien.

– T'auras qu'à laisser la voiture sur le parking, j'enverrai quelqu'un la chercher demain. Je préviendrai le gardien de la marina. Il est des nôtres ! Comme ça, tu pourras te raccorder à l'eau et à l'électricité. Arrange-toi pour sortir à la nuit tombée. Pour la nourriture, y'a des boutiques qui restent tout le temps ouvertes dans George Street. En cas de problème, appelle d'une cabine.

Elle reprit son jeu et retourna une carte comme si de rien n'était.

– C'est quoi ? demanda-t-il.

– L'As d'Épée.

– Qu'est-ce que ça représente ?

Elle récita ce qu'elle avait appris :

– Marque de l'intelligence qui s'affole. Carte d'absolu. L'As d'Épée agit sur l'esprit et les forces du mental.

Il hocha la tête, l'embrassa sur le front et s'en alla, les clés du *Deirdre* dans la poche.

Un air de villégiature flottait dans les rues du port de Dun Laoghaire, situé à une douzaine de kilomètres au sud de Dublin. Dans la tour Martello, sur le front de mer, Joyce aurait écrit le premier chapitre d'*Ulysse*. Cette référence suffisait à le rassurer.

Yann Morlaix franchit la grille de la marina sans encombre. Le vent s'engouffrait dans les bassins et tourbillonnait en bout de jetée, agitant les drisses dans un bruit métallique. Morlaix s'orienta facilement jusqu'au *pier* NG ODD où le *Deirdre* était amarré. Il sauta à bord, ouvrit la trappe, descendit l'escalier en s'éclairant à la flamme d'un briquet. Par les hublots, il aperçut la guérite du gardien qui surplombait le port comme une tour de contrôle. L'humidité et le froid le pénétraient. Il se glissa à l'intérieur du duvet, alluma une cigarette et chercha à identifier les volutes de fumée qui flottaient dans la cabine : ange joufflu, génie tout droit sorti de la lampe d'Aladin, cyclope. Il ferma les yeux et la vision de la *Banshee*, enveloppée dans ses voiles blancs, lui apparut soudain.

8

Joint par téléphone, Bertillet, le psychiatre de Lisa Shoenberg, me proposa de le rencontrer dans l'hôpital de banlieue où il dirigeait un service. Cet établissement était une petite ville avec ses nombreux pavillons, on y trouvait une chapelle et même un musée, l'ensemble datant du XIXe siècle. La longue allée bordée d'arbres, la symétrie des bâtiments et l'austérité des lieux vous glaçaient le sang dès l'entrée.

Je bavardais avec Bertillet en marchant dans le parc. Une patiente en chemise de nuit, une polaire sur les épaules, croisa notre chemin. Les espaces verts ne parvenaient pas à masquer la morosité des lieux. Des silhouettes déambulaient derrière les sapins et les chênes.

– Que font ces gens ? demandai-je.

– Nous laissons les malades les moins fragiles se déplacer en toute liberté.

Je lui exposai clairement l'objet de ma visite.

– Je ne crois pas que ma patiente soit mêlée à tout ça, affirma-t-il, après m'avoir écouté.

Il m'expliqua que Lisa séjournait de temps en temps dans cet hôpital.

– Elle y vient spontanément, lorsqu'elle a oublié de prendre ses neuroleptiques.

– Reçoit-elle des visites quand elle est ici ?

– Lorsqu'elle est admise chez nous, Lisa est en crise. Par conséquent, elle ne reçoit aucune visite. Si c'est à Yann Morlaix que vous pensez, je vous arrête tout de suite, aucun homme n'est jamais venu la voir dans cet établissement.

– Avant de l'interroger, je voulais connaître votre avis sur son état de santé.

– Vous oubliez que je suis tenu par le secret médical.

– Une expertise nous ferait perdre un temps précieux.

Le chef de service s'arrêta pour mieux me fixer derrière ses lunettes. Son visage exprimait une énergie et une patience infinies. Je me demandais où cet homme puisait la force d'affronter ce mal étrange qu'on appelle folie, et que les psychiatres s'évertuent à baptiser de noms multiples et savants.

– Que voulez-vous savoir au juste ?

– Comment va-t-elle ?

Bertillet reprit sa marche, mains croisées dans le dos.

– Bien, s'il est permis d'employer cette expression quand un être se débat avec ses propres démons, accablé de neuroleptiques et de psychotiques.

– De quoi souffre-t-elle au juste ?

– Psycho-névrose de type mystico-religieux.

– Ça se traduit comment ?

– Elle entend des voix. Tout est bon, la prophétie des Mayas, Michel de Nostredame, Malachie, et j'en passe...

– Supporterait-elle une conversation un peu musclée ?

– Depuis quand les services de police prennent-ils des gants avec les témoins ?... Ma patiente est tout à fait capable de supporter un interrogatoire, si c'est votre question. Mais n'attendez pas une véritable coopération de sa part. Le direct, le frontal l'effraient. Elle déteste être prise au dépourvu, et ses propos sont parfois incompréhensibles. Elle préfère les ruelles aux avenues, les bistrots mal éclairés aux brasseries rutilantes et les boutiques obscures aux grands magasins. Lisa vit dans l'ombre, elle reste très vulnérable.

– Où loge-t-elle ?

– Dans un meublé, derrière la Comédie française.

– Qui s'occupe de sa fille ?

– Ses parents. Voyez-vous, elle ne peut prendre soin de sa petite Zoé, parce que tout la heurte... les cris, les rires, les bruits, mais aussi la grimace d'une sculpture, un son inhabituel... Le monde extérieur la tourmente.

– Des cartes postales traînaient au fond d'un tiroir de sa chambre, postées de Dublin et sans texte. L'adresse a été rédigée par Morlaix, les parents de Lisa ont reconnu son écriture. Vous en a-t-elle parlé ?

– Non, jamais.

– Les Shoenberg affirment pourtant que leur fille vous considère comme son sauveur et son confident.

Nous nous trouvions sous la galerie qui menait au bureau du psychiatre. Des hommes et des femmes en blouse blanche nous saluaient en passant. Et toujours cette lueur de patience infinie dans le regard de mon interlocuteur.

– Qu'insinuez-vous ?

– Je m'étonne que Lisa ne se soit pas davantage confiée à vous. N'est-ce pas un secret trop lourd à porter pour une femme si fragile ?

– Je vous assure qu'elle ne m'a jamais dit un mot sur d'éventuels échanges épistolaires avec Yann Morlaix.

– Je ne comprends pas son attitude, Morlaix est tout de même un assassin. Pourquoi couvrirait-elle la fuite d'un homme qui, après tout, l'a abandonnée ?

– L'être humain est complexe, vous savez. Ni vous ni moi ne sommes en mesure d'en percer tous les mystères.

– Je pense qu'une expertise s'impose, docteur Bertillet.

Nous nous quittâmes poliment devant la porte de son bureau. Je retrouvai sur le parking le véhicule de la PJ. De plus en plus convaincu que Lisa Shoenberg détenait une des clés du mystère, je l'appelai de la voiture.

– Damien Escoffier, de la brigade criminelle, annonçai-je.

– Oui.

Elle se souvenait de moi, je le sentais à
son intonation.

– C'est pour quoi au juste ?

– Je voudrais vous parler, Lisa.

La jeune femme réfléchit. Elle ne sortait
plus beaucoup, et puis il faisait si froid.

– Qu'est-ce que vous me voulez ?

L'angoisse filtrait dans sa voix.

– Je ne peux pas vous l'expliquer par téléphone.

De nouveau, il y eut un long silence.

– Quand et où ?

– Demain, dans les jardins du Palais-Royal,
à deux pas de chez vous, disons vers seize
heures.

– Bon, j'y serai.

– Je vous attendrai près du bassin.

9

La pluie ruisselait sur la coque et les hublots du *Deirdre*. Pas même un bouquin sur ce sale rafiot, déplorait Morlaix. Une journée sur le voilier lui paraissait aussi interminable qu'un poème de Kavanagh. Il se morfondait dans cette cabine, attendant que la presse se calme. Le crime du Causeway avait déclenché une vague de panique. Les journaux du jour restaient ouverts sur la table de navigation. « Le criminel serait un Français ! » titrait l'*Independent*. « L'ADN, trouvé sous les ongles de la victime, a permis de l'identifier », expliquait le journaliste bien informé. « Le problème, c'est que cet ADN, qu'on nous présente comme une preuve irréfutable, appartiendrait à un homme que l'on dit mort depuis plus de deux ans et demi. La situation serait comique si trois innocentes n'avaient perdu la vie dans des circonstances épouvantables... » Le *Times* consacrait un long article à la coopération policière entre l'Irlande et la France, et l'*Irish Sun* se délectait sur trois pages des scènes de crime.

Ce matin, il avait longuement hésité avant d'appeler Susie d'une cabine téléphonique. Au ton glacial de sa voix, il avait compris qu'elle avait fait le rapprochement. Charlie avait ses informateurs au sein de la police. La nouvelle avait dû se répandre comme une traînée de poudre dans tout le réseau.

– Qu'est-ce que tu veux ?

– T'expliquer.

– C'est pas la peine !

La respiration de Susie, comme un reproche. C'est par le crime que les siens avaient défendu la communauté à laquelle elle appartenait. Elle avait vingt ans, en ce soir d'Halloween, quand des protestants déguisés et masqués avaient poussé la porte du pub où elle se trouvait avec des amis, ils avaient crié *Trick'r treat**, selon la formule consacrée, avant de tirer sur les gens à bout portant. Six morts ! Quelques jours plus tard, la vengeance de son clan avait été tout aussi sanglante. Oui, Susie O'Brien avait fermé les yeux sur toutes les horreurs perpétrées au nom de la cause. « Œil pour œil, dent pour dent ». Elle comprenait la violence, mais pas le crime gratuit.

– Je passerai quand même, Susie.

Avant de raccrocher, elle lui balança que le « Don » voulait le voir.

Assis au pied de la couchette, une bouteille de Jameson entamée à ses pieds, Yann Morlaix cogitait. Échoués sur la table, une boîte de thon ouverte et un sac de chips

_____
* Phrase rituelle des enfants faisant du porte à porte la veille d'Halloween.

éventré. Au sol, une assiette débordait de mégots écrasés. Le sac de couchage était percé de trous de cigarettes.

Tout avait commencé sur une plage du Morbihan. À douze ans ? Ou à treize ans ? Un coup de soleil. Il reste alité une dizaine de jours, souffre de maux de tête, vomit du sang. Le médecin de quartier conclut à une insolation. Relevé de sa maladie, il sent qu'il n'est plus le même. Des idées de meurtres lui viennent à l'esprit, des envies qu'il réfrène de plus en plus mal. Il est effrayé par les images que son cerveau fabrique. Après le suicide de son frère, il commence à ressentir des pulsions de mort, comme si cette disparition avait coupé les liens d'une ultime résistance.

À Paris, le meurtre de l'éditrice ne relevait que d'une vengeance personnelle.

En Irlande, il s'en prenait à de jeunes femmes plutôt jolies parce qu'il abhorrait la laideur. Et blondes pour ne pas les confondre avec Lisa. La beauté amplifiait son plaisir. Toutes avaient un point commun : la vie leur pesait terriblement, elles n'étaient pas heureuses. D'une certaine manière, il était leur libérateur. Ses pensées se télescopaient sans suite logique. Les regards étonnés de ses dernières victimes lui revinrent à l'esprit : Deirdre, Aoife, Brigid, Aine enfin. Des noms d'héroïnes légendaires, car la beauté, comme le diable, peut se loger dans le détail. « Si je ne peux fléchir les Cieux, je remuerai les

Enfers ». Ériger le crime en œuvre d'art, c'était mieux que le crime parfait. Pendant quelques minutes, l'artiste maîtrisait le monde, le dominait.

Au bout du chemin, il savait que l'attendaient l'enfermement ou la mort. « Anywhere out of the world, mon âme reste muette, en es-tu donc venue à ce point d'engourdissement que tu ne te plaises que dans ton mal ? S'il en est ainsi, fuyons vers les pays qui sont les analogies de la Mort... » Son âme savait interroger la prose de Baudelaire, mais sans pouvoir se rassurer sur son avenir.

Où serait-il demain ?

10

Les jardins du Palais-Royal, si fringants en été, avaient endossé leur costume d'hiver : les chaises étaient empilées et les arbres tendaient leurs bras décharnés vers le ciel. Sous les propylées du Conseil d'État, des enfants jouaient, couraient entre les colonnes de Buren et les escaladaient.

Lisa arriva par un porche étroit qui débouchait sur la galerie Montpensier. Je craignais qu'elle ne vienne pas. Elle marchait tête basse, et je compris qu'elle s'était fait violence. Quand elle se trouva à quelques mètres, je la saluai :

– Bonjour, Lisa.

Elle referma les pans de son manteau sur sa poitrine. Ses longs cheveux noirs cachaient en partie son visage. N'était son regard perdu, rien ne laissait deviner qu'un mal la rongeait de l'intérieur, enfoui sous sa chair. Me souvenant des conseils de Bertillet, je l'invitai à entrer dans un petit salon de thé, plutôt sombre, et l'installai au fond de la salle avec l'impression d'avoir toujours le même oiseau blessé au cœur battant devant moi. Lisa m'observait sous cape. Pour la mettre en confiance, je lui parlai de la rigueur de l'hiver et de la magie des lieux.

– Qu'attendez-vous de moi ? m'interrompit-elle.

– C'est au sujet de Yann. Vous vous en doutiez, n'est-ce pas ?

Elle se tordit les mains, lança un regard furtif vers l'issue de secours. J'insistai :

– Depuis quand savez-vous que Yann n'est pas mort ?

Elle me toisa.

– Vivant ou mort, qu'est-ce que ça change ?

– Il a fui en Irlande, ça aussi vous le saviez, je suppose.

– Il vous aura fallu tout ce temps pour vous en rendre compte.

Pas de mépris ni d'ironie dans sa voix, juste de l'étonnement.

La serveuse revint nous servir les thés verts que nous avions commandés. Des bruits de conversation étouffés, des rires discrets entrecoupaient nos paroles. Les yeux de Lisa étaient à l'affût de la moindre anomalie. Ne pas perdre le fil, me répétai-je, capter son attention. Croyant la rassurer, je posai une main sur son avant-bras.

– Ne me touchez pas ! s'écria-t-elle en reculant.

Patience, Damien, patience.

– Vos parents nous ont confié une série de cartes postales qui vous étaient adressées. Ils ont reconnu l'écriture de Yann.

– Et alors ?

– Des femmes sont mortes à cause de lui.

Elle croisa les bras pour mieux se replier à l'intérieur d'elle-même.

– Je ne vois pas de quoi vous parlez.

– Savez-vous où il vit ?

– Non.

– Que fait-il là-bas ?

Elle leva les yeux au plafond et répondit, l'air inspiré :

– Des œuvres d'art.

– Quel genre d'œuvre d'art ?

L'expression de son visage devint plus agressive.

– Comment voulez-vous que je le sache ?

– Morlaix a-t-il pris contact avec vous récemment ?

Elle fit non de la tête, puis se balança doucement d'avant en arrière.

– J'ai froid, dit-elle, en essuyant son nez d'un revers de main.

Je m'attendais à la voir partir en courant d'une seconde à l'autre, mais elle n'en fit rien. Après avoir bu son thé lentement, soufflant dans sa tasse entre chaque gorgée, elle se mit à parler.

– Deux mois après sa disparition, j'ai reçu un coup de fil de Yann m'annonçant qu'il était sorti indemne des carrières et qu'il avait pris la fuite en Bretagne.

– En Bretagne ?

– Oui, chez un ami.

Je restai de marbre, contrôlant chacun de mes gestes, chacune de mes expressions.

– Tout le pays était au courant de son affaire. Qui aurait pris le risque de planquer un assassin ?

– Un ami d'enfance.

– Vous le connaissiez ?

– Non.

– C'est tout ce qu'il vous a dit ?

– Il se cachait dans une ferme inhabitée. Il a ajouté qu'il partait à l'étranger.

– Avez-vous parlé de cet entretien à quelqu'un ?

– À mes parents, oui.

– Comment ont-ils réagi ?

– Ils ont répondu que la résurrection n'existait pas, et que je devais être folle. Dans les jours qui ont suivi, je suis tombée gravement malade, je ne me souviens plus de rien.

La vie n'avait pas été tendre avec cette femme. Le père de Zoé parti sans laisser d'adresse, Morlaix déclaré mort, puis ressuscité et en fuite, il y avait de quoi perdre pied. La maladie pour échapper aux problèmes. Elle semblait toujours sous l'emprise de Yann. Mais de quelle pâte était donc fait ce monstre pour exercer pareille fascination ?

– Il est resté des mois sans donner signe de vie, continua-t-elle. C'était difficile pour moi. Un jour il a rappelé. J'ai voulu prendre un avion pour le rejoindre, mais il me l'a interdit. Il disait que ce serait trop dangereux pour nous deux, qu'il continuerait à prendre

de mes nouvelles, mais que je devais m'habituer à vivre sans lui.

– Depuis quand vous envoie-t-il des cartes
postales ?

Lisa haussa les épaules sans répondre. Je
devins plus précis :

– Elles font référence à un manuscrit
ancien, vous qui avez étudié l'histoire de l'art,
ça ne vous aura pas échappé.

Son regard partit à la dérive.

– « Quand la troisième heure sonnera, le
Bien et le Mal seront confondus », prédit-
elle dans un état second. Ni vous, ni Yann,
ne survivrez ! Aspirés dans un immense trou
noir, vous disparaîtrez tous les deux. Le premier qui tombera entraînera l'autre dans sa
chute.

– C'est Yann qui vous raconte ces bêtises ?

– Non, ce sont les voix…, souffla-t-elle, à
bout de force.

Elle se leva, se dirigea vers la porte et
s'éclipsa comme une ombre.

Je restai assis devant la chaise vide. En
colère, tranquille seulement en apparence ! Le
temps nous jouait-il un tour en se rétractant,
balayant d'un coup des mois d'existence ?
Quel crédit accorder aux propos d'une femme
dont l'esprit fluctuait entre deux mondes ?
Que pourrait valoir son témoignage ? Dans
la plupart des affaires, nous avons une ou
plusieurs victimes sur les bras, et un assassin à débusquer. Dans le cas présent, nous

connaissions tout sur son identité et sa physionomie, nous ne le connaissions que trop. Alors d'où me venait cette impression de tenir un serpent gluant entre mes doigts ?

Les collègues attendaient mon retour.

– Pour la Bretagne, qui avait raison, hein ? s'emballa Girodeau.

– Mouais, fit le procédurier.

– J'ai eu l'impression de parler à une revenante.

– Nous allons demander une expertise médicale, confirma le commandant Pichot.

Les parents de la jeune femme furent convoqués au quai des Orfèvres le jour même. Ils étaient bouleversés.

– Cet homme est le diable en personne, laissa échapper la mère de Lisa.

– Notre fille était gravement malade, expliqua M. Shoenberg, nous n'avons pas prêté attention à ses propos. Nous étions tellement perturbés, vous comprenez, et puis il y avait Zoé.

– Morlaix vous parlait-il d'un ami qu'il aurait eu en Bretagne ?

– Ce n'était pas son genre de parler du passé. Mais… attendez…, je me souviens d'une fois où il nous a parlé d'un copain d'enfance qui appartenait à un mouvement de libération de la Bretagne ou quelque chose comme ça, dit la mère.

– Vous a-t-il dit son nom ?

Ils échangèrent un regard impuissant.

– Nous sommes désolés, fit le père.

Arrostéguy s'éclipsa pour téléphoner à la DGSI* où un collègue lui assura que le mouvement indépendantiste ne faisait plus parler de lui depuis une bonne dizaine d'années. La Bretagne était calme, il n'y avait rien à craindre de ce côté-là.

Pichot nous réunit en fin de journée.

– Yann Morlaix est né à Carhaix-Plouguer, au cœur de la Bretagne, résuma-t-il. Il a fréquenté les écoles du coin avant de poursuivre ses études à Paris. Qu'il ait entretenu des relations avec des indépendantistes n'est pas invraisemblable. Arrostéguy s'est rapproché du service de renseignements, on lui a assuré que le mouvement était exsangue.

– Ce qui ne prouve rien, objecta le procédurier.

– Nous vérifierons nous-mêmes. Girodeau et Loyrette, passez au bureau des missions. Vous partez pour la Bretagne dès demain matin, ordonna notre chef de groupe. Trouvez-moi le gars qui a planqué Morlaix.

Il me regarda.

– Toi, Damien, tu creuseras la symbolique des cartes postales. Elles contiennent peut-être un message que nous n'avons pas su décrypter.

---

* Direction générale de la sécurité intérieure.

– Bien, je ferai mon possible.

– Et moi ? fit Kader, de peur d'être en reste.

– Tu viendras avec moi, on n'a pas fini d'interroger les anciennes relations de Morlaix à Paris, le rassura Pichot.

– Ça n'a rien donné jusqu'à présent, constata Loyrette.

– C'est pas une raison pour s'arrêter en chemin.

Lisa fut internée quelques jours plus tard, dans un état jugé critique. Au fond, elle ne se sentait bien qu'à l'hôpital, près de son psychiatre. « Violence émotionnelle insoutenable » diagnostiqua le docteur Bertillet, furieux de voir des mois de soins anéantis par un entretien d'une trentaine de minutes dans un salon de thé. Je ne culpabilisais pas plus que ça. La recherche de la vérité est à ce prix. Je n'aspirais qu'à faire tomber Morlaix. Et tous les moyens étaient bons...

Un moine en bure de lin, courbé sur sa planche. L'illustration de la Troisième Heure, « hora tercia », ce passage crucial de l'Évangile de Marc pourra être compris de ceux ne sachant point lire. Cet ouvrage sera le plus beau jamais consacré à la gloire de Dieu.

Cellach, le maître-enlumineur, fronce les sourcils. Le souvenir des hordes vikings le hante toujours au moment de se pencher sur le vélin. Le moine se revoit, travaillant sur un parchemin, le jour où le monastère d'Iona fut mis à sac par les guerriers du Nord. Depuis tant d'années qu'il a émigré à Kells avec les autres frères, il ne parvient toujours pas à chasser de sa mémoire les images du scriptorium en feu. Pour l'aider à trouver l'inspiration, on a disposé sur l'autel les livres de Saint Colomban ainsi que des vêtements lui ayant appartenu. Ces reliques, miraculeusement sauvées du pillage, assurent la protection du monastère.

Au fond de la salle, un novice remplit l'encrier taillé dans une corne de vache ; un copiste choisit avec soin les plumes, les roseaux et les pinceaux. À côté du maître, frère Jean broie les pigments et prépare les couleurs. L'encre brun-rouille, faite de noix de Galle écrasée et de sulfate de fer, a été mélangée à un liant de gomme et d'eau. Du menton, Cellach pointe le vase contenant le minéral le plus précieux, le lapis-lazuli. Il obtiendra plusieurs nuances de bleu grâce à cette pierre fine.

Frère Jean obtempère.

Morlaix sort de son rêve éveillé et s'assoit au bord de la couchette. Il est en nage. Nuit noire dans le voilier qui se soulève et retombe le long du quai. Cellach s'est évaporé mais il sent encore sa présence. Le maître-enlumineur lui apparaît régulièrement depuis qu'il s'est penché au-dessus de l'original du *Livre de Kells*, exposé dans une vitrine de la *Old Library* de *Trinity College*.

Lisa a forgé son goût pour l'art médiéval, Lisa qui a cru en lui, au point de lui sacrifier sa propre existence.

Lisa crucifiée.

Le moine refait surface.

À l'intérieur du monastère, tout est silence et recueillement. La flamme de la bougie vacille. Dehors, la tempête se déchaîne, le vent est glacial. Aucun guerrier du Nord ne s'aventurera sur les flots par un temps pareil.

Qu'auraient fait les moines irlandais d'un homme comme lui ? se demande Morlaix. L'auraient-ils accroché à un croc de boucher pour l'exposer à la vindicte populaire ?

L'auraient-ils pendu aux fourches patibulaires ? L'angoisse, un moment écartée, le rattrape, oppressante.

Cellach suspend son geste, l'esprit frappé par une évidence : seul le dépouillement peut bien exprimer la solennité. Son regard se brouille, il verse une larme qu'il essuie avec le dos de sa main. Il colle son visage inspiré sur la feuille qui dégage une odeur de peau de bête. Ses rhumatismes le font souffrir, ses mains sont déformées. Il doit puiser au plus profond de sa foi pour trouver la grâce, car son travail est inspiré par les anges eux-mêmes. Un souffle dans le cou décharné de Cellach, l'aile de l'ange le frôle.

De nouveau, la vision de Lisa vient le tourmenter. La pauvre a basculé dans un monde imaginaire. La mystique et la réalité se mélangent dans son esprit. Il a feint de la suivre dans son délire, prétendant composer des œuvres d'art, sans lui préciser qu'il s'agit de compositions macabres. Connaissant sa fascination pour le *Livre de Kells*, il lui en a envoyé une illustration après chaque passage à l'acte.

Des pas s'avancent sur le quai en bois. Des voix s'élèvent. Le gardien de la marina échange des banalités avec un collègue. Morlaix attend quelques minutes et regarde sa montre : un peu plus d'une heure du matin. Encore toutes ces heures à attendre !

Le lieutenant Girodeau et le brigadier Loyrette s'installèrent dans un petit hôtel de Carhaix. Leur mission ? Vérifier les propos de Lisa, interroger les anciens amis de Morlaix et sa famille. Depuis la disparition de son frère et de sa mère, il ne restait que son père, un grincheux qui ne voulait plus entendre parler de ce fils maudit : « Si, comme vous le dites, il est encore en vie, faites ce que vous avez à faire. Je n'ai plus rien à voir avec cet individu, je n'ai plus de fils. Qu'il brûle en enfer ! » Quant aux anciens amis, les réactions allèrent de l'incrédulité au sarcasme, car faire revivre un mort n'est jamais chose aisée : « Morlaix ressuscité ? C'est la meilleure de l'année ! »

À la brigade territoriale de gendarmerie, ils firent la connaissance du major Patrick Barthes. Pas un village qu'il n'eût traversé, pas un calvaire qu'il n'eût croisé sur sa route, la carte de Bretagne était imprimée dans ses neurones.

– Nous cherchons un homme qui aurait caché Yann Morlaix un certain temps dans votre secteur. Un type qui aurait quelque chose à voir avec le mouvement indépendantiste.

– Rien que ça !

Entré dans la profession à l'époque où l'Armée révolutionnaire bretonne était active, Barthes avait fait ses classes sur fond de terrorisme. Le mouvement indépendantiste multipliait alors les attentats contre les symboles de l'État, perceptions, cités administratives, gendarmeries. Le major connaissait son sujet sur le bout des doigts. Suffisait de le brancher.

– Le cœur du mouvement indépendantiste bat à Saint-Cadou, dans la Bretagne profonde, affirma-t-il.

– La DGSI prétend que les choses se sont bien calmées, avança Girodeau.

– Les Bretons ont fini par comprendre qu'on ne pouvait pas vivre en se contentant de cochon et de patates.

Sourire entendu des deux Parisiens.

– Les indépendantistes n'ont tout de même pas tous disparu.

– Bien sûr que non. Ils se rattachent désormais à un mouvement celtique plus vaste, qui s'étend de la Galice à Belfast. Plusieurs associations prônent l'indépendance de la Bretagne, sous couvert d'action culturelle.

– Elles sont nombreuses ?

– Quelques dizaines tout au plus, mais je n'en connais qu'une qui tienne vraiment la route.

– Laquelle ?

– « Frankis Atao ».

– Vous connaissez le nom du responsable ?

– Oui, Michel Le Bihan.

– Croyez-vous des gens du pays capables d'héberger un homme en cavale ?

– On voit que vous ne connaissez pas les Bretons ! Morlaix est né dans le coin, il lui restait sûrement quelques amis prêts à lui filer un coup de main en cas de besoin.

– Et l'Irlande dans tout ça ? lança Loyrette.

– Vous savez aussi bien que moi que des liens existent entre les réseaux terroristes, l'entraide joue à fond dans ces milieux-là. Pas plus tard qu'hier, la police nord-irlandaise a arrêté un membre de l'ETA qui se planquait à Belfast. L'opération s'est déroulée à la demande et avec la police espagnole. Un rassemblement public est prévu demain sur la place Mosku d'Irùn, pour protester contre l'arrestation.

Patrick Barthes n'était pas mécontent d'en remontrer à ces deux gars venus de Paris, tout auréolés de la réputation de la Crim'. Satisfait de sa démonstration, il se cala dans sa chaise et conclut :

– Vous voyez, tout se tient !

– La fuite du meurtrier en Irlande sous la protection d'indépendantistes vous paraît donc plausible, insista Loyrette.

– Tout à fait plausible. La coopération entre Bretons et Irlandais a connu son apogée pendant les troubles d'Irlande du Nord, dans les années 80. La France servait de base arrière à l'IRA. Aujourd'hui, on parle davantage d'échanges culturels, mais ce terme n'englobe pas que le biniou, la bombarde et le fest noz. En consultant leurs sites, vous comprendrez que le fond est souvent politique, parfois même révolutionnaire.

Une moue admirative se dessina sur le visage de Girodeau.

– Vous savez, les soirées sont longues en hiver, je passe beaucoup de temps à naviguer sur Internet et à recouper les informations, se justifia le gendarme.

– Chacun son plaisir, admit Loyrette, dubitatif.

Le major Barthes endossa des vêtements civils pour accompagner Girodeau et Loyrette chez Michel Le Bihan.

– C'est une tombe, vous n'obtiendrez rien de lui, affirma le gendarme.

– Que fait-il ?

– Prof de Philo à Carhaix, mais il crèche à Saint-Cadou. Il tient un blog sur internet, une sorte de magazine dédié à la culture celtique et à la Bretagne libre. Ses articles sont rédigés sous pseudo, en breton et en français. Le convoquer à la gendarmerie serait une erreur, il abhorre l'autorité. Le mieux serait de le surprendre chez lui. Il est sûrement au courant de votre déplacement, les nouvelles vont vite dans le pays. S'il a aidé votre homme à fuir en Irlande, il ne l'avouera jamais. Au moins, vous rencontrerez un indépendantiste authentique.

Girodeau et Loyrette s'attendaient à voir un homme fermé, ils furent surpris. Le Bihan n'afficha aucune hostilité particulière et les accueillit presque courtoisement. Il portait un catogan bas sur la nuque. Dans son attitude, rien ne laissait transpirer la haine évoquée par le major.

– Yann Morlaix, oui, ce nom me dit quelque chose, mais rien de précis.

– Il aurait habité une ferme abandonnée quelque part dans le secteur, il y a trois ans.

Le prof de philo réfléchit. Il ajusta ses lunettes avant de répondre d'une voix assurée :

– Désolé, messieurs, je ne vois pas.

Policiers et gendarme insistèrent, mais Michel Le Bihan campa sur sa déclaration.

En quittant les lieux, Barthes laissa échapper sa colère :

– Il est au courant de tout ce qui se trame dans la région. Je vous avais bien dit qu'on ne pourrait rien en tirer.

– À première vue, il a l'air inoffensif, commenta Loyrette.

Ils sillonnèrent la région, interrogeant la population qui restait évasive. « Yann Morlaix, connais pas, jamais vu par ici ». Ils allaient capituler, lorsque Barthes proposa une dernière solution.

– On va passer chez Marguerite, une écolo pure et dure qui vit à l'ancienne, à la manière

des décroissants. Elle connaît tous les bipèdes
à cinquante kilomètres à la ronde. Ma femme
se fournit chez elle en produits bio.

– Les décroissants ? fit Girodeau.

– Des idéalistes qui prônent le retour à la
frugalité. Marguerite vit sans électricité, sans
télé, ni radio, ni téléphone.

– Dans une yourte ? gloussa Loyrette.

Barthes haussa les épaules.

– Non. Dans une ferme restaurée où elle
vit seule.

Marguerite avait définitivement tourné le
dos à la ville, pour une vie simple et authentique à la campagne. Son visage ne trahit
aucune émotion quand les policiers débar-
quèrent chez elle. Ses cheveux qui tombaient
sur ses épaules lui donnaient un air fatigué,
mais ses yeux reflétaient le souvenir d'une
jeunesse pas si lointaine. Des poules caque-
taient dans la cour. Une affiche illustrant le
festival des Vieilles Charrues et une photo
représentant la ferme avant restauration,
étaient épinglées sur les murs de la cuisine.
Loyrette lorgna la paillasse où des pots de
confiture formaient une pyramide.

– Ici, tout est bio, dit la femme en croisant
son regard.

Elle leur montra le système de récupéra-
tion de pluie qui alimentait les toilettes et la
douche.

– Tout se récupère, rien ne se jette.

Les trois hommes reconnurent les mérites
d'une vie plus austère, dans un respect absolu
de la nature.

– Si nous ne réagissons pas, l'humanité
disparaîtra, pérora Marguerite.

Frappé par la personnalité de la fermière,
le brigadier Loyrette la rangea dans sa col-
lection de caricatures, une forme empirique
de la psychologie qui lui rendait service. Lui-
même n'échappait pas à cette règle, repro-
duisant scrupuleusement les tics que l'on
attribue à sa profession, le regard et le nez
constamment à l'affût.

Girodeau tendit une photo de Morlaix à
Marguerite.

– Ce visage vous dit-il quelque chose ?

– Oui, je le reconnais.

– Quel est son nom ?

– Yann quelque chose... Ah ! je perds la
mémoire, attendez, ça va me revenir.

Les policiers jubilaient intérieurement.

– Ce ne serait pas Morlaix, par hasard, le
nom que vous cherchez ? demanda Loyrette.

– C'est ça. On ne faisait pas partie de la
même bande, mais on se connaissait. J'ai dû
danser une ou deux fois avec lui dans les
bals. Il est parti étudier à Paris, on n'a plus
eu de ses nouvelles.

– Vous l'avez revu récemment ?

– Il y a deux ans de ça, il a passé l'été dans
une ferme abandonnée, à deux kilomètres
du bourg. Oh, il avait bien changé. Il restait

enfermé, ne voulait voir personne. Un jour
que j'étais partie à la recherche de ma
biquette, j'ai trouvé mon Yann, allongé dans
la paille. Il m'a dit que je me trompais, qu'il
n'était pas celui que je croyais. Comme si je
l'avais pas reconnu !

– Deux ans, t'es sûre ? s'étonna Barthes.

– C'était la grande sécheresse, il avait pas
plu pendant des semaines, la terre et les
bêtes souffraient, j'm'en souviens comme si
c'était hier.

Manifestement, cette femme ignorait les
états de service du tueur.

– Vous voulez dire que Yann Morlaix
a habité dans le coin, à la barbe des gendarmes !

– Pourquoi, il a fait quelque chose de
mal ?

Le lieutenant Girodeau exposa brièvement
les faits. Elle s'effondra sur une chaise.

– J'en savais rien, dit-elle, sincère. Je vis
sans radio et sans télé.

– De quelle ferme parles-tu exactement,
Marguerite ? demanda le major.

Elle expliqua que la vieille bâtisse avait
brûlé après le décès du propriétaire. Le gendarme se promit de fouiller de ce côté-là.

– C'est bien Morlaix que tu as vu ? insista-
t-il.

– Puisque j'vous l'dis.

– On le soupçonne d'avoir pris la fuite en
Irlande tout de suite après son séjour parmi

nous. Tu n'en aurais pas entendu parler par hasard ?

– J'ai peu de contacts avec l'extérieur, je vais en ville une fois par mois. Alors les ragots, vous savez.

Barthes connaissait bien la mentalité du pays, et la réaction de Marguerite ne le surprenait pas. Craignant d'en avoir trop dit, la fermière ne voulait pas se mouiller davantage.

Les deux enquêteurs quittèrent la région à regret. Ils auraient aimé passer plus de temps dans ce pays authentique et fier, pétri de traditions, mais la voix du chef de groupe les rappela à l'ordre :

– Vous vous êtes assez baladés, les gars, il est temps de rentrer.

À peine Girodeau et Loyrette étaient-ils sur l'Océane, que le gendarme Patrick Barthes remettait le nez dans son ordinateur. Cette histoire le fascinait. Un mort qui refaisait surface, un fantôme qui venait se planquer sur « son » territoire, et la filière irlandaise, il n'en fallait pas plus pour exciter sa curiosité. Par le notaire, il obtint des renseignements sur la ferme où s'était caché Morlaix : le propriétaire vivait à Rennes avant son décès, la bâtisse pouvait très bien avoir été squattée à son insu pendant quelques mois.

Arrostéguy fit la synthèse des éléments. En tant que Basque, il avait son idée sur le phénomène indépendantiste. Cette affaire franco-irlandaise le laissait perplexe. Du bout des doigts, il tapotait un verre de whisky dont les couleurs chaudes miroitaient. Les quatre cartes postales reçues par Lisa étaient rangées par ordre chronologique sur son bureau. Il s'empara d'un bloc-notes et relut les informations délivrées par les Irlandais. Ughetti et Pichot frappèrent à la porte.

– Il fait chaud chez toi, constata le commandant.

– La chaleur deviendra bientôt épouvantable sous la verrière, avec le printemps qui pointe son nez.

Le commissaire et le chef de groupe prirent un siège tandis qu'Arrostéguy leur servait un whisky.

– Tu as appris quelque chose du côté de Montmartre ? demanda le procédurier à Pichot.

– Personne n'est au courant de la résurrection de Yann Morlaix. Il semble avoir agi dans le secret le plus total.

– Le juge irlandais m'a encore appelé cet après-midi, annonça Ughetti.

– Tu lui as parlé de la piste bretonne ? fit Arrostéguy.

– J'ai évoqué cette possibilité.

– Un voyage à Dublin s'impose, tu ne crois pas ?

Les yeux du commissaire se figèrent.

– J'en parlerai demain à Manzano.

13

Quand la fille s'était approchée de lui, une envie ardente et irrépressible de la tuer s'était emparée de tout son corps. Elle s'appelait Aoife, une junkie *peace and love*. Et Morlaix avait constaté, une fois de plus, qu'il attirait toutes sortes de femmes. Comme s'il était pourvu d'un fluide particulier, elles venaient à lui, happées par un vertige mortel, à portée de sa main pour accomplir le sacrifice macabre.

Cet automne, les journées étaient douces, et il avait décidé de boire sa bière à l'extérieur du café, assis sur des rondins de bois. Aoife s'était avancée. Ils avaient parlé en fumant et en buvant.

Elle ne lui avait donné que son prénom. Aoife, comme Deirdre, était le prénom d'une figure légendaire. L'histoire raconte que les enfants de Lir avaient été transformés en cygnes par leur belle-mère jalouse. Aoife faisait partie de cette fratrie.

La jeune femme avait fugué d'une famille riche, elle n'avait pas de problèmes d'argent. Pourtant, elle n'était pas heureuse. Mal dans sa peau, elle errait de ville en ville, espérant trouver un sens à sa vie. Elle comptait partir loin de l'Irlande. En Australie peut-être.

Il lui avait proposé un tour en voiture. Dans
l'habitacle, il avait serré ses mains autour de
son cou. Jusqu'à ce jour, personne n'avait
signalé la disparition d'Aoife. Elle reposait
dans un champ de tourbe, à quelques kilomètres de Cork. À l'insu de tous, puisque son
corps n'avait toujours pas été exhumé.

14

Décrypter des enluminures, Pichot en avait de bonnes ! Je ne voyais qu'un homme capable de me renseigner sur le sujet : Jacques Guillard, médiéviste et paléographe reconnu, ami de mon grand-père. Il habitait dans une maison en meulière à Gournay-sur-Marne, une petite ville de l'Est parisien.

Je m'y rendis en voiture. Sur place, je me repérai à l'église, jusqu'à la rue des Amandiers. Ma mémoire ne m'avait pas trahi, c'était bien là que vivait le vieux hibou au regard bleu tendre qui m'avait fasciné étant enfant. Rien n'avait changé. Le jardin était toujours aussi anarchique, les décorations du Noël précédent pendaient encore au-dessus de l'escalier en pierre. Je sonnai à la cloche reliée à un fil de fer, un système archaïque mais fiable.

La tête du vieil homme apparut sur le perron.

– Damien, ça par exemple !

L'émotion m'étreignit la gorge.

– Si je m'attendais à te voir, fit le père Guillard en ouvrant les bras.

J'eus l'impression que le temps s'était arrêté. Des livres en équilibre sur la grande table du milieu, des dossiers sur les chaises, une poussière ici chez elle depuis des années, les reliefs d'un repas pris à la hâte, tout était exactement comme avant.

– Dis-moi ce qui t'amène, mon garçon.

Je racontai le chemin parcouru jusqu'à mon entrée à la Crim'. Bien que clairvoyant sur les réalités du monde, le paléographe vivait dans une bulle, au milieu des chansons de geste, des contes médiévaux et des parchemins. Légèrement voûté, les yeux malicieux, il m'écoutait, ses binocles remontées sur un front dégarni. Malgré les années de silence, je me sentais à l'aise, je revoyais mon aïeul assis là, en bout de table, conversant sur un ton enjoué. Et cette pensée me troubla.

– Mais je ne suis pas venu pour vous raconter ma vie.

– Qu'est-ce que je peux faire pour toi ?

– Nous sommes sur une enquête un peu spéciale, j'ai besoin de votre avis.

– Si je m'attendais à être un jour sollicité par un officier de police.

J'ai sorti les cartes postales de ma poche intérieure.

– Une femme reçoit ceci d'Irlande, sans commentaire ni signature. Pouvez-vous me dire ce que ça vous inspire ?

L'octogénaire s'empara des documents et répondit aussitôt :

– Des extraits du *Livre de Kells*. La facture se reconnaît aisément. Ce chef-d'œuvre de l'art médiéval a été décortiqué dans tous les sens, il a livré tous ses secrets.

Il se leva, disparut et revint de la pièce voisine, les bras chargés d'un épais volume.

– Tiens, regarde. Cet ouvrage reprend les plus belles planches du manuscrit.

J'ouvris une page au hasard et découvris une tête de dragon insérée dans la première lettrine d'un texte, un personnage auréolé et ailé, une tête d'homme surplombant l'ensemble.

– Les moines irlandais ont formé des foyers artistiques dans leurs monastères. Cet évangéliaire est d'une qualité esthétique parfaite, c'est le plus bel ouvrage enluminé au monde.

Je tournai les pages lentement.

– Si je recevais des cartes sans commentaires, je ne te cache pas que je me poserais des questions, me confia le père Guillard.

– Nous connaissons l'expéditeur.

– Dans ce cas, tout s'arrange.

– Au contraire, tout se complique.

Je gardai le silence un moment.

– Vous vous souvenez du tueur de Montmartre ? demandai-je soudain.

– Excuse-moi, je ne suis pas au fait des affaires criminelles.

– Il y a trois ans, plusieurs personnes ont été assassinées dans le 18e arrondissement de Paris. Le meurtrier était un libraire du quartier qui se cachait dans les anciennes carrières. À la suite d'une intervention assez brutale, l'homme a trouvé la mort, enseveli sous les pierres. Du moins, c'était ce que nous croyions. Nous avons été informés que des traces d'ADN lui appartenant, avaient été trouvées récemment en Irlande sur trois cadavres.

– Grands dieux ! Il ne serait donc pas mort ?

– Apparemment non.

– Et ce serait lui l'expéditeur de ces cartes postales, je présume.

Je hochai la tête.

– Terrifiant ! s'exclama le paléographe.

D'une main distraite, je feuilletai le document. Je ne regrettais pas d'être venu voir le vieil homme à la face illuminée. Je n'en savais pas plus sur la motivation du tueur qui signait ses crimes de représentations d'un évangéliaire du IXe siècle, mais cette visite me rassérénait.

– C'est la copie conforme de la dernière carte, dis-je, en m'arrêtant sur une page.

– La « Troisième heure », fit Jacques Guillard.

– Pardon ?

– Cette planche est celle de la « Troisième Heure », sans doute la page la plus épurée du manuscrit.

Me souvenant des propos de Lisa, je frissonnai.

– Une décoration sobre, quelques mots en latin, *Erat autem hora tercia*, poursuivit le spécialiste. Cet extrait de l'Évangile selon saint Marc relate le moment où le Christ offre sa vie.

Je tiquais. La référence à la religion me gênait. Ça sentait le coup fourré à plein nez.

— J'espère qu'il ne se prend pas pour le Messie, plaisantai-je.

— Ton métier ne t'a donc pas appris qu'il n'existe pas de plaisir sans sacrilège ou sans transgression ?

— Je crains que ma vision du mal ne soit trop terre à terre.

— La femme à qui il s'adresse est-elle en mesure de comprendre ?

— Elle est fragile mentalement, mais très cultivée.

— Tu sais à quoi me fait penser cette histoire ?

— Non.

— À une légende qui circulait dans Paris au XIIIᵉ siècle. On disait que le diable était installé au-delà de la porte Saint-Michel, appelée Porte d'Enfer à l'époque, sur une route qui menait à une caverne initiatique, le Montsouris. Larrons et filles folles se livraient à des bacchanales en ce lieu nommé le domaine de Vauvert, d'où le nom de Diable Vauvert. Soutenus par Saint Louis, les Chartreux ont chassé Satan et ses suppôts, après trois jours et trois nuits de durs combats, mais il fut dit pendant longtemps que le diable, comme ton assassin, continuait de hanter les souterrains et les carrières…

Tandis que le vieux savant parlait, je réfléchissais, me demandant ce que Morlaix avait derrière la tête, et pourquoi il s'adressait à Lisa de cette manière. Ne connaissait-il pas ses problèmes de santé ? Quel intérêt avait-il à la maintenir dans un tel état de dépendance ?

– Si tu permets, je vais tirer des photocopies de ces cartes.

Jacques Guillard s'éloigna de nouveau. J'en profitai pour griffonner mes coordonnées sur un post-it.

– Si vous pensez à quelque chose, Jacques, appelez-moi, dis-je avant de le remercier et de partir.

– Sans faute, mon garçon. Et n'attends pas encore dix ans pour me donner de tes nouvelles.

– Promis.

Gournay-sur-Marne était bien un havre de paix, à vingt-cinq minutes de Paris sans embouteillages.

À l'entrée de la brigade, Arrostéguy m'apostropha sur le trottoir.

– On t'a attendu pour le déjeuner, où t'étais passé ?

– Rendu visite à un médiéviste.

– ?

– Je voulais connaître sa version sur le *Livre de Kells*.

– Alors ?

– Alors, rien.

– Tu veux que j'te dise, soupira-t-il, tu perds ton temps avec ces conneries.

– Je ne veux rien laisser au hasard.

Une tape sur l'épaule en guise de réponse, et nous avons franchi le porche côte à côte.

En fin de journée, je retrouvai Bérangère dans un petit bistro de la rue Rambuteau qui ne payait pas de mine. Mais la cuisine y était soignée et l'accueil chaleureux. Une quinzaine de tables dressées en enfilade dans la salle, une pénombre sciemment entretenue, musique douce en fond sonore.

Bérangère cultivait le don de s'impliquer dans son travail sans se départir de son calme, équilibrant vie professionnelle et vie privée avec un talent que je lui enviais. Ses investigations à la brigade financière la confrontaient aux pires perversions. Elle trouvait pourtant la force d'oublier, le soir venu, les vilénies, les magouilles, les fraudes et les mensonges, toutes les trahisons que la société charrie dans ses égouts.

– Ton monstre qui ressurgit à la surface de la terre comme un zébulon, me fait peur. Méfie-toi des ectoplasmes qui peuvent rejaillir sur ta réputation !

– Nous avons de plus en plus d'éléments, les Irlandais aussi, nous n'allons pas tarder à croiser les données.

– Mon instinct me dit qu'il joue sa dernière carte en Irlande, qu'il est prêt à tout.

– C'est aussi mon sentiment.

– Tu as vu ta tête ? s'inquiéta-t-elle.

Célibataire sans enfant, je ne suis pas regardant sur la répartition des vacances.

– J'ai trois semaines de congés à solder.

– Qu'est-ce que t'attends pour les prendre ?

Je souris. Pas question de lever le pied au moment où l'enquête redémarrait. Je la regardais et me demandais ce que l'avenir nous réservait. Accepterions-nous de vieillir ensemble ? Pourquoi passais-je toujours à côté du bonheur ?

Bérangère m'observait me débattre en silence. Elle me pardonnait tout. En moi, elle voyait la fragilité de l'homme, et c'était l'inconstance du genre humain tout entier qu'elle considérait. Elle devait aussi se dire que la patience finirait un jour par payer.

15

La guerre des gangs, Northside contre Southside, s'intensifiait dans Dublin. Le chef d'un réseau rival, redouté et bien implanté sur la ville, avait juré la peau de Charlie. Méfiant, le caïd variait les lieux de rendez-vous avec ses hommes. « On se retrouve chez Jeff, sur les quais », avait-il dit à Morlaix au téléphone, un vieux café où les paddies noyaient leurs souvenirs et leurs regrets dans la bière.

À l'approche de la Saint-Patrick, un podium avait été dressé à l'angle de Saint Stephen's Green. Des groupes se succédaient sur la scène devant un public ravi. Avec ses saltimbanques en tous genres, Grafton Street n'était pas en reste. On faisait la queue devant le Bewley's, comme tous les jours à cinq heures, la consommation de thé faisant partie de cet héritage anglais que les Irlandais n'avaient pas voulu sacrifier. Dans la rue piétonne, Morlaix marchait à pas rapides. La capuche de son sweat lui couvrait le front et les sourcils. Il coupa par des ruelles qui auraient pu servir de décor à *David Copperfield*, traversa O'Connell Bridge. Les façades des immeubles aux couleurs pastel se reflétaient dans le fleuve. Sur le quai, des goélands se chamaillaient autour d'un amas de déchets.

L'accès du pub était surveillé par deux garçons à peine sortis de l'adolescence, affublés de jogging à capuche, ponctuant leurs commentaires de *fuck, fucking !** À son entrée, les voix se turent. D'un signe de tête, le barman l'invita à se rendre dans l'arrière-salle.

– *Hey, what's the craic ?*** lança Charlie, assis dans un fauteuil en cuir, derrière une longue table, entouré de quatre hommes debout, quatre molosses prêts à mordre. La mise en scène n'impressionnait pas Morlaix. Le « Don » était habillé en chef mafieux, costard de luxe et cravate rose flashy. Depuis qu'il entretenait certaines relations avec le milieu politique, il avait tendance à se prendre pour un notable. « La drogue, c'est de la politique », clamait-il haut et fort.

L'un de ses gardes du corps se détacha et se rapprocha en mâchant un chewing-gum. Il lui manquait une phalange à l'index gauche.

Sa dégaine fit sourire Morlaix intérieurement.

– Tu connais John ? demanda Charlie.

– J'ai cette chance, oui.

Des vitraux filtraient la lumière sur les boiseries de la pièce. Une porte donnant sur

---

* Merde ! Putain !
** Expression gaélique : Quoi de neuf ? Qu'est-ce que tu racontes ?

l'arrière-cour, permettait de filer en douce en cas de danger.

– Tu nous avais caché que c'était toi Jack l'Éventreur, commença le sbire. Putain ! Tu nous as vraiment pris pour des cons.

Morlaix se figea.

– La police française est sur tes traces, rajouta le boss. Ils vont pas tarder à débouler sur l'île.

Il voulut répondre, mais John lui coupa le sifflet :

– Ta gueule, connard. T'es vraiment le plus grand faux-cul que j'aie jamais connu.

Yann devait garder son sang-froid. Ces fous furieux pouvaient l'abattre d'une seconde à l'autre s'ils le voulaient, et personne n'en saurait jamais rien.

Un larbin, jusque-là en retrait, s'avança.

– À ta place, j'monterais sur un cargo, j'prendrais le large. La Malaisie, l'Amérique du Sud. Y'a un bateau qui part pour Buenos Aires dans deux jours.

Tout le séparait de ces rustres qui prétendaient gouverner la société de l'ombre. Parce qu'ils avaient des protections dans la police de Dublin et de Belfast, Charlie et sa bande se sentaient intouchables. Que connaissaient ces brutes épaisses du raffinement et de la beauté du Mal, véritable puissance ?

– À moins que tu préfères l'Espagne, appuya John, ironique. On peut te trouver un job là-bas, si ça te dit.

La cocaïne arrivait par bateau de Colombie et transitait par le Maroc avant de passer
en Espagne. Charlie et ses complices allaient
s'approvisionner à Marbella. S'ils adoptaient
un profil bas en Irlande, vivant simplement
pour ne pas attirer l'attention, ils menaient
grand train dans le sud de l'Espagne : belles
villas, grosses bagnoles et les filles qui allaient
avec. À quoi leur servirait tout ce pognon, s'ils
ne pouvaient le dépenser ostensiblement, en
abattant leurs biffetons sur les comptoirs ?
Une autre filière partait du Pakistan, passait
par Amsterdam et Liverpool avant d'atteindre
l'Irlande.

— Le Pakistan, ça t'irait comme un gant.
On a besoin d'un commercial pour traiter
directement avec les Afghans, fit un rouquin
aux gros muscles.

— En tout cas, l'Irlande, c'est fini pour toi,
décréta Charlie.

Mais qu'est-ce qu'il en avait à foutre de
l'Irlande, de son complexe d'insularité, de ses
quatre millions et demi d'habitants dissémi-
nés dans les villes et villages, de ses pâturages
à perte de vue, de ses falaises battues par les
pluies et les vents, de ses mégalithes et de ses
monastères en ruine ? Il aurait atterri en You-
goslavie ou en Russie, que ça n'aurait rien
changé. Être ici ou dans un autre pays, quelle
différence ? D'ailleurs, il commençait à étouf-
fer sur cette île ratatinée sur ses malheurs et
ses bardes. Tout ce tintouin pour quoi faire ?

– J'ignorais que les professionnels du crime avaient des principes, lâcha-t-il avec une pointe d'ironie.

– Un malade dans ton genre, j'en avais jamais rencontré, éructa John. Tuer des filles, c'est pas très courageux. Tu sais ce qu'on fait des types comme toi chez nous ?

– Ça suffit ! le coupa Charlie en tapant du poing sur la table.

Il était le seul à être resté assis sur son trône comme un seigneur. Ses sbires étaient debout, prêts à bondir. La pièce sentait le fauve en cage.

– On s'est réunis pour décider ce qu'on allait faire de toi, dit le boss. T'as toujours été réglo avec nous. Personnellement, j'ai rien à te reprocher. Quand Susie m'a parlé de toi la première fois, j'étais loin d'imaginer les casseroles que tu traînais. Elle a dit que t'avais eu des problèmes en France, je pensais que ça avait un rapport avec la drogue ou quelque chose comme ça. T'as été trop loin, c'était pas dans le contrat.

– Je n'ai jamais eu de contrat avec personne.

Le truand l'observa quelques secondes. Il n'avait jamais compris comment fonctionnait ce Français tombé du ciel. Habitué à traiter avec des primaires réagissant au quart de tour, il trouvait Morlaix insondable.

– Susie m'a dit que tu dormais sur le *Deirdre* ?

– Exact.

— Tu devras trouver autre chose.

— T'as vingt-quatre heures pour déguerpir, renchérit John.

— On prépare un coup pour les semaines à venir, continua Charlie, une grosse livraison en provenance de Colombie, ça nous arrange que la *Garda* soit après toi.

Ils avaient donc l'intention de se servir de lui comme d'un leurre. Finir comme un appât, piètre destinée. Depuis qu'il était entré dans la bande de Charlie, il savait qu'il avait contracté une mauvaise alliance.

John passa une main sur sa gorge, mimant le mouvement de la lame d'un couteau.

— T'es grillé, mec.

Le « Don » lui tendit un objet.

— Prends ce téléphone sans abonnement. On s'appellera en direct.

— Estime-toi heureux de t'en tirer à si bon compte, commenta le rouquin.

— Et après ? demanda le Français à l'adresse du boss.

— Quoi, après ?

— Qu'est-ce que je deviendrai quand ton opération sera terminée ?

Charlie le regarda en plissant ses yeux.

— T'as pas confiance ?

Une moue se dessina sur les lèvres du Français.

— Après, t'auras le choix entre vivre terré dans une grotte ou tout recommencer ailleurs, loin, très loin d'ici. À toi de voir. C'est tout pour aujourd'hui.

John ajouta :

– On t'a à l'œil. Partout où t'iras, on s'ra derrière toi.

En le raccompagnant à la porte, il dit encore :

– Et si tu tombes, on t'crève.

De nouveau, la petite frappe fit glisser son index le long de sa gorge.

– On t'saignera comme un cochon.

Les gamins qui jouaient aux molosses devant la porte du pub, le regardèrent s'éloigner avec la moue dédaigneuse de celui qui s'empresse d'écraser les perdants. L'un d'eux cria dans son dos, au moment où il traversait la rue : *Scumbag !*[*]

---

[*] Sac à merde !

16

– Ça fera bientôt deux mois que Lynch et Curtis sont venus nous faire leur numéro sur la tourbe et le hurling, s'énerva Pichot un beau matin. Et Morlaix court toujours.

Des mortes, nous avions l'impression de tout connaître à force de relire les fiches. Et toujours pas de traces de notre revenant, ou alors diffuses, évanescentes. Nous voulions une enquête et nous subissions cette traque comme un échec, honteux d'avoir été bernés, honteux de savoir que notre homme se baladait en Irlande en toute liberté, honteux pour les victimes. La distance entre Paris et Dublin, l'impuissance de ne pouvoir agir ajoutaient à notre malaise.

L'étincelle vint des gendarmes de Carhaix qui avaient su persévérer.

– Morlaix et Le Bihan ont été ensemble pensionnaires au lycée Saint-Joseph de Nantes, annonça le major Barthes à Pichot, par téléphone. Ils ne peuvent donc pas s'ignorer.

Pichot écouta le gendarme patiemment.

– Bien joué, major.

– Je ne crois pas au hasard dans cette affaire.

Encouragé par sa trouvaille, le gendarme reprit son bâton de pèlerin et arpenta la cambrousse, la photo de Yann Morlaix à la main. À l'instar de Marguerite, un paysan se rappelait l'avoir vu dans les parages, bien qu'il ait été incapable de préciser une date.

– Il rôdait dans mon verger et autour du puits, affirma-t-il.

De son côté, Arrostéguy avait épluché les relevés téléphoniques de « Frankis Atao » et pointé une quinzaine d'appels vers l'Irlande du Nord.

– Je crois que nous tenons quelque chose, déclara Ughetti au divisionnaire Saulieu.

Convoqué par les gendarmes de Carhaix, Michel Le Bihan garda son sang-froid :

– Nos relations avec les Irlandais sont d'ordre culturel uniquement, objecta-t-il devant les gendarmes.

– Bah, voyons ! Vous avez déjà nié connaître Yann Morlaix. Vous étiez pourtant ensemble au lycée, pas dans la même classe certes, mais son nom doit bien vous dire quelque chose, argumenta le major Barthes.

– Parce que vous vous souvenez des noms de tous vos anciens camarades d'école, vous ? Eh bien, pas moi, désolé.

Le gendarme rongea son frein. Il passa la nuit à naviguer sur la toile et finit par découvrir que le blog de « Frankis Atao », parmi tous les liens qu'il affichait, proposait une connexion avec une association de Belfast.

Le voilà, le fil ! écrivit-il dans un mail adressé à Pichot. *Personne n'a vu Le Bihan et Morlaix ensemble. Le chef de « Frankis Atao » continue de nier. Pourtant ce lien est une piste. Je reste persuadé que c'est Le Bihan qui a couvert la fuite de Morlaix en Irlande. Reste à le prouver !*

Le juge Manzano signa enfin la commission rogatoire internationale que nous attendions, impatients. Le Quai d'Orsay et la Chancellerie avaient donné leur aval.

Branle-bas de combat au « 36 ».

Qui partirait en Erin ?

J'estimais que cette mission me revenait de plein droit : j'avais été séquestré par Yann Morlaix, je le connaissais mieux que personne, et mon anglais était plus que *fluent**. Bien sûr, mon pouvoir d'action serait limité, les accords ne permettant pas d'aller au-delà de l'échange d'informations. Au moins, je respirerais le même air que Morlaix et foulerais le même sol. Avec un peu de chance, je percevrais des éléments qui nous mettraient sur la voie. Mais le commissaire Ughetti ne l'entendait pas de cette oreille.

– Girodeau s'en tirera très bien, déclarat-il.

Ughetti et moi n'avions jamais eu des rapports faciles. Ce n'était pas une question de génération mais de personnalité. Un jour, le commissaire avait eu la franchise de me dire

---

* Aisé

que je représentais à peu près tout ce qu'il détestait dans la profession. Pour lui, j'étais entré dans la police par hasard : inconcevable pour cet homme qui considérait son métier comme une vocation.

Arrostéguy prit ma défense :

– Damien est le mieux placé pour ce genre de boulot. Et puis, tu connais son flair.

Girodeau me sauva la mise en prétextant ses difficultés avec la langue anglaise.

– Bon, vous savez ce qu'il vous reste à faire, Damien, céda le commissaire.

– Qui l'accompagnera ? s'enquit Pichot.

– Il ira seul.

– Mais on travaille toujours en binôme à l'étranger.

– Pour une prise de contact avec la *Garda Siochana*, un homme suffit.

Cette décision me convenait parfaitement.

17

Il avait décidé de sacrifier Brigid à la seconde où leurs regards s'étaient croisés. Il s'était arrêté par hasard dans le restaurant où travaillait la jeune femme, à quelques kilomètres du site monastique de Glendalough. La pluie tombait abondamment ce jour-là. Le temps de courir se mettre à l'abri à l'intérieur, il était trempé. En ce mois de novembre, seuls quelques ivrognes buvaient une pinte en silence autour du comptoir en bois. La salle, aussi sombre que l'âme des consommateurs, résonnait aux sons d'un juke-box. Morlaix s'était installé à l'écart. Dans le monde, mais en dehors du monde. Son corps s'était tendu en voyant la jeune femme évoluer derrière le bar. Brigid O'Connor répondait parfaitement aux critères qu'il s'était fixés : blonde, jolie, l'air perdu, un prénom tiré des mythes irlandais. Brigid : femme, fille, épouse et sœur des *Fils de Dana*, patronne des druides et des bardes, déesse des poètes, forgerons et médecins. Principe divin féminin. Les chrétiens s'étaient vus contraints de lui trouver un substitut, Brigitte, tant l'aura de la déesse était grande.

Victime parfaite, hautement symbolique.

La jeune femme s'était avancée vers lui pour prendre la commande. Touchée ! Coulée ! Que faire par un temps pareil ? Il avait engagé la conversation. Elle s'était jetée dans la gueule du loup avec une telle simplicité qu'il en était resté presque décontenancé.

Il avait attendu dans sa voiture que Brigid finisse son service. Habitant deux kilomètres plus loin, elle lui avait dit qu'elle rentrait chez elle à pied. Il l'avait vue sortir, avait allumé le contact et les phares, s'était approché en roulant doucement. Brigid n'avait pas de parapluie. Morlaix avait ouvert la portière : « Montez vous mettre à l'abri, je vous dépose. » Quelques mots avaient suffi. Pas de menace, pas d'angoisse, juste quelques paroles d'une affligeante banalité.

En un tournemain, tout était fini. Il avait déposé le corps de Brigid, comme une offrande, derrière un fourré. Un vieux barbu, éleveur de moutons, guidé par son chien, trouverait la dépouille quelques jours plus tard.

18

L'équipe s'était réunie dans le bureau du divisionnaire.

— À Dublin, vous serez pris en charge par l'officier de liaison Thomas Picard de la Direction de la coopération internationale, ce qui vous facilitera la tâche, m'annonça Saulieu. Nous avons averti la délégation de Londres et l'ASI[*] dont il dépend. Tout est cadré.

— Je connais Picard, intervint le procédurier, nous avons fait nos classes ensemble dans le même commissariat. C'est un type intéressant, tu verras. Je lui ai déjà communiqué les éléments du dossier.

— Il viendra te chercher à l'aéroport, compléta Pichot. Vous avez rendez-vous après-demain avec la *Garda*.

— Vous vous entretiendrez avec le superintendant McConnell, précisa le divisionnaire.

Je demandai s'il fallait aborder le sujet de la piste bretonne.

— Nous n'avons pas assez de preuves, objecta Ughetti.

— Je ne suis pas d'accord, rétorqua Pichot. Lisa nous met sur la voie, ses propos sont

---

[*] Attaché de sécurité intérieure.

confirmés par ses parents ; des paysans ont vu Morlaix rôder ; le gendarme Barthes découvre que Morlaix et le chef de « Frankis Atao » se connaissent depuis le lycée et que l'association communique avec l'Irlande du Nord. Si ces preuves ne sont pas convergentes, il vous en faut d'autres ?

Après réflexion, Saulieu concéda qu'il était préférable de jouer cartes sur table.

– Je me demande comment réagiront les Irlandais, s'inquiéta le commissaire.

Arrostéguy enchaîna :

– Damien, n'oublie pas de leur montrer les quatre cartes postales, demande-leur si elles leur disent quelque chose. Après tout, *le Livre de Kells* devrait leur parler. Je t'ai préparé un résumé, ça peut toujours servir.

– Le juge Manzano voudrait vous voir, il vous attend dans son bureau à quinze heures, conclut Saulieu en s'adressant à moi.

Évitant la communication directe entre la PJ et le Palais de justice, j'optai pour l'extérieur et contournai l'immeuble en marchant. Les arbres bourgeonnaient, la température était douce, les piafs survolaient la Seine en gazouillant. Une longue file de visiteurs patientait sur le trottoir, à l'entrée de la Sainte-Chapelle.

La greffière ouvrit la porte, regagna sa place et disparut derrière l'écran de son ordinateur. Le juge m'invita à m'asseoir. Manzano s'adossa à son fauteuil, étendit les jambes sous le bureau, croisa les doigts sur son ventre et me jaugea derrière ses lunettes en fausse écaille.

– Prêt à vous envoler ?

– Impatient !

– Rebondir de cette manière, pour un tueur en série, c'est du grand art, du jamais vu.

– En effet.

– On ne s'attendait pas à ça.

Derrière les mots, le reproche à peine voilé. Je restai sur mes gardes.

– C'est le moins qu'on puisse dire.

Manzano bascula vers l'avant, posa les coudes sur le bureau.

– Attendez-vous à un accueil mitigé de la part de vos collègues irlandais.

– Pourquoi ça ?

– Aucune police au monde n'apprécie de voir un étranger mettre le nez dans ses affaires.

Les simagrées du juge m'agaçaient. Je commençais à comprendre pourquoi le magistrat m'avait fait venir : cette expédition en Irlande requérant une certaine finesse, Manzano voulait voir la tête du flic désigné. Il tournait autour du pot pour mieux me sonder.

– Vous connaissez un peu l'Irlande ?

– Non, avouai-je.

– Ah, c'est ennuyeux.

De l'Île Verte, je n'avais que des images d'Épinal véhiculées à coup de spots publici-

taires. Pour moi, l'évasion se parait de couleurs chaudes et exotiques, celles de l'Afrique
où j'avais passé une partie de mon enfance,
plus Monfreid que Beckett ! J'imaginais une
Irlande peuplée de moutons et d'hommes
buvant la Guinness au rythme d'une ballade
mélancolique.

– Bien, nous ferons avec, déplora Manzano, sous-entendant par là que je n'étais
peut-être pas le candidat idéal.

– Je ne suis pas seul, l'officier de liaison
m'assistera.

– J'entends bien...

La sonnerie du téléphone retentit, le magistrat décrocha et donna de brèves consignes à
son interlocuteur.

– Vous devrez faire preuve de tact et de
discrétion, confirma-t-il, quand il eut reposé
le combiné.

– Je n'avais pas l'intention d'annoncer ma
venue dans l'*Irish Times*.

Le juge marqua un temps d'arrêt.

– Vous vouliez me parler de quelque chose
en particulier ? demandai-je.

– Nous avions rencontré des problèmes
avec la police irlandaise lors de l'affaire Toscan du Plantier, vous vous en souvenez certainement ?

– Ces deux affaires n'ont rien de compa-
rable. Aujourd'hui, le meurtrier est français
et les victimes sont toutes irlandaises, jusqu'à
preuve du contraire.

J'eus l'impression que ses yeux me passaient au scanner.

— Espérons que la coopération policière ne soit pas un vain mot.

— Nos échanges avec la *Garda* sont très cordiaux, le rassurai-je.

— J'ai parlé avec mon homologue irlandais par téléphone, l'évolution de cette affaire l'inquiète autant que moi.

— Nous faisons de notre mieux, monsieur le juge.

Je détestais jouer ce rôle. Les platitudes et l'obséquiosité me font gerber. Mais si la paix entre la police et la magistrature est à ce prix ! Juges et policiers combattent les mêmes ennemis, pourtant tout ou presque semble les séparer : l'estime de soi, les méthodes, la position sociale, jusqu'à la conception du bien et du mal. Manzano ne me quittait pas des yeux, comme s'il cherchait une faille en moi, un désordre quelconque.

— Quand partez-vous ?

— Demain.

— Eh bien, c'est du rapide ! Combien de jours resterez-vous à Dublin ?

— Ça dépendra de la tournure des événements.

— Tenez-moi au courant dès votre retour.

— Je n'y manquerai pas, monsieur le juge.

Sourire crispé. Dernier échange de regards.

Pour le juge, le mal n'existait pas, ce n'était qu'un abus de langage, une mystification, il était là pour réguler les imperfections de la société en punissant les fautifs. À certaines heures, il ne lui répugnait pas de tenir tête à l'exécutif, un petit plaisir qui ne se refusait pas.

Le Mal, je l'avais rencontré, il faisait partie de mon quotidien, et j'avais une idée de plus en plus précise des dégâts qu'il pouvait engendrer.

Grande Parade

19

Doolin, comté de Clare.
Côte ouest de la République d'Irlande.

Alexia Costa ne dormait plus.

Vers minuit, le vent s'était engouffré dans la cheminée, avait cogné aux fenêtres, bousculé des objets en ferraille sur le chemin. Seule dans la maison, elle n'avait pas peur. Rien de désagréable ne pouvait advenir entre ces murs. Ils conservaient les bruits et les odeurs d'antan, l'avaient vue grandir, connaissaient toutes ses joies et toutes ses peines. Son père était né là. Ce père volatilisé, si présent cependant dans la mémoire familiale. Sur sa table de chevet, un polar en anglais et un roman en français.

Un bip sur son téléphone portable l'avertit d'un message : « Hello, babe ! Nous n'avons pas soldé nos comptes, tu t'en souviens ? Que dirais-tu d'une petite visite ? » John.

Elle blêmit. Derrière John, se profilait la silhouette inquiétante de Charlie. Elle avait espéré que le caïd l'oublierait. Que lui voulait-il ? Pourquoi la relancer maintenant ?

Inquiète, elle ne se rendormit qu'au petit matin, après avoir longtemps gambergé.

Midi approchait quand elle rouvrit les yeux. Le vent s'était calmé mais il pleuvait à seaux sur la campagne. Elle regarda par la fenêtre. Par temps clair, on apercevait le port avec ses petites maisons aux couleurs vives, les îles d'Aran en enfilade dans l'océan. Elle ne pouvait fouiller l'horizon sans penser à ce continent lointain, de l'autre côté de l'Atlantique, l'Amérique où sa mère avait voulu l'envoyer pour étudier. Sur cette terre balayée par les vents et fouettée par la pluie venue de l'ouest, elle avait choisi de vivre, fidèle au principe selon lequel, entre deux voies, il fallait toujours opter pour la plus difficile.

Une voiture s'arrêta au bout du chemin. John approchait en sautillant afin d'éviter les flaques d'eau. Elle descendit lui ouvrir.

– Si tu daignais répondre à mes messages, j'aurais pas besoin de rouler des heures sous la pluie pour te parler, dit-il en guise de salut.

Il jeta son blouson mouillé sur le canapé, balaya une mèche de cheveux sur son front perlé de gouttes de pluie. Une odeur de tourbe, exaltée par la tempête de la nuit, émanait de la cheminée. Il jaugea la jeune femme de la tête aux pieds. Son jodhpur et son col roulé noir accentuaient son allure androgyne.

– Une fille comme toi, ça devrait pas rester enfermée tout un week-end dans une masure pareille.

Elle ne broncha pas.

– T'es pas bavarde, dis donc.

Il se dirigea vers la cheminée, s'arrêta devant la série de photos exposées sur la poutre : un portrait des grands-parents de la jeune femme, des couchers de soleil sur les falaises de Moher, Alexia entourée d'amis dans un restaurant de Dublin.

– Dis-moi ce qui t'amène, dit-elle, agacée de le voir fureter dans son intimité.

– Un ton plus bas. Au cas où t'aurais oublié, c'était moi ton fournisseur, y'a pas si longtemps.

– C'est Charlie qui t'envoie ?

– Tu vois…, quand tu veux.

– Qu'est-ce que vous attendez de moi ?

– T'as une ardoise envers nous, quelques milliers d'euros, au cas où t'aurais oublié.

– Ça fait plus de quatre ans, foutez-moi la paix. De toute façon, j'avais pas eu le temps de la revendre votre saleté de came, quand on m'a arrêtée. Les flics ont tout pris. Demandez-leur ce qu'ils en ont fait, je me suis laissé dire qu'ils avaient des fins de mois difficiles.

– Ça, ma belle, c'est pas tes oignons.

– J'ai pas d'argent, de toute manière.

– Elle a pas d'argent, gloussa-t-il. Remets-toi au boulot, et t'en auras du fric.

– Jamais de la vie.

– T'étais plus conciliante quand t'étais étudiante.

Il tourna autour de la table, se campa devant elle.

— Tu veux que j'te dise, on a été trop gentils avec toi. Si tu veux éviter les ennuis, j'te conseille de raquer.

— Arrête, j'ai trop peur, le railla-t-elle.

Son pull épousait la forme de ses seins, petits et ronds. John eut envie de la renverser sur la table et de la posséder. Alexia soutint son regard et le défia.

— T'as d'la chance d'être la fille de Patrick Cronin, sinon...

— Sinon, quoi ?

Il la saisit par le bras.

— T'as trois mois pour payer.

— J'ai payé ma dette, je ne dois rien à personne.

John serra sa prise de plus en plus fort.

— Ton ami Paul ne pourra plus rien pour toi, ni lui ni personne.

— *Fuck off !*[*] lui cracha-t-elle au visage.

Il la repoussa d'un geste brusque, elle tomba sur le carrelage, sa tête heurta le pied de la table, il avança vers elle. Alexia se recroquevilla d'instinct, s'attendant à recevoir des coups.

— On s'rappelle dans la semaine, dit-il en tournant les talons.

La porte claqua. Elle entendit un bruit de moteur s'éloigner. Elle avait froid. Des larmes lui montèrent aux yeux.

---

[*] Va t'faire foutre !

Quelques minutes plus tard, elle quitta la maison, prit en voiture la direction des falaises de Moher qui n'étaient qu'à quelques kilomètres de Doolin. Ses gestes étaient calmes et précis, son visage reflétait une grande détermination.

Au pied de l'escarpement rocheux, la mer grondait et s'époumonait, elle cognait puis se transformait en gerbes d'écume. Les mouettes planaient dans les turbulences du vent. De rares marcheurs résistaient aux bourrasques en s'arc-boutant sur le « sentier aux chèvres ». Des macareux et des guillemots paradaient en poussant des cris assourdissants. Ce spectacle familier l'apaisa. Elle respira un grand coup, glissa les écouteurs de son MP3 dans ses oreilles. La voix d'Amy Winehouse lui entra dans la tête : *Our day will come..*[*]. Sur le chemin de terre, elle accéléra le pas, se mit à courir. Ses pieds glissaient dans la boue, l'eau giclait sous ses semelles. Enveloppée dans la brume, silhouette égarée sur la falaise, elle espérait que la pluie la laverait de tout.

---

[*] Notre jour viendra...

20

« Le départ pour Dublin sera légèrement décalé, en raison de l'arrivée tardive de l'appareil », annonça une voix féminine. J'en profitai pour appeler Pichot :

– Pas encore parti ! s'étonna le commandant.

– L'avion a du retard.

– Ça tombe bien, je voulais te parler. Arrostéguy a eu un échange avec nos collègues d'Europol ce matin.

– Oui...

– Figure-toi que l'association de Belfast, identifiée par le major Barthes, compterait des anciens de l'IRA parmi ses membres.

Comme je ne répondais pas, Pichot crut bon d'épeler :

– IRA : armée républicaine irlandaise.

– Merci, j'avais compris.

– C'est tout ce que ça te fait !

– Qu'est-ce que ça prouve ?

– T'as du vent dans les neurones, ma parole ! Si Morlaix a des liens avec des dissidents, on ne joue plus dans même cour. Je te rappelle que ces gars-là posent encore des bombes à leurs heures perdues.

– Yann Morlaix est un tueur en série, pas un terroriste.

– Peut-être, mais les Irlandais sont cha-
touilleux sur ce chapitre. Ils invoqueront la
raison d'État.

– Je croyais que cette saleté de guerre était
finie.

– Pas pour tout le monde, apparemment.
Des groupuscules continuent de se battre
pour la réunification.

– Merde, alors !

– Je te l'fais pas dire.

Morlaix, d'abord caché par un complice en
Bretagne, aurait pris la fuite en Irlande, protégé par des dissidents ? *Bien joué !*

– Nous te laissons le soin d'aborder cette
question avec les Irlandais.

– Cool ! Ils vont adorer.

– Ughetti t'appellera avant le rendez-vous
au quartier général.

L'annonce de l'embarquement mit un
terme à notre conversation.

Le temps de vol me permit de reclas-
ser nos informations : l'ADN appartenait à
Yann Morlaix, soit, mais c'était loin d'être
suffisant pour l'attraper. Où se cachait-il ?
À quoi ressemblait-il aujourd'hui ? Avait-
il eu recours à la chirurgie esthétique ?
Quelle identité était la sienne désormais ?
Quelles ruses employait-il pour échapper à
la *Garda* ?

J'aperçus le port de Dublin, un champ sur
fond de ciel gris, quelques vaches, et ce fut
l'atterrissage.

Dans le hall d'arrivée, un groupe d'étudiants déguisés en géants verts accueillaient les passagers. Un homme, habillé en évêque, marchait sur des échasses ; des farfadets, les joues peinturlurées de trèfles verts, déambulaient dans l'aérogare. Pas de doute, Dublin se préparait à la Saint-Patrick.

D'instinct, je me dirigeai vers un type vêtu d'un trench-coat, adossé à un poteau.

– Thomas Picard ?

– Lui-même, fit l'homme en me tendant la main.

Picard occupait le poste d'officier de liaison à Dublin. Son supérieur direct, l'assistant de sécurité intérieure, était basé à Londres, autant dire qu'il jouissait d'une grande autonomie. Il jouait le rôle de facilitateur entre les polices et servait aussi de traducteur. Débarqué en Irlande quatre ans plus tôt avec Irène, sa femme, il s'était tellement attaché à ce pays qu'il avait demandé à rallonger son contrat.

– Je t'ai réservé une chambre au Blooms, en plein centre-ville, me dit-il.

– Parfait.

– Tu as faim ?

– Ma foi, oui.

– Je connais un pub sur notre chemin.

Il me fit monter dans un Toyota 4×4 bleu outremer, flambant neuf.

– Un véhicule tout terrain, c'est idéal pour aller à la pêche dans le Donegal, se justifia-t-il.

– Le Donegal ?

– Un comté dans le nord du pays. Rien à y faire, en dehors de la pêche à la mouche, mais des paysages beaux à couper le souffle.

– Qu'est-ce qu'on y pêche ?

– Le saumon de printemps, le madeleineau, la truite.

Sur la route, une enfilade de maisons identiques dégageait une impression monotone renforcée par un ciel gris mat. Les tracts des dernières élections encombraient encore les trottoirs et les caniveaux. Enda Kenny, du Fine Gael, avait été élu.

Nous échangeâmes des nouvelles de France, de l'ami Arrostéguy et de la brigade. Nous parlions comme si nous nous connaissions depuis longtemps, le courant passait bien.

Il arrêta son véhicule près d'un pub à la devanture rouge vif.

– Tu sais ce qu'on dit de la bière dans ce pays ? dit-il en poussant la porte du bar.

– Non.

– Qu'elle seule peut guérir des blessures du monde.

Des paroles et des rires joyeux circulaient autour du zinc et se répandaient dans la salle.

– Ce que les gens viennent chercher ici, ce n'est pas l'ivresse mais le contact, la chaleur humaine. Il y a trois sujets à éviter si tu veux avoir la paix.

– À savoir ?

– La politique, la religion et le foot.

Des hommes agglutinés devant un écran plat suivaient un match qu'ils commentaient en parlant fort. Au fond de la salle, un autre écran diffusait des images du concert qui se déroulait en direct dans une rue de Dublin. On s'installa à une table, près d'une fausse cheminée, et Picard commanda deux haddocks au beurre blanc, sans oublier la Guinness.

– Tu connais bien le tueur, d'après ce que m'a dit Arrostéguy au téléphone.

– J'ai eu l'insigne honneur de lui être présenté, oui.

– Quoi de neuf ?

– Il y a de grandes chances pour que Morlaix soit couvert par des sympathisants de l'ex-IRA.

Il grimaça.

– Aïe, terrain miné.

– Où en sont-ils avec ça ?

– On dit que l'armée républicaine irlandaise a jeté l'éponge, déposé les armes, depuis le vendredi saint. En fait, l'organisation n'a fait qu'éclater en plusieurs branches. N'en déplaise aux prix Nobel John Hume et David Trimble, il reste un noyau dur, formé de gars motivés qui rêvent encore et toujours d'une Irlande indépendante, du cap Malin au cap Mizen, de la pointe extrême nord à la pointe extrême sud. On n'arrête pas si facilement les machines de guerre.

– De quoi faire flipper les flics à la moindre alerte ?

– On n'efface pas d'un coup de baguette magique huit siècles d'occupation britannique, Cromwell, les révoltes réprimées dans le sang, la Grande Famine, la guerre civile et trente années de troubles.

Pendant que Picard buvait une gorgée de bière et s'essuyait la bouche, je lui demandai :

– Les dissidents sont nombreux ?

– Plusieurs centaines d'après les chiffres officiels. Ils passent pour de dangereux terroristes ou des hooligans, mais beaucoup d'Irlandais les soutiennent dans le secret de leur cœur.

– Même au Sud ?

– Pas plus tard que mardi dernier, j'ai assisté à l'enterrement d'un des leurs en plein centre de Dublin. Le type était mort dans son lit. Pourtant ses amis, tous cagoulés, étaient là pour faire une haie d'honneur à son cercueil à la sortie de l'église. Une foule de sympathisants assistait à la scène.

– Tu maîtrises le sujet, on dirait.

– Ça fait partie de mon boulot. Et puis, l'histoire de ce pays nous passionne, ma femme et moi. On s'est tout de suite sentis chez nous en arrivant ici.

– Quels sont nos rapports avec la police irlandaise ?

– Bons dans l'ensemble. Le fait d'avoir eu un ennemi commun par le passé nous rapproche indéniablement.

– Les Anglais.

– Ici, on dit les Brits, de préférence en
traînant un peu sur la dernière consonne,
comme ça : « Britsss », fit-il en plaisantant.

– Je me demande comment on peut se
cacher sur une île.

– Les planques ne manquent pas. Les
ports, par exemple, il y en a une flopée, du
plus petit au plus grand. La campagne n'est
pas mal non plus, Morlaix peut très bien
habiter dans une bicoque isolée au milieu
des vaches ou des moutons.

– Parle-moi de la communauté française.

– On est neuf mille environ. Avec les non-
inscrits, tu peux doubler le chiffre. Trois
groupes cohabitent. Le premier, celui des
officiels, est parfaitement identifié : personnel de l'ambassade, Alliance française, associations culturelles. Le deuxième concerne les
employés du tertiaire : restauration, hôtelle-
rie, informatique, centres d'appels, ainsi que
les étudiants. Tous ces gens ont des papiers
officiels pour travailler ou étudier en Irlande,
on peut facilement t'en procurer une liste.

– Et le troisième ?

– Des inconnus qui débarquent pour le
plaisir ou par hasard, nous savons peu de
choses sur eux.

– Morlaix s'est évidemment glissé dans
cette dernière catégorie.

– J'ai vérifié, aucun citoyen portant ce
nom n'apparaît dans les listes.

– Le contraire m'eût étonné.

– On achète une nouvelle carte d'identité pour deux cents euros, c'est à la portée de toutes les bourses.

– Que dit la presse sur cette affaire ?

– Elle a un peu tendance à dramatiser. Les Irlandais ne sont pas familiarisés avec les tueurs en série, c'est bien la seule chose que l'Amérique ne leur ait pas encore léguée. La police a réussi à maintenir le secret sur l'enquête, mais ça ne pourra pas durer.

À la fin du repas, Picard tint à me faire visiter Mytilène, la Résidence de France, et la Maison consulaire aux allures de cottage. Il me présenta à ses collègues.

– Michael Collins, le leader révolutionnaire en personne, a séjourné ici, m'expliqua un employé. À l'occasion de travaux, on a retrouvé des armes cachées sous les lattes du parquet. Cette demeure était un foyer de résistance à l'époque de la rébellion.

Le bureau de l'officier de liaison donnait sur un jardin aux arbres centenaires. Des branches se balançaient devant la fenêtre.

– Une balade au bord de la mer, ça te dirait ? me proposa-t-il.

– Non merci, je préfère marcher en ville.

– Comme tu voudras. Dublin n'est pas Paris, tu en auras vite fait le tour.

Il me déposa devant le Blooms en fin d'après-midi.

– Alors, prêt à combattre tous les serpents d'Irlande ? ironisa-t-il, au moment de se quitter.

– Je me contenterai d'un seul.

Il éclata de rire.

– Je passerai te prendre à neuf heures, demain matin.

Le Blooms faisait évidemment référence au personnage de Joyce. C'était un établissement simple et bon marché. Ma chambre, au cinquième et dernier étage, offrait une large vue sur la ville. Je déballai mes affaires, ouvris mon ordinateur portable et consultai ma messagerie. Je pouvais maintenant me lancer à la découverte de la ville.

Mon oreille se faisait à cet anglais syncopé. Un petit New York sans gratte-ciel, voilà à quoi Dublin me faisait penser, avec ses odeurs de graillon, ses *Starbucks Cafés* et ses *Chiken wings*. L'Amérique fascinait les familles irlandaises qui s'honorent toutes d'un ou plusieurs membres expatriés chez l'oncle Sam. La capitale sacrifiait aux standards de la globalisation, malbouffe et culture universelle confondues. L'Irlande profonde résistait en déversant des airs traditionnels dans les boutiques et les bars.

Je me restaurai dans un *Fish and chips*. Un homme sans âge était aux fourneaux, il lui manquait une quenotte sur la mâchoire inférieure. Comme il n'y avait pas un chat et qu'il aimait bien les Français, il s'installa à ma table et me tailla une bavette. La situation économique ? Elle était terrible, la faute à Bruxelles et à l'Europe qui asservissaient son île. Mieux valait rester pauvre mais garder sa liberté. Lui qui avait marché en sabots dans les rues de Dublin, il savait de quoi il parlait !

– À présent, y'a plus qu'le fric, le business et les opportunités à saisir qui comptent dans cette ville, déplora-t-il.

Je traversai le fleuve et remontai O'Connell Street. Dans les pubs, les barmen préparaient des pintes de *stout*[*] à la chaîne.

Je regagnai mon hôtel, tard dans la nuit, et contemplai un instant le ciel étoilé, sur les marches du perron. Un camion déchargeait des tonneaux de bière devant le pub attenant, une fille en minijupe se tordait les chevilles sur les pavés, et la sirène d'une ambulance déchirait la nuit.

Welcome to Ireland ![**]

---

[*] Bière noire.
[**] Bienvenue en Irlande !

21

L'église de Dun Loaghaire venait de sonner six coups. On entendit le Dart* s'arrêter à la gare toute proche.

Morlaix décida de quitter le bateau. Il n'en pouvait plus d'être enfermé. Sur l'appontement en bois, il croisa un plaisancier qui revenait d'un magasin en sifflotant, des sacs de provisions plein les bras. Yann envia cet homme qui avait l'air de ne manquer de rien, ni d'argent, ni d'amour, encore moins de distractions. Il aurait aimé être à sa place, ne plus avoir besoin de fuir, ne plus subir cette vie désarticulée, et comme cet inconnu à l'allure désinvolte, marcher vers un destin sans fêlures ni mensonges.

Les mâts des bateaux se dressaient vers un ciel trouble. Quelque chose dans l'air présageait un orage. Le cliquetis des drisses l'obsédait. Devant la guérite, il salua d'un geste le gardien. Il remonta Harbour Road en direction de la ville, à la rencontre de ses frères humains. Un groupe d'adolescents le dépassa en chahutant. À travers les baies vitrées d'un café à la mode, il observa des filles attablées

---

* Train de banlieue

devant leur verre de Coca et sentit la pulsion sourdre à nouveau en lui.

La « force » était là, toujours tapie au fond de ses tripes, toujours prête à surgir. Ne le laisserait-elle donc jamais en paix ? Elle le ferait crever.

Quand il ne trouvait pas le sommeil, il se rendait au Diamond's, une boîte à la mode où la foule se pressait tellement certains soirs qu'il était impossible d'y danser, les clients se contentant de trémoussements. On était surtout là pour se griser de promiscuité, d'alcool et de drogues. Morlaix s'asseyait au coin du bar, dans l'ombre, et reluquait les bimbos qui se dandinaient dans leurs tenues exubérantes. Elles exhibaient leurs formes et leurs tatouages sous le regard vaincu des hommes. Une manière pour Yann Morlaix de se tester.

Comme les missions pour Charlie ne lui rapportaient pas suffisamment pour vivre, il était retourné au domaine de Powerscourt où il avait travaillé comme jardinier. La nature lui avait offert de longs mois de paix et de beauté enivrante. L'assistante du jardinier en chef, Jennifer Gouviaux, tournait autour de lui. Elle s'occupait de la serre aux orchidées et d'un carré de simples dans le jardin potager ceint de murs en pierre. Elle cultivait les plantes de l'amour, l'ancolie qui convoque Vénus, l'herbe-au-somme qui garantit un « coït joyeux et agréable »..., mais aussi les plantes hypocrites qui inféodent ou détruisent. Jennifer s'était offerte à lui sans condition. Il conservait de la jeune femme le souvenir d'une joie simple, d'un corps souple et noueux et l'odeur envoûtante des rousses. Il avait eu plusieurs occasions de la tuer. Pourtant, il ne l'avait pas fait. Il s'était senti transformé, presque heureux à son contact. L'équilibre était fragile, mais il avait repris confiance petit à petit, dans l'espoir que la « force » l'oublierait.

C'était sous-estimer l'ennemie, revenue le jour où il avait traversé le Shannon sur le ferry, en compagnie de Deirdre. Comme le lis, il avançait vers ses victimes en portant le masque de la bienveillance.

Dans les rues de Dun Loaghaire, il luttait. Il sentait les palpitations de son cœur s'accélérer. Il serait bientôt en nage et son cerveau s'affolerait. Une envie de crier le prendrait à la gorge, et la lutte avec la « force » recommencerait. Il se jura qu'elle n'aurait pas raison de lui, marcha à grandes enjambées vers le môle.

Le vent s'était levé. De petites embarcations rentraient au port. Des lumières apparaissaient ici ou là sur le front de mer. Il avançait de plus en plus vite. Quand il parvint à l'extrémité de la jetée, le ciel se fissura et l'orage éclata, délivrant une pluie torrentielle sur les bassins.

Seul au monde, il mit ses bras en croix, tendit son visage vers le ciel et poussa un cri déchirant.

22

Le Luas* sillonnait Harcourt Street en grinçant. Sans les antennes sur les toits des deux immeubles reliés par une passerelle en verre, l'unité centrale de la police aurait pu passer pour une résidence ordinaire. Picard me précédait. Le policier en faction nous indiqua le chemin. Prévenu par la sentinelle, Sam Curtis nous attendait à la sortie de l'ascenseur.

– Ravi de vous revoir, me dit-il en français.

L'ambiance ressemblait à celle de la Crim'. Dans une salle de réunions, sur le paperboard mural, une écriture nerveuse avait tracé des signes incompréhensibles. Je branchai mon ordinateur portable et m'installai.

Nous fûmes bientôt rejoints par Lynch et un stagiaire dont les bras étaient chargés de boîtes cartonnées.

– Bienvenue à Dublin, capitaine. Avez-vous fait un bon voyage ? me demanda-t-il.

– Excellent, merci.

– Le superintendant en chef nous rejoindra dans une dizaine de minutes. Vous n'avez qu'à jeter un œil sur les dossiers en attendant.

---

* Tramway de Dublin.

– Désolé, nous parlerons anglais aujourd'hui, s'excusa Curtis, en manipulant une machine à café.

– Pas de problème, répondis-je.

Le stagiaire dénoua les sangles des dossiers et dégagea les sous-chemises qu'il éparpilla sur les tables avant de s'éclipser.

– Tout est là, déclara Lynch. Comptes rendus des auditions, rapports des labos, témoignages...

On percevait le découragement dans sa voix. Depuis plusieurs mois, les hommes de la *Garda* étaient sur cette série de crimes. Ils avaient abattu un boulot considérable, procédé à toutes les recherches classiques : téléphonie, analyses, identifications, ADN, et ne comprenaient pas pourquoi l'enquête n'avançait pas.

Les rapports préliminaires indiquaient comment les corps des jeunes femmes avaient été trouvés, et donnaient des informations sur les lieux des crimes, le tout complété par de nombreux clichés et des plans. Les bilans d'autopsie comportaient les résultats des tests toxicologiques et sérologiques, des photos ainsi que les conclusions du légiste. Une synthèse concernant chaque victime avait été rédigée consciencieusement, comprenant des détails sur sa famille, son milieu social, ses habitudes et ses fréquentations. Une reconstitution chronologique de chaque crime était proposée dans un dossier à part.

– Beau travail ! dis-je.

J'ouvris une chemise intitulée « *Criminal profiling* ». L'organisation des crimes, le choix des victimes, la façon dont elles semblaient avoir mordu à l'hameçon de l'assassin, les stratagèmes de Morlaix pour réussir à filer comme une anguille, tout était détaillé.

– On se demande comment le meurtrier peut échapper à ce rouleau compresseur, me glissa Picard, assis à côté de moi.

– L'Irlande du Nord, le Clare, le Wicklow, l'homme semble très mobile, dis-je.

– Quelques heures suffisent pour traverser notre pays de part en part, rétorqua Curtis en me tendant un gobelet de café.

– Vous avez observé qu'il ne cherche même pas à camoufler son ADN, intervint Lynch.

La porte s'ouvrit sur le superintendant McConnell. À voir sa tête, on devinait que ma visite ne l'emballait pas plus que ça.

Après les présentations, chacun trouva sa place autour de la table.

– Cette pièce nous a servi de salle des opérations, commença *Big chief*. Nous avons mobilisé des dizaines de policiers dans tout le pays, sans compter nos collègues d'Irlande du Nord.

L'accent du *Chief superintendent*, plus pointu, plus british – il avait fait ses études en Angleterre – contrastait avec celui d'un Lynch, originaire de Dublin, ou celui d'un Curtis, né à Cork.

– Vos équipes ont fourni un travail remarquable.

– Notre pays est rarement confronté à
ce genre de criminalité. Depuis quelques
années, notre spécialité c'est plutôt le trafic
de drogue et la guerre des gangs. Ce qui complique cette affaire, c'est la nationalité française du meurtrier. Ce n'est déjà pas simple
quand il s'agit d'un autochtone.

– D'où l'intérêt de la coopération policière,
appuyai-je.

– Le commandant Pichot nous a tenus au
courant de vos investigations. Vous avez bien
avancé de votre côté, cette histoire de cartes
postales est pour le moins... troublante.

– D'après le cachet de la poste, chaque
envoi correspondrait à un crime. Sauf que
Lisa Shoenberg a reçu quatre cartes postales, alors que vous ne recensez que trois
victimes.

Inquiétude dans le regard des Irlandais.
J'étais l'oiseau de mauvais augure, porteur
de fâcheuses nouvelles, celui qui venait tout
compliquer.

– On ne va tout de même pas en inventer
pour que vous ayez votre compte ! s'exclama
Big chief.

– Nous savons que le tueur a circulé dans
le Wicklow, enchaîna Lynch. Les témoignages
concordent. Il aurait occupé divers emplois,
notamment celui de jardinier. Impossible de
suivre sa trace, il se faisait payer en liquide.

Sam Curtis de confirmer :

– Nous n'avons pas terminé les auditions des témoins, mais nous sommes sur une piste intéressante.

– Si vous permettez, j'aimerais aborder un sujet sensible, lançai-je

Le front de McConnell se plissa.

– Allez-y.

– Nous vous avions fait part de nos recherches en Bretagne, la région natale de Yann Morlaix.

– Exact.

– De fortes présomptions nous amènent à penser qu'il pourrait avoir été aidé dans sa fuite par un indépendantiste breton, un homme qui entretient des relations régulières avec une association dont le siège se trouve à Belfast.

Les visages des Irlandais s'allongeaient. McConnell se passa une main dans les cheveux d'avant en arrière.

– Où voulez-vous en venir exactement ?

– Nous avons interrogé Europol, il y a quelques jours.

– *So what ?*

– La réponse est tombée hier matin. L'association de Belfast compterait plusieurs membres soupçonnés d'activisme au sein de l'ex-IRA. Je ne vous fais pas de dessin, vous savez mieux que moi ce que cela signifie.

L'embarras se lisait sur les visages.

– Vous êtes sûr de ça ? demanda Lynch.

– L'IRA, et puis quoi encore ! éructa
McConnell.

– Interrogez vous-même Europol.

Des mots, mêlés de jurons, filtrèrent entre
ses dents. Je ne connaissais pas la plupart
de ces noms d'oiseaux, et d'ailleurs, ils ne
m'étaient pas destinés. *Big chief* ne s'en prenait qu'à lui-même.

– Où en êtes-vous avec l'IRA ? Si Morlaix
est protégé par un réseau, ça peut durer des
mois, voire des années.

D'un signe, Picard me fit signe d'y aller
mollo.

McConnell écrasa son torse sur la table,
étala ses mains qu'il avait larges et velues.

– Un conseil, mêlez-vous de ce qui vous
regarde.

– Ce n'est plus l'IRA le problème majeur
dans cette ville, intercéda Lynch, mais les
truands qui se battent pour exercer une
suprématie. Nous sommes confrontés à une
guerre d'un genre nouveau, souterraine et
impitoyable, celle du business de la drogue.

– La tournure prise par cette affaire néces-
site plus que jamais une étroite collaboration
entre nos services, insistai-je.

– Écoutez ! Contentez-vous de creuser du
côté de la communauté française. Après tout,
vous êtes là pour ça, non ? Vos révélations
changent la donne. Vous êtes en mesure de
comprendre ça, j'espère ?

Je sortis alors une enveloppe de ma poche.

– Je vous ai apporté plusieurs portraits de Morlaix, vous pourrez les utiliser comme bon vous semblera.

– Bien, nous les diffuserons dès ce soir, fit Lynch.

Le superintendant en chef regarda sa montre et se leva.

– Désolé, je dois vous quitter. Lynch et Curtis s'occuperont de vous. Nous nous verrons après-demain.

Il marcha vers la porte et lança, par-dessus son épaule :

– Pendant votre séjour, tenez-vous à l'écart des journalistes, ce sera mieux pour tout le monde.

Si la presse française n'était pas encore tombée à bras raccourcis sur cette affaire, les tabloïds irlandais s'en étaient déjà emparés. Pas un jour sans que les visages des jeunes femmes assassinées n'apparaissent sur les pages d'un journal. Des rumeurs commençaient à circuler, une journaliste bien informée mentionnait Interpol et des contacts avec la brigade criminelle française.

– Excusez-le, il est à cran, fit Lynch, quand la porte fut refermée.

L'après-midi se déroula dans le bureau que partageaient les deux policiers. Ça sentait la paperasse et le tabac froid. On était au cœur de l'enquête : un mur tapissé de photos, cartes routières et feuilles de notes. Des clichés représentaient les lieux où les crimes avaient été perpétrés : l'hôtel Causeway, une route près de Glendalough, un champ près du dolmen de Poulnabrone. Les portraits correspondant aux victimes étaient épinglés. Sur les bureaux, des liasses de documents se superposaient.

En fin de journée, Curtis déclara :

– Demain, nous fêterons Saint-Patrick. Le centre-ville sera bouclé, la plupart des bureaux seront fermés, mais Lynch et moi, nous serons là, fidèles au poste.

– Comptez aussi sur nous, répliqua Picard au moment de les quitter.

Dehors, je relevai le col de ma parka sous une pluie battante.

– Jusque-là, tout est normal, commenta mon guide, il ne fallait pas t'attendre à un accueil plus chaleureux. La *Garda* garde jalousement ses prérogatives. Quand Bush est venu en Irlande, même la CIA n'a pas eu son mot à dire sur les procédures de sécurité.

– Tout de même, il s'agit de meurtres.

– Détends-toi, je t'emmène à la maison. Irène nous a préparé un repas.

Nous roulâmes en direction de Leopards-town, quartier résidentiel de la banlieue sud. Nous traversâmes une zone déserte, parsemée d'immeubles inachevés.

– Une rue fantôme, commenta l'officier de liaison. La crise a interrompu des dizaines de chantiers comme celui-là. Le plan de sau-

vetage proposé l'année dernière par l'Union
européenne et le FMI a été ressenti comme
une humiliation dans le pays.

Le téléphone de Picard bourdonna.

– C'est Irène, dit-il en lisant le message.
Une amie se joindra à nous pour le dîner.

23

La « force » devenait incontrôlable, chaque jour davantage. La paix en lui était revenue, mais il se sentait vidé, laminé. Depuis qu'il vivait en ermite sur le *Deirdre*, ses pensées tournaient en rond comme les trois spirales du Triskel. Volutes de vie et de mort. Une surnature le dépassait.

Sur une carte routière, il examinait ce pays où le destin l'avait parachuté. La mer était calme, mais le roulis qui accompagnait sa réflexion le mettait dans un état proche de la transe.

La lecture de cette carte, c'était tout ce qui lui restait. Il n'avait plus ouvert un livre depuis des semaines, d'ailleurs il n'avait plus envie de lire. Même la littérature avait fini par l'abandonner.

À Paris, il avait trouvé son salut en fuyant dans les entrailles de la mégapole. C'était encore une carte, celle des ingénieurs des Carrières, qui l'avait sauvé.

Cette Irlande est la terre de tous les excès, se disait-il, de l'extrême raffinement des maîtres enlumineurs à la barbarie de la guerre civile. Terre de silences. Silence après la Grande Famine. Silence quand l'Irlande refuse de s'engager aux côtés des Alliés pendant la Seconde

Guerre mondiale. Silence encore quand de jeunes hommes expirent d'une grève de la faim derrière les murs de Long Kesh[*].

Son doigt longea les côtes du Sud : Waterford, Ardmore, Cork. Kinsale, le port de toutes les défaites, celle de Hugh O'Neill d'abord, de Jacques II ensuite. L'Irlande gaélique bafouée à jamais. Il suivait à présent les côtes déchiquetées du Kerry : Killarney, Dingle peninsula...

La topographie comme support d'une lente et profonde méditation.

D'un saut, il fut à Cashel, comté de Tipperary. Sur son promontoire, le monastère dominait la plaine. Là, le christianisme celtique s'était plié à l'Église catholique romaine. En dépit de l'ordre royal, la population avait continué à mélanger rites chrétiens et rites païens. Il caressa l'emplacement du site monastique de Clonmacnoise, perdu dans la campagne du comté d'Offaly, au bord du Shannon.

La métaphysique des lieux existe bel et bien, pensa-t-il, et les paysages influencent le comportement des hommes. Cette île avait enfanté des savants et des saints. Les fous de Dieu avaient traversé la mer d'Irlande, parcouru l'Europe, planté leur bâton de pèlerin dans le sol impie.

---

[*] Allusion aux grèves de la faim des prisonniers républicains irlandais dans les années 80 en Irlande du Nord.

Il poursuivit son délire cartographique, sa main frôla Dublin. Le nom de Newgrange lui inspirait le respect et l'admiration pour une civilisation perdue. Chaque année, le jour du solstice d'hiver, un rai de lumière pénétrait à l'intérieur de la chambre funéraire, au cœur du tumulus. La lumière chassant l'ombre, c'est bien la seule, l'unique raison de l'Être, pensait Morlaix en cet instant. Ses doigts balayèrent les six comtés d'Irlande du Nord, coincés entre la République et la mer, comme poussés vers le nord.

Devenir un criminel, ça ne se décrète pas, c'est une réponse adaptée à des circonstances particulières. Le premier passage à l'acte vous rentre dans la peau, vous laisse un goût de sang dans la bouche, et vous ne voyez plus la vie qu'en rouge et noir. Il avait semé la mort aux quatre points cardinaux. Son œuvre était accomplie. Quelle attitude adopter à présent ? Rester ici à se morfondre ou reprendre la route ? Sa poitrine se gonfla lorsqu'il songea au chemin parcouru et à tous les pièges qu'il avait déjoués. Manipulant les uns, jouant avec la faiblesse des autres, sans jamais se départir de ce calme où certains croyaient reconnaître la marque du diable.

L'épiphanie était proche. Il la voulait éblouissante.

Il sortit des cartes postales de son sac à dos, les disposa en rectangle, en choisit une et laissa ses pensées s'envoler loin, très loin.

Quand il regarda par le hublot, la nuit avait gommé toutes les aspérités de la ville. Il aimait le noir. Les choix décisifs, les grandes résolutions, les inspirations les plus élevées prennent corps dans l'obscurité, remontent des ténèbres. Toute fécondation, toute maturation se développent à l'abri de la lumière. Comme dans la nature. Il n'avait jamais compris l'obsession des mystiques à toujours vouloir transformer l'obscurité en lumière. *Turning darkness into light*[*], avait écrit le moine.

Sa part d'ombre le rattachait à la vie.

Partir, fuir. Pour aller où ? Demain, après la Grande Parade, il prendrait une décision.

---

[*] Transformer l'obscurité en lumière.

24

Irène Picard possédait une classe naturelle, *à la française*, qui plaisait en terre étrangère. À l'Alliance française, elle organisait les manifestations culturelles en partenariat avec l'ambassade de France. Son appartement, décoré dans un style contemporain, dégageait une impression d'élégance raffinée. La flamme d'une bougie au parfum pomme-cannelle dansait au milieu de la table où le couvert avait été dressé. Par la baie vitrée, on apercevait les montagnes du Wicklow.

– Les Irlandais sont si fiers de leurs monts, commenta Thomas, qu'ils les appellent des « montagnes ».

La compagnie d'Irène était agréable, sa conversation intéressante. Elle évoquait le festival de littérature qui se tiendrait à Dublin le mois suivant, quand on sonna à la porte.

– Alexia est franco-irlandaise, expliqua Irène en nous présentant l'un à l'autre, nous travaillons ensemble à l'Alliance.

Habillée de noir, cheveux bruns coupés courts, un visage sans fard, des yeux violets comme je n'en avais encore jamais vus. Cette fille longiligne dégageait un charisme singulier. Me demandant si son allure était naturelle ou calculée, je notai un léger voile dans son regard lorsque Picard annonça que j'étais policier. J'aurais aimé en savoir davantage sur elle, sa double nationalité par exemple m'intriguait, mais je pressentais qu'il ne fallait pas aller trop vite.

Patience, Damien, patience.

Un jour, Arnaud Benavent, mon ami psy, m'avait expliqué les origines biologiques et chimiques de la séduction. D'une oreille distraite, je l'avais écouté me parler du message subtil des phéromones. Ce soir, j'expérimentais les effets manifestes de leur pouvoir.

Irène évoqua la vie à Dublin, Thomas fut intarissable sur la pêche au madeleineau dans le Donegal. Alexia parlait peu, elle nous écoutait en souriant.

– Nous sommes tombés amoureux de l'Irlande, de ses paysages et de son peuple, déclara la maîtresse de maison. Il existe ici une beauté encore sauvage qu'on ne trouve plus sur le continent.

– Il paraît que c'est un pays de conteurs, dis-je.

– Les Irlandais mentent comme ils respirent. L'imaginaire de ce peuple est si riche qu'il ne peut se contenter de la triste réalité.

J'étais soulagé d'échapper, ne fût-ce que quelques heures, à la logique mortifère d'un tueur en série et aux images de cadavres baignant dans une terre spongieuse.

À la fin de la soirée, je n'en savais pas plus sur la Franco-Irlandaise, mais je me sentais heureux. Dans le taxi qui me ramenait au Blooms, je songeai au train-train de ma vie, car la routine a raison de tout, même de la criminalité. Je pensai à Bérangère que je n'avais pas su garder, à ma sœur retournée en Chine pour étudier le théâtre d'ombres et de marionnettes dans la province de Chang-Si. Le visage d'Alexia Costa s'interposa, et je me promis d'en savoir plus sur elle en cuisinant Picard. D'où venait-elle ? Quelle était sa vie ? Pourquoi cette discrétion quand on sentait poindre une forte personnalité sous le masque ?

De la fenêtre de ma chambre, j'observai la grande roue illuminée qui tournait lentement dans le port au loin. Sur les toits et les parois des immeubles voisins, des escaliers de secours dégringolaient d'un niveau à l'autre. Des odeurs de pancakes remontaient par la tuyauterie du Blooms. Ça me rappelait vraiment New York. Le tape-à-l'œil en moins.

Je rédigeai un rapport sur mon ordinateur, et l'expédiai à Pichot par internet.

Bérangère appela sur mon portable.

– Comment ça se passe ?

– Lynch et Curtis jouent le jeu, c'est leur chef qui n'est pas très accueillant, je le sens réticent à mon égard. Ils ont besoin de nous pour cerner le profil psychologique de Morlaix. Mais pour le reste, ils préféreront laver leur linge sale en famille.

Nous bavardâmes encore un peu avant de raccrocher. J'allumai machinalement la télévision avant de me coucher. La *Garda* n'avait pas perdu de temps : le portrait de Yann Morlaix apparaissait déjà sur une chaîne d'info. Lynch répondait à quelques questions d'un journaliste. Comme ça, sous les feux de la rampe, pas de doute, il ressemblait vraiment à Peter O'Toole en fin de carrière.

25

La Saint-Patrick n'était pas un jour chômé pour tout le monde : restaurants, magasins, services de police et hôpitaux étaient sur des charbons ardents. Le cœur de la ville battait au rythme de la Grande Parade. Une foule en liesse arborait des vêtements verts, les plus téméraires portaient un haut chapeau vert et orange et des guirlandes autour du cou.

Yann Morlaix s'était glissé dans la cohue de Dame Street. Méconnaissable, coiffé d'un *leprechaun* sur la tête. Encore une fois, ce n'était plus lui qui décidait mais la « force » qui agissait en lui. Il posa un regard de bête aux abois sur les touristes qui l'entouraient. Des milliers, des centaines de milliers le long des rues de Dublin, accrochés aux grilles, hissés sur les statues, assis sur les murets, debout sur les trottoirs, empilés les uns sur les autres.

Alors qu'ils rejoignaient les tribunes, protégés par un cordon de police, officiels et élus furent sifflés par une poignée de Dublinois qui manifestaient leur colère envers ceux qu'ils jugeaient responsables de la débandade économique. Les premières notes de musique couvrirent le bruit de la contestation. Partie de Parnell Square, la parade avait parcouru plus de la moitié de son trajet lorsqu'elle déboucha à l'angle de Trinity College. La procession obliquerait à gauche devant Christchurch pour terminer sa course devant la cathédrale Saint-Patrick. Paganisme et christianisme feraient bon ménage en ce jour de fête.

Absorbés par le spectacle, les badauds ne prêtaient pas attention à cet homme qui avançait au coude à coude et se fondait dans la masse. Paradoxe d'un être qui n'avait plus rien d'humain mais faisait semblant d'appartenir à cette espèce. Si le monde se divise entre prédateurs et victimes, la frontière entre les deux est ténue.

Si ténue.

Montées sur des échasses, de jeunes femmes emboîtaient le pas des musiciens, envoyaient des baisers aux enfants. Malgré les difficultés que traversait le pays, ou peut-être à cause d'elles, le défilé n'avait jamais été aussi coloré, aussi flamboyant.

Morlaix remarqua une fille seule à quelques mètres de son poste d'observation. Fraîche et incroyablement belle. Italienne ou espagnole. Pour une fois qu'il était attiré par une créature du Sud ! Le défilé approchait à grand renfort de musiques et de cris. La fille souriait aux personnages campés sur les chars.

Se succédaient des airs celtiques, faisant résonner la diaspora des Celtes du monde entier, ceux de Galice, du pays de Galles et de Bretagne. Tambours, cornemuses et trompettes...

Morlaix n'entendait plus que le sang qui battait dans ses oreilles. Il s'était avancé si près qu'il pouvait la toucher, sentir sa chaleur et son odeur musquée.

Devant un saint Patrick qui lançait des couronnes de fleurs du haut de son char, les cris redoublèrent d'intensité.

Flairant instinctivement le danger, la fille se retourna d'un coup et fixa Morlaix. Effrayée par ce qu'elle lut dans les yeux de l'homme, elle chancela. Un cercle se forma autour d'elle. Quand elle reprit connaissance, une lueur d'effroi habillait encore son regard. Elle ne sut expliquer ce qui était à l'origine de son évanouissement, elle n'était plus très sûre. Elle scruta les visages. L'homme inquiétant, l'étrange personnage au chapeau de *leprechaun* avait disparu. Peut-être n'avait-il jamais existé ? Tout le monde s'accorda à dire que la foule était trop dense, trop bruyante, et qu'il y avait de quoi avoir un malaise dans une atmosphère si oppressante.

Profitant de l'agitation, Morlaix s'était enfui, s'extirpant de cette foule qui ignorait qu'elle portait un monstre en son sein.

Il jeta le couvre-chef au sol d'un geste rageur, courut à perdre haleine dans les

ruelles de Temple Bar, arpenta les avenues
rutilantes de Stephen's Green, grimpa dans le
premier bus venu. Descendu à Phoenix Park,
il marcha des heures dans les allées désertes
et interminables, le temps qu'il fallait à la
« force » pour disparaître.

26

J'avais rêvé d'Alexia Costa toute la nuit.

La Grande Parade battait son plein dans Dame Street. Je me frayai un passage en longeant les murs et arrivai essoufflé à l'unité centrale où Lynch et Curtis attendaient en buvant un café. Picard nous rejoignit avec une bonne demi-heure de retard.

– Désolé, la circulation est épouvantable, les grands axes sont saturés, j'ai failli rebrousser chemin.

Les bureaux voisins étaient vides comme si on était un dimanche. L'ambiance devint vite studieuse dans la salle de réunion où le français et l'anglais se mêlaient.

– Après notre visite à Paris, nous sommes retournés sur les lieux des crimes, expliqua Lynch. Un homme correspondant au signalement de Yann Morlaix a été identifié à divers endroits dans le Wicklow, notamment près du site de Glendalough où Brigid a trouvé la mort.

Curtis hocha la tête.

– Pareil autour de l'hôtel Causeway, en Irlande du Nord.

– En revanche, rien du côté de Lisdoovarna où Deirdre a disparu. Il faut dire que le festival des célibataires attire une foule importante et que la bière y coule à flots.

« Manipulation », « perversion », « destruction » revenaient régulièrement dans nos commentaires sur la personnalité de l'assassin. Au milieu des tables, cartons à pizza et canettes éparpillés dégageaient des odeurs d'épices et de bière.

– Un homme qui tient un *Bed & Breakfast* a témoigné spontanément, reprit Lynch, cigarette au bec. Il prétend avoir loué une chambre à un homme au comportement bizarre.

– On est tous bizarres d'une manière ou d'une autre ! Qu'entend-il par là ?

– Il n'a pas su nous dire.

– Avez-vous un commentaire sur les cartes postales ? interrogea Picard.

– Elles sont en vente à la boutique de la *Old Library* de *Trinity College*, fit Curtis en haussant les épaules.

Au ton de l'enquêteur, je devinais qu'il ne prenait pas cet élément très au sérieux.

Je soupirai.

– S'il y avait un message, Lisa Shoenberg ne serait pas la seule destinataire. Morlaix ne tue pas simplement pour tuer, il lui faut la prouesse technique, le défi, la provocation. Il se croit plus intelligent que tout le monde, et il veut que ça se sache.

So french, cette manière d'intellectualiser les choses, pensait Lynch. Pour lui, un

meurtrier était un homme à abattre. Point
barre ! Réfléchir à sa psychologie ne pouvait
que nous faire perdre du temps. Il respectait
néanmoins mon analyse, car l'expérience que
j'avais eue de Morlaix me donnait une certaine autorité en la matière.

– On dirait que cet homme vous fascine,
capitaine.

J'hésitai avant de répondre.

– Nous ne sommes pas tous les jours
confrontés à un spécimen pareil.

– Si nous suivons votre raisonnement, Yann
Morlaix croit mener le jeu.

– Pour le moment, c'est un fait.

– Par rapport à l'enquête que vous avez
menée à Paris, voyez-vous des similitudes
avec l'affaire présente ?

– Dans le goût du risque, incontestable-
ment. Il y a néanmoins une énorme différence.

– Laquelle ?

– Il agissait seul.

– Si c'est à l'IRA que vous pensez, oubliez
tout de suite. Vous voyez une poignée de dissidents s'encombrer d'un meurtrier français ?
Allons, soyons sérieux.

– Ils ne savent peut-être pas à qui ils ont
affaire.

L'Irlandais balança la tête en signe de
dénégation.

– Il y a une montée chromatique dans son
comportement, observai-je. Il est resté plus

de deux ans sans agir, le temps de s'adapter à son nouveau personnage, puis il est passé à l'acte, enchaînant les meurtres, comme s'il ne pouvait plus se contrôler.

— Notre expérience sur les psychopathes est quasi nulle, déplora Lynch.

— Morlaix est davantage un sociopathe.

— Quelle différence ?

— Un psychopathe ne cherche pas à faire parler de lui. Un sociopathe, au contraire, aime la publicité.

— Et vous croyez qu'il aime faire parler de lui.

— C'est l'impression qu'il m'a toujours donnée.

— J'ignorais qu'on enseignait la psychologie aux officiers de la Crim', railla Lynch.

Nous étions d'accord sur le fait que Morlaix était organisé et qu'il n'agissait pas par impulsion, mais en mesurant ses effets.

— Qu'est-ce qu'il cherche d'après vous ? me demanda Curtis.

— L'extrême, l'exacerbation, je suppose. En transgressant le commandement suprême « Tu ne tueras point », il se sent au-dessus de ses semblables. Lisa Shoenberg n'a pas employé le mot d'« œuvre d'art » par hasard. Vous avez remarqué qu'il ne viole pas ses victimes, comme s'il transcendait la chair, l'ordre physique des choses, en dehors de toute humanité. Tout prête à croire qu'il intellectualise ses actes, qu'il veut leur donner un sens. Pour autant, je ne sais pas ce qu'il faut en déduire. Ce dont je suis sûr, c'est que Morlaix n'entre dans aucune catégorie connue. Toute la difficulté est là. En cherchant bien, on trouverait sûrement des explications dans sa jeunesse. En tuant, il doit prendre une revanche sur la banalité de sa vie. Et il veut que ça se sache !

Lynch exhala la fumée de sa cigarette.

– Mais où allez-vous chercher tout ça ?

– L'itinérance semble faire partie de son jeu.

– Le jardinier en chef de Powerscourt a reconnu Morlaix sur les photos, il dit l'avoir embauché deux saisons de suite pour l'entretien des jardins. Le personnel du domaine change régulièrement, c'est difficile de faire concorder les témoignages. Néanmoins le responsable est formel, il est sûr qu'il s'agissait de Morlaix. Il travaillait sous un faux nom, évidemment, mais présentait des papiers tout ce qu'il y a de plus réglo, *PPS number* et enregistrement au *Welfare*. C'était un type sans histoire.

– Powerscourt ?

– Un domaine dans les montagnes du Wicklow, qui comprend un hôtel de luxe, un golf et un château restauré. Une cinquantaine d'employés au bas mot. D'après les ragots, une des employées aurait eu une liaison avec lui.

– Vous avez interrogé cette femme, je suppose.

– Oui, elle s'appelle Jennifer **Gouviaux**, c'est la responsable des serres. Nos collègues l'ont questionnée à plusieurs reprises.

– Gouviaux, n'est-ce pas un nom français ?

– Elle est irlandaise, affirma Curtis.

Picard prit la parole :

– Beaucoup de huguenots français, chassés à la révocation de l'édit de Nantes, sont venus s'installer à Dublin au XVIIe siècle. Cette jeune femme en est peut-être une descendante.

– Ça vous dirait d'y faire un tour ? proposa Lynch. Vous n'êtes pas là pour faire du tourisme, mais ça nous sortirait un peu de l'ambiance de ces bureaux, et l'endroit ne manque pas d'intérêt.

– Allons-y.

– Désolé, répliqua Picard, je dois vous laisser. Un problème à régler au consulat. Vous vous débrouillerez très bien sans moi.

Il ajouta à mon intention :

– N'oublie pas qu'on t'attend à la maison ce soir pour dîner.

– J'y serai sans faute.

Pour rien au monde, je n'aurais raté l'occasion de revoir Alexia Costa.

Une demi-heure plus tard, nous nous présentions à l'entrée du domaine de Powerscourt. La propriété s'étendait sur plusieurs hectares au pied d'un mont en forme de pain de sucre. Il fallait suivre un long chemin bordé d'arbres, longer le golf et l'hôtel avant d'atteindre l'enclos d'une demeure palladienne. Perspectives, terrasses, arbres exotiques, jardin potager, bassins et un cimetière d'animaux familiers conféraient un charme particulier au lieu.

Nous avons garé la voiture près de la serre cathédrale. Des orchidées lançaient leurs tiges vers la lumière tamisée du plafond. Une présence fantastique émanait de ces plantes.

– Vous cherchez quelque chose ? fit une voix de femme.

Crinière rousse, la trentaine dodue et jolie, des taches de rousseur sur les ailes du nez, Jennifer Gouviaux portait une salopette trop grande pour elle, retenue à la taille par une ficelle. Ses mains étaient abîmées par l'eau et la terre.

– Nous sommes venus vous parler, annonça Curtis.

Elle se raidit, contourna une table couverte de sabots de Vénus, et crut bon de s'assurer :

– Vous êtes de la *Garda* ?

– Oui.

– Vos collègues m'ont déjà interrogée, j'ai dit tout ce que je savais.

– Cet entretien n'a rien d'officiel, concéda Lynch. Notre collègue français, ici présent, avait envie de découvrir le lieu où Yann Morlaix a travaillé.

Elle balaya une mèche de cheveux d'un geste vif, puis glissa ses deux mains dans la poche ventrale de sa salopette. L'ambiance était moite, en dehors de l'eau qui s'écoulait d'un robinet, aucun bruit n'était perceptible.

– Yann Morlaix était votre ami, n'est-ce pas ? fit Curtis.

Le sous-entendu la déstabilisa, elle baissa les yeux.

– On peut dire ça comme ça.

– Il travaillait ici, avec vous ?

– Le jardinier en chef l'avait détaché pour m'aider. Pour nous, c'était Sam. Nous ne savions rien de plus, sinon qu'il était français.

– C'était un bon élément ?

– Excellent.

Son visage rosit.

En l'écoutant, je me demandais combien de fois cette rousse avait cédé à ce malade ? Où se retrouvaient-ils pour s'aimer ? Ici, dans la serre aux orchidées ? À moins qu'ils aient préféré un lieu plus sauvage. Jennifer se sentait coupable, elle n'avait pourtant rien à se reprocher, ne sachant pas qui se cachait derrière celui qu'on appelait Sam.

– Vous avez dit qu'il ne faisait pas l'unanimité parmi le personnel. Pourquoi ça ?

– Pendant les pauses, les jardiniers se retrouvent dans un bâtiment derrière le jardin potager. Ils boivent une bière, mangent et discutent. Sam…, enfin…, l'homme que vous cherchez, préférait s'isoler pour lire dans une tourelle ou dans la forêt.

– Vous a-t-il parlé de lui, de sa vie passée, de ses projets ?

Elle s'énerva soudain.

– On m'a déjà posé ces questions. Non, il n'évoquait jamais le passé, encore moins l'avenir. Il n'était pas bavard. C'était un saisonnier, il n'était que de passage à Powerscourt.

Une lueur d'effroi passa dans ses yeux.

– De quoi avez-vous peur ? demanda Lynch. Qu'il revienne ? À moins que vous ne redoutiez les ragots.

Sadique mais efficace.

Les lèvres de la jeune femme tremblèrent. Elle était terrorisée à l'idée de voir sa vie exposée dans les médias, de voir commentée sa relation avec un monstre. Dans les esprits, elle serait celle qui avait couché avec le tueur. Les parents des victimes lui en voudraient d'être encore en vie, alors que leurs propres filles avaient été tuées. Peut-être perdrait-elle sa place ? Elle se demandait pourquoi le tueur l'avait épargnée, et elle paniquait à l'idée qu'il pût réapparaître.

– Tout ce qui s'est passé me fait horreur. Je ne pensais pas qu'un homme aimant les orchidées pouvait faire des choses si affreuses.

– Parce qu'il aimait les fleurs ?

– Nos plantes sont réputées, les collectionneurs viennent de loin pour se procurer nos créations.

La jeune femme nous invita à la suivre entre les tables où les plantations rivalisaient d'originalité par les couleurs, la délicatesse et les formes. Elle caressait les tiges de ses doigts.

– L'orchidée est étonnante, vous savez. Elle utilise un stratagème ingénieux pour se faire féconder. Elle attire les insectes pollinisateurs en imitant la phéromone sexuelle de leurs femelles. En tentant de s'accoupler, l'insecte prend et dépose le pollen, assurant ainsi la fécondation de la plante. Chaque variété vise un insecte particulier, la mouche pour les unes, le papillon ou l'abeille pour les autres... Sam était fasciné par la stratégie amoureuse des orchidées, leur côté manipulateur, un peu pervers, il disait que c'était le phénomène le plus extravagant qu'il eût jamais connu, et j'étais d'accord avec lui.

Lynch remercia Jennyfer. Elle nous regarda partir, les mains toujours blotties dans la poche ventrale de sa salopette. Dans ses yeux, on pouvait lire le soulagement mêlé à l'inquiétude.

En regagnant Dublin, Curtis se tourna vers moi dans la voiture.

– Alors, vos impressions ?

– À propos du lieu ou de l'enquête ?

– De l'enquête bien sûr.

– Il se confirme que Morlaix est un bon acteur. Au fond de lui, il se moque éperdument de la stratégie amoureuse de l'orchidée. Il est seulement guidé par un instinct de destruction. Il n'a jamais eu de rapport sexuel avec ses victimes, c'est sans doute ce qui a sauvé cette jeune femme. Elle n'a rien à craindre, il ne reviendra pas. Il n'est pas assez fou pour prendre un risque pareil.

Tournant la tête vers la vitre, j'ajoutai :

– Quant au lieu, je dois avouer qu'il est assez magique.

27

Fatima, le quartier où Alexia Costa louait un studio, n'avait pas bonne réputation. Les dealers n'avaient que l'embarras du choix pour y recruter de braves petits soldats à l'affût de quelques milliers d'euros. Plus besoin de population-cible, la clientèle ne cessait de croître. Le trafic offrait de belles perspectives d'avenir pour une jeunesse désœuvrée. On chuchotait que des politiques et de hauts gradés, dans la police comme dans l'armée, fermaient délibérément les yeux. « Tout le monde en palpe », disait-on dans les bars, « alors, c'est pas près de s'arrêter »…

L'usine Guinness n'était pas loin. L'hôpital Saint-James se dressait de l'autre côté de la ligne de tram. La tristement célèbre prison de Kilmainham n'était qu'à quelques minutes à pied.

Alexia s'était installée à Fatima parce que les loyers y étaient modérés. Le décor de son appartement tranchait avec celui de sa maison de Doolin. Des murs blancs sans cadres, un parquet blond, quelques meubles achetés chez Ikea, un futon en guise de lit qu'elle repliait au matin. Aucun objet superflu ne venait troubler cette sobre harmonie.

Par la baie entrouverte, elle percevait les cris et les rires des badauds rentrant de la Grande Parade. Des adolescents s'invectivaient d'un trottoir à l'autre, dans un anglais haché, caractéristique des quartiers pauvres.

Elle se sentait aussi à l'aise à Paris qu'à Dublin. À l'exception des Picard, elle fréquentait peu la communauté française qu'elle trouvait étriquée. Ses amis, issus de milieux et d'horizons différents, formaient sa nouvelle famille.

On frappa à la porte. C'était Iulia, sa voisine de palier. Alexia appréciait la compagnie de cette jeune femme décontractée et sans gêne. Iulia était roumaine, originaire de Bacau en Moldavie. Après ce qu'elle avait vécu, elle pouvait tout entendre, tout comprendre. Les deux amies passaient des heures à bavarder, à se raconter leur vie, à rire de n'importe quoi. Il leur arrivait d'aller en boîte, bras dessus, bras dessous, quand l'envie d'exulter les prenait.

– Qu'est-ce que tu fais ce soir ? demanda Iulia en entrant.

– Je dîne chez les Picard.

– Ah, entre Français...

– Exactement.

Iulia s'empara d'une pomme dans la corbeille et alla s'asseoir sur le futon, tout en croquant dans le fruit.

Elle était arrivée en Irlande quinze ans plus tôt, non pour fuir Ceauşescu mort depuis plusieurs années, mais pour survivre, car la Roumanie avait faim. Elle cherchait aussi à oublier le viol collectif dont elle avait été victime dans un appartement de Bucarest.

À la suite d'un groupe de jeunes gens, elle avait traversé la Hongrie et la Slovénie à pied, en suivant les rails du chemin de fer. Ils avaient remonté l'Italie puis la France. La bande s'était séparée à Dunkerque, les uns optant pour l'Angleterre, les autres préférant tenter leur chance dans les pas du Tigre celtique. Embarquée clandestinement à bord d'un camion, avec seulement vingt centimètres d'espace au-dessus de la tête pour respirer, Iulia avait traversé la mer d'Irlande dans un état d'intense fébrilité. À Dublin sa galère n'avait fait que commencer. Un de ses compatriotes avait voulu la mettre sur le trottoir. Comme elle refusait, il lui avait donné un coup de cutter sur la joue, menaçant de la tuer si elle n'obéissait pas. Elle avait cherché à s'enfuir, mais il l'avait rouée de coups, laissée pour morte dans une chambre de Gardiner Street. Une Lituanienne l'avait entendue gémir et l'avait soignée. Iulia gardait des séquelles de cet épisode, des cicatrices sur sa joue et sur son corps. Ensuite elle avait travaillé pour un Irlandais, propriétaire de boîte de nuit.

Il lui avait confié le planning des filles et la gestion de la caisse.

L'entrée de la Roumanie dans l'Union européenne lui avait permis d'en finir avec la clandestinité, les mensonges et les planques. Un quatre étoiles l'avait recrutée parce qu'elle parlait plusieurs langues étrangères.

Le souvenir de sa jeunesse à Bacau continuait de la tourmenter ; elle pansait ses blessures lentement, fréquentait un Irlandais doux et patient. Elle se sentait en rémission et espérait qu'un jour la guérison serait totale.

Iulia alla chercher une canette de jus d'orange dans le réfrigérateur.

— Des nouvelles de Charlie et de sa bande ? demanda-t-elle en faisant claquer la capsule.

— Silence radio depuis la dernière visite de John à Doolin.

— Cette petite ordure voulait juste te faire chanter.

— John est incapable de prendre une initiative, c'est Charlie qui l'envoie.

— Qu'est-ce que tu vas faire ?

— J'en sais rien.

— T'as peur ?

— Pas vraiment.

— Tu devrais aller voir la *Garda*.

— Pas question. Je ne vais quand même pas lécher les bottes des poulets.

Elle nourrissait une haine viscérale à l'égard des policiers irlandais depuis qu'ils l'avaient traitée de trafiquante, de voleuse et

de menteuse de surcroît. Elle leur devait une
année de prison, une année perdue à jamais.

Iulia poussa la baie vitrée et alluma une
cigarette sur le balcon. Alexia la rejoignit.
Le ciel de Dublin faisait grise mine, de gros
nuages arrivaient par l'ouest et se dirigeaient
vers le port.

– Un vrai temps d'Irlandais, ironisa la
Roumaine.

Entre deux bouffées de cigarette, Alexia
lança :

– Tu sais, cet assassin dont tout le monde
parle.

Son amie sursauta.

– Le Français ?

– Oui. Son visage ne m'est pas inconnu, je
suis sûre de l'avoir rencontré quelque part.

– À l'Alliance peut-être. Après tout, c'est un
compatriote pour toi.

– Non, ce n'était pas à l'Alliance.

– Alors où ?

Elle réfléchit. Se pouvait-il qu'elle ait déjà
croisé la route d'un homme tel que lui sans
qu'elle se souvienne du moment et du lieu ?
La mémoire est étrange !

– Je ne sais pas.

– Son portrait est partout depuis vingt-
quatre heures, pas étonnant que tu aies l'impression de le connaître.

– Je l'ai déjà rencontré, j'en mettrais ma
main à couper.

– Parles-en aux flics.

– C'est une obsession chez toi.

– Je ne vois pas ce que j'ai dit de mal, tu as une autre solution, toi ? Je te fais quand même remarquer que ton ami Picard est de la police. Pour quelqu'un qui n'aime pas les poulets, tu avoueras que c'est paradoxal.

– Tu mélanges toujours tout. Thomas et Irène Picard tiennent une place particulière dans ma vie. Sans eux, je ne serais peut-être pas là, aujourd'hui.

Habituées à se dire ce qu'elles pensaient, les deux jeunes femmes parlaient sans animosité. Alexia écrasa son mégot et regarda sa montre.

– Il faut que j'y aille...

28

Il était sorti de la cabine, sac à dos sur
l'épaule, avait enjambé la passerelle en bois,
quittant définitivement le *Deirdre*. Il avait
salué le gardien de la marina une dernière
fois, puis il était monté à bord du bus pour
Dublin. Trois pauvres âmes, saoulées par
une journée de labeur, sommeillaient sur
les sièges. Leurs têtes penchaient dans les
virages. Assis au fond du bus, Morlaix médi-
tait, bercé par le mouvement.

Les livres avaient été sa grande affaire.
Pour éprouver une satisfaction totale, il avait
besoin de saisir le volume, de le soupeser,
d'humer le papier avant d'ouvrir une page au
hasard. Il y avait d'abord eu Kerouac et la
Beat Generation. *Sur la route* avait été pendant des années son livre de chevet. Puis,
Crime et Châtiment avait bouleversé sa vie.
Les auteurs de la décadence, Huysmans en
tête, avaient aussi marqué son esprit. *Le Portrait de Dorian Gray* d'Oscar Wilde avait fini
d'influencer son âme damnée et fragile.

Chez les Irlandais, sa préférence allait à
Joyce et Beckett. Chaque fois qu'il passait
devant la statue de l'auteur à la faconde éru-
dite et facétieuse, sur Earl Street North, il

le saluait d'un doigt sur la tempe. Il goûtait aussi les romans de McGahern, et d'Edna O'Brien, et récitait des vers entiers de Yeats ou de Seamus Heaney.

Fini tout ça !

Aujourd'hui il se disait qu'il s'était trop effacé derrière les auteurs, adoptant leur vision comme on chausserait une paire de lunettes inadaptées à sa propre vue. Son regard sur la vie en avait été brouillé. Un autre lui-même qu'il refoulait, avait pris le dessus. Maintenant, son rôle était de défier les puissances du Ciel et de la Terre, de braver la volonté du Très-Haut s'il existait. Il devait se laisser porter, se sentir possédé par sa destinée. S'enfoncer dans le chaos avait quelque chose de grisant. Au plus fort de ses crises, Morlaix se prenait pour un Christ noir. Au contact de la nature, il avait échafaudé une philosophie personnelle qu'il nommait « la théorie du contraire », la vie engendrant la mort, le beau fécondant le laid et la lumière n'existant que par l'ombre.

L'annonce du chauffeur le fit sursauter.

– Ballymun Street !

La nuit, sur le terrain vague, la boutique de Susie ressemblait à un gros animal assoupi. Il buta sur des sacs de détritus abandonnés le long du mur de son immeuble. Des seringues avaient été jetées au sol dans la précipitation.

Il cogna plusieurs fois à sa porte. Susie finit par ouvrir, craintive dans sa robe de chambre rose bonbon.

– Qu'est-ce que tu fais ici ?

Cette femme, tour à tour révoltée et soumise, combattante et nonchalante, répondait parfaitement à sa théorie des contraires.

– Je passais par là. Tu m'offres un thé ?

Près de trois années à se fréquenter sans se connaître. Ce que disait Susie n'attendait pas forcément de réponse. Morlaix l'écoutait poliment. Elle lui racontait son enfance à Derry, les humiliations, la violence des brigades spéciales et la peur au ventre, ponctuant ses phrases de la formule : « Les étrangers sauront jamais ce qu'on a vécu. » Elle s'était habituée au mutisme du Français, à cette façon qu'il avait de se déplacer sans remuer l'air, comme s'il venait du Sidhe, ce monde parallèle auquel elle croyait depuis toujours. Les personnages du Sidhe, aussi appelés les « Enfants de Dana », s'étaient retirés après le triomphe des hommes sur la surface du globe. On les décrivait comme beaux, hautains, inaccessibles et pouvant se révéler aussi bons que méchants. Ils régnaient sur les songes et les cauchemars des humains.

– T'aurais pas dû revenir.

Elle s'en voulait d'avoir succombé à ce regard hypnotique, à cette douceur mensongère. Quand on lui avait demandé d'accueillir un Français chez elle, pour quelques semaines seulement, Susie avait accepté par tempérament, par réflexe ou par habitude. Elle s'en mordait les doigts aujourd'hui.

– Les flics sont après toi, ils ne vont pas tarder à découvrir que t'as rôdé par ici.

Il s'assit sur le canapé recouvert d'un plaid écossais. Elle restait debout au milieu de la pièce, dans sa robe de chambre de midinette.

– Au fond, qu'est-ce que je savais de toi, hein ? Rien. Je sais même pas comment t'as atterri chez moi. Ni pourquoi j't'ai tendu la main.

Le regard de l'Irlandaise se brouilla.

– Je t'ai accueilli comme un fils...

Chez elle, le Français avait passé ses premières nuits en Irlande. Par la fenêtre aux rideaux de dentelle, il avait assisté aux jeux dangereux des gamins de Ballymun, observé le terrain vague en comptant les heures. Susie lui préparait du thé et des sandwiches pour la journée avant de regagner sa boutique. Il avait médité au coin de cette table encombrée de mugs sales et de papiers gras. Comme des trophées, sur la télé trônaient les passe-temps favoris de la locataire : pendule, jeu de tarot et bijoux ésotériques.

– Je n'oublierai jamais tout ce que tu as fait pour moi, Susie.

Elle alluma la bouilloire en marmonnant :

– Tout ça va mal finir !

Pour la première fois, elle sentait la puissance et le fluide étrange qui émanaient de cet homme. Elle lui tendit la tasse.

– Nul n'est invincible. Ta vie ne tient qu'à un fil.

Il retint un geste d'agacement.

« Oui, c'est ça, un homme du Sidhe », pensa-t-elle en le regardant boire son breuvage. Un être de chair et de sang n'agirait pas comme lui. Il devait appartenir aux créatures enchantées à la limite du monde. Il en avait la cruauté et l'élégance mystérieuses.

– Pourquoi tu fais ça ?

C'était la première fois qu'on lui posait cette question. La seule qui vaille. La violence et la mort comme réponses à une société sans idéal et sans grandeur. Il avala une gorgée avant de répondre :

– Tu pourrais pas comprendre.

Elle pinça les lèvres et hocha la tête.

– T'as raison, y'a des choses que j'comprendrai jamais.

Cette femme était la seule personne à qui il fût un tant soit peu attaché dans ce pays.

Susie se disait patriote.

– Renoncer, c'est mourir, clamait-elle. Jésus Marie, à quoi auraient servi nos sacrifices, si personne ne reprenait le flambeau ?

Un jour, enfreignant la règle du silence, il lui avait demandé pourquoi elle travaillait pour le compte de Charlie.

– Charlie, c'est un pseudo. Je l'ai connu quand il était gamin à Derry. La guerre civile, l'IRA s'imposaient à notre génération. Je l'ai vu se transformer d'année en année. Après *Bloody Sunday*, j'ai dû m'installer à Dublin. Avec mon mari, on continuait de monter à Derry pour voir la famille et les amis. Charlie a déboulé ici après les accords de paix, il m'a demandé si j'accepterais de travailler pour lui.

– Passer de l'IRA à un gang de malfaiteurs, on dirait qu'il a un peu régressé, ton Charlie.

– La République et les Provos se sont bien foutus de not'gueule, je vois pas pourquoi on aurait eu des scrupules, nous autres.

Un jour, elle avait prophétisé :

– L'IRA ne meurt jamais. Elle renaîtra de ses cendres.

Sur son pays, ses opinions étaient très arrêtées.

– Avant, on se battait pour un idéal, la haine contre les Anglais nous soudait. Aujourd'hui les gens ne pensent qu'à leurs petits intérêts.

Leur connivence venait de prendre fin. Entre Susie et Morlaix désormais, il y avait les mortes : des innocentes, des râles, des visages cyanosés, des yeux révulsés et des mains décharnées, une violence injustifiée.

Elle voulut le provoquer.

– T'en as pas marre ?

– De quoi ?

– Faux papiers, faux travail, faux nom sur faux comptes bancaires.

Elle enfonça le clou.

– Et ces meurtres, reprit-elle avec une moue de dégoût.

– Je n'avais pas le choix.

– Ça te mènera où cette boucherie ?

– À la mort, ni plus ni moins, comme tout le monde.

Cette voix neutre la glaçait. Une voix sans vie, sans chaleur. Il se leva, marcha vers la porte, mû par une force invisible.

– Je passerai te dire adieu, Susie.

Et il s'éclipsa.

Quand la porte fut refermée, elle prit son téléphone, composa le numéro de la *Garda* puis raccrocha aussi sec. Non, elle ne pouvait pas faire ça. Susie avait été dressée à la loi du silence. Elle s'écroula sur le canapé et fixa la tasse de thé et les clés du *Deirdre* abandonnées sur la table basse.

29

Les Picard avaient invité un couple d'enseignants du lycée français, deux collègues de Thomas, Alexia Costa et moi. Irène nous avait placés l'un à côté de l'autre. À l'abri des querelles franco-françaises, on évoqua le prochain festival de littérature, les projets des uns et des autres et les inimitiés au sein de la communauté française de Dublin.

J'observais Alexia, subjugué par l'intensité de son regard et le mystère qui l'entourait. J'effleurai volontairement sa main au passage d'un plat. Elle ne chercha pas à se dégager. Quel est donc ce phénomène qui nous pousse vers un être plutôt qu'un autre ? Alexia et moi nous enfermions peu à peu dans une séduction réciproque. Autour de la table, personne n'était dupe de notre petit jeu.

Le cours de la conversation s'intéressa à la spirale infernale dans laquelle le système bancaire avait entraîné le pays.

– Les gens sont dociles, avança Thomas. Ils accepteront le plan de rigueur que ne manquera pas de leur imposer le nouveau gouvernement.

L'enseignante le prit de haut.

– L'Europe a été plus que généreuse à l'égard des Irlandais, je ne vois pas pourquoi ils refuseraient de se serrer la ceinture.

Irène, toujours prompte à défendre le pays auquel elle s'était attachée, réagit aussitôt :

– L'ancien gouvernement les a poussés à la faute en faisant miroiter le crédit facile et les bienfaits d'une surconsommation imbécile. Le piège s'est refermé sur l'Irlande comme il se refermera sur d'autres pays.

– Ils ont accepté la manne européenne, croyant qu'elle allait les sauver, alors qu'elle ne fera que les asservir, appuya un collègue de Thomas.

Son voisin de table renchérit :

– C'est une nouvelle forme d'esclavage qui se passe de chaînes.

– Le Tigre celtique est sur le flanc, consentit le maître de maison, mais je suis convaincu qu'il s'en sortira. Evidemment, il se recroquevillera un peu, il cherchera à se protéger, c'est un réflexe que l'on rencontre fatalement en temps de crise et chez les fauves blessés.

Lasse de ces discussions un peu convenues, l'enseignante s'adressa à Alexia :

– Et toi, chère amie, passes-tu toujours tes week-ends à Doolin ?

– Toujours, oui.

– Dommage que le conseil régional ait équipé le site sans respecter la nature sauvage des falaises.

Irène Picard expliqua à mon intention :

– C'est un endroit charmant de l'autre côté de l'île, dans le comté de Clare.

– Drôle d'idée de t'enfermer dans une ferme à ton âge. Tu n'as pas peur toute seule ? relança l'enseignante.

– Peur de quoi ?

– Je ne sais pas, moi, du loup-garou.

Des rires fusèrent autour de la table. Alexia restait stoïque.

– Je me sens chez moi à Doolin, déclara-t-elle.

Je chuchotai à son oreille :

– Parlez-moi de ce petit paradis.

Elle éluda ma proposition, gentiment.

– Une autre fois, si vous voulez bien.

La conversation dévia sur l'actualité policière et ma venue à Dublin.

– J'ai lu quelque part que le tueur est un Français parfaitement intégré au peuple irlandais, me lança un invité.

– C'est vrai.

– Un homme qui aurait déjà tué par le passé ?

– Exact.

Les collègues de Thomas commentèrent l'incapacité de la police irlandaise à traiter la situation. Et de remettre sur le tapis l'affaire Toscan du Plantier. Je les mis en garde.

– Les deux affaires n'ont rien de commun.

– On n'empêchera pas les gens de faire des rapprochements.

En fin de soirée, Alexia me proposa de me déposer au Blooms. C'était presque sur son chemin.

Nous roulions dans sa Mini verte. Les rues de la banlieue étaient vides et tristes. Alexia se concentrait sur la route tandis que je regardais les maisons défiler. Les petits ponts sur Grand Canal, les maisons géorgiennes de Leeson Street me paraissaient plus gais en sa compagnie. À l'entrée de Temple Bar, la voiture ne pouvait plus avancer à cause de la Saint-Patrick et des ruelles encore noires de monde. Je lui proposai d'entrer dans la fête.

– Si tu te garais, nous pourrions continuer à pied.

Le passage au « tu » ne sembla pas la choquer. Il y eut un moment de flottement. À peine étions-nous sortis de sa voiture qu'une foule ébouriffée nous absorba. Sans hésiter, je lui pris la main. Alexia n'opposa aucune résistance. Une douce folie semblait s'être emparée de la jeunesse de Dublin. Un orchestre entonna des airs de folk à un croisement de rues. Quelques mètres plus loin, les avaleurs de bière avaient investi le quartier branché, ils brandissaient leurs verres et chantaient à tue-tête. La Guinness passait de main en main. Les plus résistants carburaient au whiskey ou à la vodka. Malgré la fraîcheur de l'air, les filles portaient des robes très décolletées et des jupes très courtes. Deux baraqués faisaient le gué à l'entrée du Morgan d'où s'échappait un air de *hard-rock metal*. Garçons et filles dansaient sur les pavés en se trémoussant.

La pluie fut accueillie par des cris de protestation. Je pris le visage d'Alexia entre mes mains. Elle se laissa faire. Je l'embrassai. Des applaudissements crépitèrent autour de nous. Très vite, nos vêtements nous collèrent à la peau, nos cheveux mouillés se plaquèrent sur nos visages. En riant, nous avons couru nous mettre à l'abri sous l'auvent du Blooms. Nous avons grimpé les marches et poussé la porte de l'hôtel.

Plus rien n'existait. Des gouttes de pluie comme des aiguilles qui frappent à la fenêtre d'une chambre. La mer d'Irlande qui vous sépare de tout. Deux amants qui chavirent et se découvrent, étonnés et curieux l'un de l'autre. Et le plaisir comme une vague qui se brise.

30

Dublin s'éveillait à peine. Morlaix s'était assoupi quelques heures sur un banc en pierre, dans le hall d'un immeuble. Il s'était réveillé aux aurores, avait erré un moment dans la ville.

Dans une supérette, sur un présentoir à journaux, son visage figurait en première page de l'*Irish Times*. La caissière ne fit pas le rapprochement entre lui et l'homme du portrait, signe que la ressemblance n'était pas si frappante. La photo datait de plusieurs années, seul son regard n'avait pas changé, encore fallait-il scruter ses yeux pour s'en apercevoir. « L'inquiétude gagne le pays. La brigade criminelle de Paris a envoyé un émissaire à Dublin », disait l'article, « les deux polices coopèrent, l'enquête progresse. »

Dans le renfoncement d'une porte cochère, il extirpa de sa poche le téléphone que lui avait remis le « Don » et composa son numéro.

– T'es matinal, dit Charlie.

– Je voudrais te parler

– T'as vu la presse, on voit ta gueule partout.

– Je sais.

– J'en ai une bien bonne.

Le caïd connaissait le nom du flic venu de
Paris et prononça celui d'Escoffier en écor-
chant les syllabes.

– Escoffier, t'es sûr ?

Damien Escoffier à Dublin, ce n'était pas
une bonne nouvelle.

– Tu connais ?

– Non, mentit le fugitif.

– Ça changerait rien de toute façon.

– L'autre jour, tu disais que je devais quitter le pays.

– C'est le seul moyen pour toi de sauver
ta peau.

– Le moment est venu, je crois.

Il y eut un long silence, et Morlaix crut que
son interlocuteur avait raccroché.

– Retrouve-moi dans l'entrepôt sur le port,
disons dans une heure.

C'était au tour du Français d'hésiter.

– Je serai seul et sans arme, ajouta le caïd.

Yann n'avait pas d'autre solution dans
l'immédiat, il devait s'en remettre à la bonne
étoile qui l'avait toujours protégé.

– D'accord.

Pour gagner le port, il évita les rues ani-
mées, frôla les murs, un bonnet de laine
enfoncé jusqu'aux yeux. Les vieux entre-
pôts étaient en sursis depuis que le *mayor**
avait conçu un projet architectural visant à
les intégrer au paysage urbain. Il continua

------

* Le maire

de marcher jusqu'au hangar désigné par Charlie.

Le lieu désaffecté dégageait une atmosphère étrange, comme si, leur faisant écho, les particules de l'air restaient imprégnées des bruits et des voix du passé. Entre ces murs, des tonnes de marchandises avaient été entreposées. Aujourd'hui, les voyous fréquentaient ce ventre froid et humide.

Charlie poussa la porte à son tour.

– Salut !

Les deux hommes se plantèrent au milieu de l'entrepôt. De la buée s'échappait de leur bouche. Le « Don » avait une dégaine respectable dans son pardessus acheté chez *Thomas*. Un peu serré aux emmanchures peut-être, car cet homme qui terrorisait la ville, avait un faible pour le *cheesecake*.

– J'ai un plan pour te faire sortir du pays.

– Je t'écoute.

Long silence de la part de Charlie qui savait ménager ses effets.

– Avant, j'aimerais que tu me rendes un dernier service. Tu me dois bien ça, après tout.

– Lequel ?

– Tu t'es contenté d'un boulot de transporteur jusqu'à présent, et on a fermé les yeux sur bien des choses, pas vrai ?

Le Français acquiesça d'un signe de tête. Charlie alluma une cigarette et souffla la fumée de la première bouffée.

– J'aimerais que tu t'occupes d'une fille.

– Qui ça ?

– Une Franco-Irlandaise.

– Qu'est-ce que tu attends de moi, au juste ?

– Que tu lui fasses la même chose qu'aux autres. Ni plus, ni moins.

Comment faire comprendre à un homme qui avait fait du crime organisé son métier, que lui, Yann Morlaix, ne tuait pas sur ordre, mais n'obéissait qu'à la « force » ?

– Son nom.

Le caïd tira sur sa cigarette.

– Alexia Costa. C'est la fille d'une journaliste française et d'un ancien de l'IRA.

Ça ne lui disait rien.

– Qu'est-ce qu'elle t'a fait ?

– J'ai bien connu son père, Patrick Cronin, dans ma jeunesse. C'était la guerre avec les Brits à l'époque. Patrick et moi, on était dans le même bataillon de l'IRA. On aurait donné notre vie pour chasser les Anglais une bonne fois pour toutes.

Il fixa Morlaix.

– Nos chefs nous ont envoyés en Angleterre pour des missions un peu… spéciales…

– Continue.

– À la suite d'une histoire qui a mal tourné, Patrick a fait de la taule. On a cru qu'il avait donné trois camarades au service de renseignement britannique. Il fallait l'éliminer.

– Et c'est toi qui t'es chargé de cette noble mission.

– On se passera de tes commentaires.

– Ça ne me dit toujours pas pourquoi tu t'en prends à sa fille.

– Il y a quelques années, sous prétexte de poursuivre ses études à Dublin, elle cherchait à savoir qui avait flingué son père. Quelqu'un s'est chargé de la renseigner. Je n'ai pas que des amis dans le milieu, ma reconversion n'est pas du goût de tout le monde. Des rumeurs circulaient laissant entendre que Patrick avait eu une fille avec une journaliste française, mais personne n'en avait la preuve. Quand la gamine s'est pointée, on s'est pas méfié. John l'a recrutée pour vendre de la came aux étudiants, sans savoir à qui il avait affaire. Il nous a fallu plusieurs jours pour réaliser qui elle était vraiment.

Plus besoin de poser de questions, les explications s'enchaînaient dans la bouche de l'Irlandais.

– Alors, on lui a tendu un piège.

– Quel genre ?

– Un de mes gars lui a confié un colis bourré de pilules d'ecsta, à remettre à un dealer à l'intérieur de l'université. John a passé un coup de fil à l'un de nos amis policiers. Tout s'est passé comme prévu. Elle a été arrêtée et jugée dans les semaines qui ont suivi. Un an de prison, c'était pas cher payé. J'espérais que ça lui servirait de leçon. Depuis sa sortie de Mountjoy, elle recommence à me pourrir la vie.

Il jeta sa cigarette d'un geste rageur.

– Comment ça ?

– Elle répète partout que Patrick Cronin a été assassiné par son propre clan, et qu'il faudra bien un jour que justice lui soit rendue.

– Tu aurais mieux fait de la supprimer tout de suite.

– C'était la fille de Patrick, j'ai eu des scrupules, figure-toi.

– Je ne suis pas ton porte-flingue, Charlie. Je ne tiens pas à être mêlé à tes salades. Adresse-toi à tes sbires pour ce genre de besogne. Ce ne sont pas les tireurs de gâchette qui manquent dans ton équipe.

– Aucun Irlandais n'acceptera de faire ça.

– Et pourquoi donc ?

– On a appris que Patrick Cronin était innocent et que les Brits avaient fait courir le bruit de sa trahison pour déstabiliser l'IRA. Le père d'Alexia passe pour un héros aujourd'hui. Aucun de mes gars ne portera la main sur sa fille. Tandis que pour toi, une fille de plus ou de moins, qu'est-ce que ça change ?

Morlaix fit quelques pas sur la terre battue.

Charlie mentait. L'une de ses dernières recrues pouvait très bien s'en charger. Ces petits voyous n'avaient aucune conscience du bien et du mal ; ils étaient prêts à tirer sur n'importe qui à n'importe quel moment. Pourquoi raconter des bobards, sinon pour le perdre ?

– Qu'est-ce qui me dit que tu m'aideras à quitter le pays, après ?

– J'ai qu'une parole.

Un rai de soleil traversa la haute fenêtre, éclairant les grains de poussière qui dansaient dans la lumière. Charlie ne manquait pas d'arguments pour finir de le convaincre.

– Il y a deux jours, la fille a rencontré le flic français chez des amis. Je peux même te dire qu'ils ont couché ensemble la nuit dernière.

– Comment le sais-tu ?

– On la surveille en permanence.

Morlaix ne cilla pas. Les paroles du gangster se transformèrent en pointes acérées qui lui laminèrent le ventre.

Les deux hommes se regardèrent droit dans les yeux.

– L'adresse de la fille ?

Le « Don » sourit. Il avait gagné la partie.

– Jame's Walk Street, numéro 9. Elle bosse à l'Alliance française, mais je te donne un tuyau. Alexia Costa passe ses week-ends dans une ferme du Clare, à la sortie de Doolin, route de Lisdoonvarna. La baraque appartenait à ses grands-parents, May et Tom Cronin, c'est facile à trouver.

– Combien de temps tu me laisses ?

– Une quinzaine.

Le Français eut un éclat dur dans le regard.

– Bien.

Ils quittèrent le hangar et marchèrent l'un derrière l'autre, comme deux étrangers. Le soleil se mirait dans la Liffey. Les grues chargeaient et déchargeaient des containers dans les bassins. Une voiture aux vitres teintées approcha, la porte arrière s'ouvrit. Morlaix reconnut la main de John sur la poignée, à la phalange qui manquait. Charlie s'engouffra à l'intérieur...

31

En ce lendemain de fête, la circulation était clairsemée, les boutiques ouvraient les unes après les autres, mais les chalands avaient la gueule de bois.

Picard et moi remontions Harcourt Street à pied. L'odeur d'Alexia imprégnait encore mes vêtements. La ville avait un charme nouveau, l'air et le ciel ne me paraissaient plus aussi maussades, ni les maisons géorgiennes aussi austères. Je me rappelai le tatouage qu'Alexia portait sur la cheville droite. Un papillon. Lorsque je lui avais demandé ce que ça signifiait, elle avait répondu sur le ton de la plaisanterie :

– J'avais le choix entre une croix celtique et un papillon. Je déteste le marketing organisé autour de la *celtic attitude*, alors j'ai opté pour le papillon.

J'avais compris qu'elle me cachait quelque chose, mais je n'avais pas cherché à savoir, ne voulant pas nuire à la magie de cette aventure inattendue. Tendre avait été la nuit !

Thomas Picard qui avait tout deviné, jouait la discrétion.

J'étais assez à l'aise avec lui pour le questionner.

– Comment as-tu fait la connaissance
d'Alexia ?

Sourire de connivence sur les lèvres de
l'officier de liaison.

– C'est une longue histoire. Par où commencer ?

– Par le début.

– C'est Christine Costa, sa mère, que j'ai
rencontrée en premier. Elle m'a contacté peu
de temps après notre installation à Dublin.
Christine Costa, ça ne te dit rien ?

– Pas vraiment, non.

– La journaliste.

– Celle qui animait une émission d'actua-
lités ?

– En personne.

– Mince, j'avais pas fait le rapprochement.

D'un geste, Picard m'invita à reprendre la
marche.

– Le père d'Alex était irlandais, il s'appelait Patrick Cronin. Sa famille était de Doolin. Patrick s'était engagé dans l'IRA pour
combattre auprès de ses camarades nord-
irlandais.

Je suspendis la marche.

– Comment se sont-ils connus ?

– Ça remonte aux années 80…, mais on
va finir par être en retard, si tu t'arrêtes
toutes les cinq minutes. Christine Costa
couvrait les événements en Irlande du Nord
pour son journal. Le rédacteur en chef lui
avait demandé d'interviewer des membres

de l'IRA, c'est comme ça qu'elle est entrée
en contact avec un certain Patrick Cronin, à
Belfast. C'était un intello, il avait été désigné
par ses chefs pour répondre aux questions
des journalistes étrangers. Tous les ingrédients de l'idéalisme héroïco-sentimental
étaient réunis.

Picard me montra l'immeuble de la *Garda*
devant nous.

— On approche. On reprendra le fil de cette
histoire plus tard, si tu n'y vois pas d'incon-
vénient.

— Quand je pense qu'il y a quelques jours,
j'ignorais tout de ce pays.

— Et de ses femmes, se moqua-t-il.

Le planton nous reconnut et nous laissa
passer avec un sourire bonhomme. Lynch
vint à notre rencontre.

— Le superintendant vous attend dans son
bureau.

Pas de dossier sur le bureau de *Big
Chief*. Seulement un téléphone, une feuille
de papier, un stylo et l'*Irish Times* plié en
deux. McConnell paraissait fatigué. Depuis
vingt-quatre heures, les échanges entre la
Garda, le juge et les ministères s'étaient
accélérés. Nous nous sommes assis devant
lui. Les coudes sur le bureau, il joignit les
mains.

— Vous connaissez aussi bien que moi le
contenu des accords bilatéraux.

On voyait très bien. La coopération policière et judiciaire forme l'un des trois piliers
de l'Union européenne, cependant chaque
pays reste maître chez soi en matière de
justice. Les parlementaires européens n'ont
pas envisagé que les polices de deux pays
puissent travailler ensemble sur le terrain.

Il s'adressa à moi.

– Votre contribution est notable, nos
enquêteurs y voient plus clair grâce à vous. Si
l'assassin a des relations avec un gang irlandais, nous le saurons rapidement. Laissez-
nous traiter cette affaire avec nos collègues
d'Irlande du Nord. Vous serez informés en
temps réel, je m'y engage. Les investigations
menées conjointement dans nos deux pays
devraient bientôt déboucher sur quelque
chose.

– Si j'ai bien compris, je n'ai plus rien à
faire ici.

– Accepteriez-vous de faire un exposé
devant nos équipes ?

– À quel sujet ?

– D'après Lynch, vous avez dressé un
remarquable portrait psychologique du tueur.
Si vous n'êtes pas pressé, je crois que cette
approche nous rendrait mutuellement service.

Je réfléchis quelques secondes.

– Ce type d'exercice entre parfaitement
dans le cadre de la coopération policière
entre nos deux pays.

– Parfait. Dans ce cas, disons lundi matin, à neuf heures. Dans nos locaux de Phoenix Park.

– J'en informerai ma hiérarchie.

Je jubilais intérieurement. Sans le savoir, McConnell m'offrait la possibilité de rester quelques jours de plus, de revoir Alexia.

Le superintendant se tourna vers ses subordonnés :

– Lynch et Curtis, vous préviendrez nos collègues de Cork, Limerick, Galway, Cavan, Waterford. Vous rameuterez un maximum d'agents pendant le week-end. Autant que tout le monde en profite.

Puis, me fixant de nouveau :

– D'ici lundi, bien entendu, vous ne chercherez pas à vous rendre sur les lieux des crimes, vous ne mènerez aucune enquête, n'interrogerez aucun témoin, sans la présence de l'un de mes hommes.

– Merci de me rappeler les règles.

McConnell se leva d'un bond, et tout le monde comprit que l'entretien était terminé.

En sortant, Picard décréta que cette nouvelle méritait bien un petit verre.

Bar du Hilton, le long de Grand Canal. Le barman préparait des cocktails derrière le zinc. Des hommes d'affaires, assis sur les tabourets, pleins d'eux-mêmes et de leur réussite, fêtaient la signature d'un contrat. Pendant que Thomas était allé commander deux *hot toddy* au bar, j'appelai la brigade afin de tenir mes collègues au courant. Dans la foulée, j'envoyai un SMS à Alexia pour la prévenir que je restais jusqu'à lundi.

Thomas Picard est revenu, un verre dans chaque main.

– Si l'on reprenait le fil de notre histoire ?

– On en était où déjà ?

– À la rencontre entre Christine Costa et Patrick Cronin, à Belfast.

Il avala une gorgée de whisky avant de se lancer.

– Oui… La journaliste française avait pris fait et cause pour les républicains irlandais. Ça transpirait dans ses articles, ce qui n'était pas pour déplaire à son canard, d'ailleurs. Christine et Patrick sont tombés éperdument amoureux l'un de l'autre dès la première interview. Les tourtereaux se voyaient à la sauvette à Dublin ou Belfast. De cette union est née une petite fille à l'hôpital Saint-James de Dublin.

– Qu'ils ont appelée Alexia.

– On peut rien te cacher.

Thomas Picard posa son verre sur la table basse. J'étais de plus en plus intrigué par cette histoire.

– Combien de temps a duré cette romance ?

– Elle a pris fin de manière dramatique en 1984.

– Que s'est-il passé ?

– Républicains et unionistes étaient remontés à bloc. Bobby Sands était mort d'une grève de la faim en prison, trois ans plus tôt, les esprits étaient encore très échauffés par son martyre. Patrick fut envoyé en Angleterre par ses chefs. L'IRA y multipliait les actions terroristes pour faire pression afin de faire céder le gouvernement anglais. L'attentat de Brighton, tu te rappelles ?

– Pas très bien, non.

– Le parti conservateur, Margaret Thatcher en tête, s'était réuni au Grand Hôtel de Brighton pour son congrès annuel. Une bombe a explosé dans une des chambres réservées pour l'occasion. L'attentat a fait cinq morts, et la Dame de fer a bien failli perdre la vie. Patrick Cronin fut soupçonné et arrêté les jours suivants. Il a fait quelques mois de prison avant d'être innocenté. On sait qu'il a pris le bateau pour rentrer en Irlande. Après, mystère. Il a tout bonnement disparu.

– Que sont devenues Christine et Alexia par la suite ?

– Elles vivaient à Paris mais continuaient de rendre visite à la famille Cronin. La petite passait toutes ses vacances chez ses grands-parents qui habitaient une ancienne ferme sur la côte ouest.

– Doolin ?

– Oui, Doolin. Alex a grandi en courant sur la lande et en trempant ses lèvres dans la bière. À la mort des vieux, c'est elle qui a hérité de la baraque.

– Et... il y a un homme dans sa vie ?

– Elle a eu quelqu'un à Belfast, mais je crois qu'ils ont rompu. Je n'en suis pas certain, Alex n'est pas bavarde sur ces questions-là.

– On sait qui c'est ?

– Paul Ryan, prof de maths dans un lycée.

Petit à petit, l'histoire d'Alexia Costa s'inscrivait dans ma tête. À la seconde où je l'avais rencontrée, j'avais compris que je ne sortirais pas indemne de cette rencontre.

Thomas consulta sa montre.

– Désolé, je dois y aller. Il y a un cocktail à l'ambassade ce soir, Irène m'attend. Tu veux que je te dépose quelque part ?

– Non, merci. Je prendrai le Luas.

– On se retrouve lundi matin, à l'entrée de Phoenix Park.

À bord du tram, j'envoyai un SMS à Alexia : « C'est loin Doolin ? » La réponse suivit aussitôt : « On peut y être dès ce soir, si tu veux. » Je répondis : « Rien ne me plairait davantage. »

Sur l'autoroute, à plusieurs reprises, un 4×4 noir, aux vitres teintées, roula à notre hauteur.

– Quelqu'un qui te connaît ?

Alexia restait imperturbable, les mains accrochées au volant.

– Je ne connais personne qui circule dans ce genre de voiture.

Le véhicule tout terrain accéléra pour ne devenir qu'un petit point noir, loin devant, et je fus rassuré.

La baie de Galway jouait à cache-cache au détour des lacets. La Mini s'engagea sur une voie plus étroite. Un panneau indiquant la direction de Poulnabrone me sauta aux yeux.

– « Poulnabrone », c'est là qu'on a retrouvé le corps de Deirdre Gilson.

– Oui, je sais.

À Lisdoonvarna, je lui demandai de s'arrêter un instant et d'éteindre l'autoradio.

– Et c'est dans l'un de ces bars que Deirdre a rencontré son meurtrier.

Nous sommes restés graves et perplexes quelques minutes avant de repartir.

– On n'est plus très loin, m'avertit Alexia.

Au bout d'une route bordée de pierres sèches, le toit de la maison est apparu au milieu d'un bocage.

Bien que retapée au fil des ans, la ferme des Cronin conservait son allure originelle : des proportions modestes, pas de volets, des fenêtres à guillotine, un rosier grimpant qui ployait devant la porte, un muret pour s'asseoir et rêver.

– Je comprends pourquoi tu viens ici chaque week-end.

– Bienvenue à Doolin.

À l'horizon, le soleil tentait un ultime effort pour éclairer la terre, et le ciel virait à l'orange. On sentait que l'océan était proche, à l'air vivifiant qu'on respirait et à ce petit vent léger qui jouait dans nos cheveux.

– On se croirait au bout du monde.

– Mais *c'est* le bout du monde ! dit-elle en riant.

32

Morlaix vola une camionnette blanche sur le port, un véhicule passe-partout sans GPS ni géolocalisation, un démarrage au doigté, ou presque, pour atteindre Fatima. Au numéro 9 de James Walk Street, sur les boîtes aux lettres de l'immeuble, deux initiales dorées : A.C. pour Alexia Costa. Il fit le tour du pâté de maisons, prit ses repères, inspecta les sous-sols et les issues de secours, se faufila dans l'immeuble à la suite d'une vieille dame, emprunta l'escalier plutôt que l'ascenseur. Aucun bruit n'émanait de l'appartement. Ne pas prendre de risque inutile, ne pas s'attarder, disparaître aux yeux de tous. Il repartit, s'arrêta à l'Ulster bank pour retirer un gros paquet d'argent. Répéta l'opération dans un autre établissement. Avec ce qu'il avait en poche, il pouvait tenir des semaines, terré dans une de ses planques.

Il jeta une carte postale dans une boîte aux lettres, adressée à Lisa Shoenberg. Tout se déciderait à l'issue de cette dernière partie.

Il se dirigea vers Ballymun. Il ne voulait pas quitter Dublin sans dire adieu à Susie dans sa boutique. Ne l'avait-elle pas sauvé ?

Ne lui avait-elle pas donné une seconde vie, un second souffle ?

– Je t'avais promis que je passerais avant la fin.

– Qu'est-ce que tu vas faire maintenant ?

– Charlie m'a chargé d'une mission ultime. Elle pâlit.

– Quelle genre de mission ?

– Supprimer une fille que tu ne connais pas.

Elle sentit ses jambes plier sous elle, s'appuya sur la table qui lui servait d'étal.

– Je vais tenir ma promesse, dit-il, ensuite je partirai vers le Nord.

– Tu ne pourras pas t'échapper.

– C'est ton marc de café qui t'a dit ça ?

– Ils surveillent toutes les côtes.

– Je ne serai pas le premier à déjouer leurs plans.

– Va-t'en, le diable est en toi !

Il sortit en la saluant d'un geste de la main. Susie le regarda s'éloigner à travers la lucarne de la boutique. Un filet de transpiration coulait le long de sa gorge, elle s'aperçut qu'elle tremblait.

Il continua sa course vers Finglas, se procura du matériel et des provisions de nourriture, prenant soin d'éviter tout contact humain en passant aux caisses automatiques, et en tournant le dos aux caméras de surveillance.

Depuis qu'il circulait à travers le pays, il avait repéré une bonne dizaine de bâtisses inhabitées dont il avait matérialisé l'emplacement par une croix sur sa carte routière. Il lui était déjà arrivé de dormir dans une ferme abandonnée près d'un ruisseau, à quelques kilomètres de la petite ville d'Endfield. Son intelligence était sa seule arme, il devait se méfier de tout et de tout le monde, des voitures de la *Garda*, des motos qui le frôlaient d'un peu trop près, des gens qui le regardaient à la pompe à essence. Son bonnet et ses lunettes le protégeaient, mais un petit malin pouvait toujours renifler quelque chose de suspect et avertir la police.

Endfield, « le champ de la fin », une petite ville dans le comté de Kildare entourée de champs, de vaches et de moutons. Il y avait aussi un complexe hôtelier dont le bâtiment principal était une *Big House*, une de ces maisons occupées jadis par l'aristocratie anglo-irlandaise. Un jour, un autostoppeur bavard lui avait raconté que des religieuses avaient longtemps occupé cette demeure.

– Elles y cachaient des mères célibataires abandonnées par leur famille. Quand on a creusé la terre pour construire l'autoroute, on a trouvé des ossements de gosses. On dit que des fantômes d'enfants continuent à hanter les couloirs de l'hôtel.

Le gars avait ajouté qu'on sentait une force étrange sur les lieux, comme si des esprits vous suçaient la moelle.

Là où il allait, même Charlie ne saurait le retrouver.

Une fois, le « Don » avait voulu lui faire peur par une menace déguisée : « On met le temps qu'il faut, mais on finit toujours par débusquer un homme. Ici ou à l'étranger. C'est une question de temps et de volonté. Le mois dernier, on a mis la main sur un gars qu'on recherchait depuis dix ans. Il avait refait sa vie au Canada ».

La suite, Morlaix la devinait. L'homme qui avait été retrouvé, devait dormir six pieds sous terre, quelque part entre Ottawa et Vancouver.

La route devint si étroite qu'il dut rouler sur l'herbe pour laisser passer un tracteur. Du haut de sa cabine, le paysan le salua sans le connaître. Morlaix se méfiait des agriculteurs, ils possédaient un instinct quasi animal pour évaluer les gens. Les branches des arbustes griffaient la carrosserie de sa voiture brinquebalant sur les ornières creusées après la neige de l'hiver dernier. Des odeurs de terre et de mousse emplissaient ses narines : la vie immobile proliférait sous les arbres. Il cacha la camionnette dans la remise d'une ferme désertée. Un son cristallin montait du ruisseau. Il ramassa des brindilles et des

branches, poussa la porte. Des pièces vides,
des murs peints à la chaux, une cheminée
qui sentait la cendre, une table en bois, des
chaises, un matelas posé à même le sol, de
ces sols en terre battue toute imprégnée de
l'obstination d'un peuple. Il y avait là ce qu'il
fallait pour vivre quelques heures, quelques
jours.

Il prépara un feu pour réchauffer la pièce.
Peu à peu, la paix revenait dans ses muscles,
sa respiration redevenait normale. Il se disait
que la chance était avec lui. Mais pour combien de temps encore ?

La journée s'achevait sur la péninsule
de Clare. « Pas assez d'eau pour noyer un
homme, pas assez de bois pour le pendre,
pas assez de terre pour l'enterrer ». En ces
termes, le bras droit de Cromwell avait décrit
le Burren, région de roches grises, au sol
ridé comme la peau d'un éléphant. Le ciel
de Doolin se parait de formes et de couleurs
fantasmagoriques allant du rose au violet
foncé, avec des nuances de parme.

Alex et moi n'avions pas mis le nez dehors
depuis vingt-quatre heures. Trop pressés de
rattraper le temps perdu, de nous aimer, de
parler. Assis sur le tapis, devant le feu de
cheminée, nous savourions des sandwiches
en buvant du vin blanc. Depuis combien
de temps bavardait-on ainsi, à bâtons rom-
pus ?

Je lui avais raconté ma vie, la mort de
Cécile, ma première petite amie, la sauva-
gerie avec laquelle elle avait été assassinée, et mon engagement dans la police à
la suite de cette tragédie. Nous avions aussi
parlé de Bérangère, et je ne me souvenais
pas d'avoir jamais été aussi franc avec une
femme. Les yeux d'Alexia formaient deux

miroirs dans lesquels je plongeais, le cœur léger.

— C'est drôle, dit-elle, on a commencé par la fin.

— Comment ça ?

— On s'est aimés d'abord, maintenant on fait connaissance.

Conscients de vivre une aventure sans lendemain, nous ne voulions pas nous encombrer de manières. Adossée au canapé, elle avait étendu ses jambes. L'échancrure de son peignoir laissait entrevoir ses seins blancs. La lumière du feu jouait sur nos corps.

— Thomas Picard m'a parlé de ton père. Il m'a dit qu'il avait combattu pour l'IRA, qu'il avait été inquiété après l'attentat de Brighton. Il a dit aussi qu'il avait mystérieusement disparu.

— Puisqu'il te l'a dit.

— Tu ne veux pas en parler ?

— Ça t'intéresse vraiment ?

— Tout ce qui te concerne m'intéresse.

Elle se leva, s'appuya à la cheminée.

— Les souvenirs de mon père sont flous. Deux ou trois images, à peine. Je me souviens de la fois où il m'a prise sur ses genoux pour me chanter une chanson dont je ne comprenais pas les paroles. C'est à travers les récits de ma mère et de ma grand-mère que j'ai appris à le connaître.

— La figure du héros.

Elle sourit doucement.

— Ma mère m'a bassinée pendant des années avec ce qu'elle appelait « la cause juste des Républicains irlandais » et le comportement héroïque de Patrick Cronin. Il reste le grand amour de sa vie. Mes grands-parents aussi l'idolâtraient.

— Les articles de Christine Costa faisaient référence à l'époque.

— Oui, elle avait le vent en poupe.

— Et avec tes grands-parents, c'était comment ?

— J'étais l'enfant de leur fils unique. Disons qu'ils m'ont surprotégée.

— Ce n'est pas difficile de grandir avec une double identité ?

— On finit par s'habituer.

— Paris ne te manque pas ?

— Je suis attachée à cette maison. Chaque hiver, quand j'entends le vent gémir dans la cheminée, je me dis que je vais m'en séparer, mais je ne parviens pas à m'y résoudre.

— On parlait beaucoup des « Conflits » quand tu étais petite.

— Mon grand-père ne parlait que de ça. Une branche de sa famille venait d'Irlande du Nord. Mon arrière-grand-père travaillait sur les chantiers navals de Belfast.

— Patrick aurait pu vivre tranquille en République, pourquoi avoir choisi de rejoindre l'Irlande du Nord et l'IRA ?

Elle rabattit les pans de son peignoir sur sa poitrine.

– Les jeunes n'hésitaient pas à s'engager à ce moment-là.

Sur une console, une lampe diffusait une lumière tamisée. La maison se rappelait à nous par des craquements irréguliers.

– Je n'ai jamais saisi le fondement de la guerre civile en Irlande du Nord.

– C'était une guerre historique et anticoloniale.

– Qui avait intérêt à faire disparaître Patrick Cronin ?

Elle se mordilla la lèvre inférieure.

– Il n'a pas disparu. On l'a tué.

Elle regarda un moment le vin danser au fond de son verre. J'attendais la suite en silence.

– Il y a quelques années, je me suis trouvée dans un pub de Galway avec des amis. J'étais assise sur un tabouret, près du bar. Un homme ivre que je n'avais jamais vu de ma vie, s'est approché de moi et m'a dit : « C'est toi la fille de Patrick Cronin ? C'est l'IRA qui a descendu ton père, parce qu'il avait balancé des noms pendant son internement en Angleterre. » Le type est parti après avoir craché son venin. Inutile de te dire que l'image du héros a vacillé ce jour-là.

– Tu as cru cet homme ?

– C'était un scénario possible.

Elle se leva, fit quelques pas.

– Mais je ne voulais pas en rester là, je voulais comprendre. Je savais qu'un ancien ami de mon père s'était reconverti en chauffeur de taxi à Belfast, qu'il faisait visiter les anciens lieux de la guerre civile à des touristes en mal de sensations à bord d'un véhicule noir. Je n'avais que son prénom, Liam, mais j'ai réussi à le retrouver. La prison l'avait marqué. C'était un grand bonhomme maigre, à la bouche édentée, au cheveu rare, affublé d'une veste aux manches trop courtes qui laissaient voir ses poignets rougis par le froid. Le contraire d'un play-boy. J'ai pensé que mon père aurait pu lui ressembler, et ça m'a fait bizarre. J'ai ressenti, comment te dire…, comme un besoin de vengeance. Liam m'a dit que Patrick était un mec bien, qu'il n'avait jamais trahi la cause, et que je ne devais pas avoir honte de lui. Jamais. Il m'a promenée dans la ville à bord de son tacot, et m'a raconté ce qui s'était vraiment passé…

– Continue.

– Le type de Galway avait partiellement raison, c'était bien l'IRA qui l'avait tué, sauf que Patrick était innocent.

Elle ferma les yeux quelques secondes.

– Son corps repose dans les montagnes de Dublin, personne ne sait où exactement.

Le mauve de ses yeux avait viré au gris foncé. Je compris qu'elle n'irait pas plus loin. Je ne voulais pas jouer au flic avec elle. Elle alla s'asseoir près de la cheminée.

– Assez parlé de moi. Dis-moi plutôt ce que tu es venu chercher en Irlande. Ce tueur, qu'est-ce qu'il représente pour toi ?

– Pourquoi cette question ?

– J'ai l'impression qu'il t'obsède.

– J'ai un compte à régler avec lui. En région parisienne, il avait choisi un mode opératoire très particulier, il dessinait des têtes à Toto sur les murs et le corps de ses victimes. Un scénario qui avait été utilisé huit ans plus tôt par l'assassin de Cécile, et que Morlaix reproduisait avec un malin plaisir.

– Il te visait personnellement ?

– Il avait trouvé l'information dans les journaux, ça devait l'amuser de brouiller les pistes. Faire le lien entre Cécile et moi devait accentuer son plaisir. Semer le trouble dans l'esprit d'un des flics qui le traçaient, c'était jubilatoire.

Je me tus quelques secondes avant d'avouer :

– Je voudrais le voir mort. Pour tout le mal qu'il a fait, pour avoir tué des innocentes qui ne demandaient qu'à vivre.

Elle répondit d'une étrange petite voix :

– Je comprends.

J'ai pris son visage entre mes mains.

– Qui es-tu Alexia ? J'ai l'impression que tu te caches derrière un personnage.

Elle a souri.

– Est-ce qu'il y a un homme dans ta vie ?

– À quoi bon chercher à savoir, puisque demain tout sera fini.

– Je n'ai pas envie d'une relation mensongère.

Elle se leva et se dirigea vers le vestibule.

– Ne bouge pas, je reviens tout de suite.

Je l'entendis monter à l'étage et marcher dans la chambre. Elle redescendit en brandissant une épingle.

– Qu'est-ce que c'est ?

– Jadis, les femmes fichaient une aiguille dans le col des êtres qu'elles aimaient pour éloigner les mauvaises fées.

– Je croyais que toutes les fées étaient bonnes.

Elle planta son aiguille en fronçant les sourcils.

– Il leur arrive d'enlever des mortels pour se faire aider dans leurs tâches. Elles volent aussi les enfants et se prêtent à des stratagèmes impudiques pour séduire les hommes.

Je la pris dans mes bras et l'embrassai.

Nous n'aborderions plus ces questions. Nous ne voulions pas gâcher les quelques heures qu'il nous restait à partager, par des sujets trop graves. Alexia avait levé le voile de sa vie, mais je n'avais fait qu'entrevoir une part de vérité. Elle demeurerait la mystérieuse fille aux yeux violets. Je préférais ne pas en savoir davantage.

Nous nous sommes rendus dans un pub à l'intérieur des terres, ce soir-là. Les gens parlaient le gaélique. Ils trinquaient d'une table à l'autre en criant *Slainte !* Des musiciens jouaient, assis au milieu des consommateurs. Le flûtiste gardait les paupières closes, comme s'il cherchait la musique au fond de son être. Le violoniste lui répondait, l'accordéoniste et le guitariste ajoutaient leurs notes mélancoliques, et le bâton du bodhran sur la peau de chèvre rythmait l'ensemble. Alexia rayonnait. J'avais conscience de vivre un moment unique, ce style d'instant qu'on voudrait retenir et qui file entre nos doigts, mais dont la tonalité reste gravée en nous.

Oui, l'Irlande était devenue pour moi cette sorte de tonalité profonde et mystérieuse.

34

Le pedzouille au tracteur était venu rôder
autour de la bicoque. C'était un « Irish pur
jus » : corps noueux, regard bleu acier, une
résistance inaltérable à la pluie et au vent.
Il avait inspecté la remise, l'appentis et
l'intérieur de la maisonnée. Morlaix l'avait
observé, tapi derrière un talus. Il avait pensé
à le tuer. Mais n'en avait pas trouvé la force.
Après le départ du fouineur, il avait mis le
feu aux bâtiments. En un rien de temps, le
toit de chaume s'était embrasé comme une
torche. Adieu Endfield !

En route pour Doolin.

Certains passages à l'acte avaient été de
circonstance, mais la plupart de ses crimes
étaient prémédités avec une mise en scène
presque parfaite. Quand il craignait d'être
pris en flagrant délit, il renonçait.

Il ne mêlait pas le sexe à ses actes pour
pouvoir agir en toute lucidité, ne parlait
pas de lui ni de ses exploits, ne s'attardait
jamais quelque part, évitait de revenir sur
les lieux de ses crimes, n'avait jamais appartenu à aucun mouvement, toujours méfiant
à l'égard des maîtres à penser et autres don-
neurs de leçons. Il tirait de la vanité à agir

seul. Il méprisait les histoires sans panache, préférait une vie d'errance à une existence molle, et cherchait la puissance. Sa mesure était la démesure. Sachant que la police finirait par l'associer un jour ou l'autre à cette série de meurtres, il n'avait pris aucune précaution particulière. Le défi n'en était que plus excitant. La simulation de rituel avec les cartes postales, l'enterrement des victimes dans la tourbe, leurs prénoms à symbolique celtique, tout cela faisait partie du jeu qu'il avait inventé.

Cette mission que lui avait confiée Charlie, serait la dernière. Il la voulait magnifique, en apothéose. Inutile de se mentir, la fin était proche, il la devinait sans pouvoir l'imaginer, suspendue dans le temps, potentiellement menaçante. Son odyssée prendrait fin sur l'île des Saints et des Savants.

Alors qu'il approchait de l'agglomération de Birr, il aperçut une voiture des *Traffic Corps*, tous feux allumés sur le bord de la route. L'angoisse lui serra l'estomac. Un autre véhicule affichait un bandeau lumineux intimant l'ordre aux voitures de ralentir. Impossible de faire marche arrière, il était obligé de suivre la chicane, de s'engouffrer dans l'étranglement. L'idée qu'ils avaient dressé un barrage pour le coincer, lui traversa l'esprit. Il avança au ralenti. Ne pas se faire remarquer, conduire lentement, faire un signe de tête pour montrer qu'on obtempère. Une petite

pluie formait des stries dans la lumière du
jour, il actionna ses essuie-glaces. Ses mains
moites collaient au volant, quand un policier
lui fit signe d'accélérer. Quelques mètres plus
loin, une Rover gisait sur le bas-côté, ventre
en l'air. Un accident. « Allez-y, bon Dieu !
Circulez ! », cria le garde à son intention. Il
passa à la vitesse supérieure sans regarder
derrière lui.

Cet épisode allait lui servir de leçon, il
devrait anticiper et se méfier de tout. Il roula
des dizaines de kilomètres avant que son
rythme cardiaque ne se calme, contourna le
Lough Derg, à la couleur bleu ardoise, passa
le pont tournant de Portumna.

Il s'arrêta dans un troquet minable au
sortir d'un village, poussé par l'envie subite
de boire une bière. Les clients, une demi-
douzaine de piliers de bar incorrigibles,
levèrent péniblement le nez de leur pinte au
moment où il entra. Quant au patron, il n'émit
qu'un vague grognement pour le saluer. Morlaix s'accouda à l'extrémité du comptoir et
commanda une Guinness. On entendait les
mouches voler. Un vieux l'épiait par miroir
interposé. Il attendait que l'intrus décampe
pour reprendre le fil de sa conversation. Morlaix croisa son regard, enfonça un peu plus
son bonnet sur les yeux, but sa bière et fila.

Après avoir traversé forêts et villages, il
atteignait la côte ouest au moment où un
arc-en-ciel jetait un pont entre ciel et terre.

À Doolin, un rouquin à vélo lui indiqua l'ancienne ferme des Cronin.

Pas de boîte aux lettres, une habitation isolée, camouflée derrière une haie d'arbustes, au bout d'un chemin caillouteux. Il se gara sous un auvent qui servait d'abri à bois, et tourna autour de la maisonnette. Il avança jusqu'à la porte. Personne. Il sortit un tournevis de sa poche, actionna la serrure et inspecta chaque pièce. Il observa les photos sur le manteau de la cheminée, monta à l'étage. Un joli désordre régnait dans la chambre : barre de Cadbury entamée et abandonnée sur la table de nuit, mégots de cigarettes dans un cendrier, livres au sol, draps froissés. Son excitation était exacerbée depuis qu'il connaissait la nature des liens entre Damien Escoffier et Alexia Costa.

Il ne toucha à rien. Son esprit était clair, sa conscience tranchante comme une lame. Il s'imprégna de la nature profonde de chaque objet, de chaque indice de vie.

La Franco-Irlandaise, il la cueillerait sur son fief. Au passage, il toucherait ce sale flic là où ça faisait mal. Le point de non-retour était atteint. Il agirait au moment opportun. Inutile de se presser. Exécuter une œuvre d'art demandait de la patience et du temps.

35

Alex se gara à l'entrée de Phoenix Park.
Nous appréhendions tous les deux le moment
de la séparation. Il ne tenait qu'à nous que cette
liaison durât, mais nous avions conscience
que la distance et la vie ne nous faciliteraient
pas les choses. Je suis descendu de l'Austin, la gorge serrée. Elle est repartie sans se
retourner. Je l'ai suivie des yeux jusqu'à ce
qu'elle disparaisse complètement.

Thomas est venu à ma rencontre. Il n'a fait
aucun commentaire tandis que nous rejoi-
gnions un bâtiment gris qui ressemblait à
une garnison : le QG de la *Garda Siochana*.

Robert Lynch et Sam Curtis avaient bien
bossé pendant le week-end. Plusieurs dizaines
de policiers avaient rejoint Phoenix Park.
Tout ce petit monde, en civil ou en uniforme,
s'installa dans la salle de projection au sous-
sol. Au premier rang, McConnell bombait le
torse : cette initiative lui avait valu les encou-
ragements de ses supérieurs et l'appui inconditionnel de la Crim'.

– Cette rencontre présente un double
intérêt, commença Lynch. Collaborer avec
la police française d'une part, nous familia-

riser avec la personnalité du tueur d'autre part.

Avant de me céder la parole, il exposa les faits et rappela les éléments de l'enquête.

Une fois la salle plongée dans l'obscurité, avec le seul vidéoprojecteur, je devinais plus que je ne voyais les profils tendus. Après un historique des crimes perpétrés en France, je brossai le profil psychologique du tueur. À partir de mon ordinateur portable, je diffusai des images pour étayer mes propos : portraits de Yann Morlaix, représentations du *Livre de Kells*, photos des lieux où les crimes avaient été commis. Je m'exprimais dans un anglais simple, par des phrases courtes.

À la fin de la projection, j'identifiai d'un coup d'œil les jeunes loups, l'expression lasse et désabusée des anciens, le flegme de ceux qui étaient entrés dans la police sans conviction, les visages contractés. Me revinrent alors en mémoire les paroles de Manzano prédisant un accueil mitigé : « Aucune police au monde n'apprécie de voir un étranger mettre le nez dans ses affaires. »

Lynch invita ses collègues à poser des questions.

– Qu'est-ce qui vous permet de dire que le tueur est d'une intelligence supérieure ? Lui avez-vous fait passer des tests ? demanda un membre de l'assemblée.

Un rire général détendit l'atmosphère.

Je me raclai la gorge avant de répondre.

– Je l'ai malheureusement fréquenté de près lors de la précédente enquête, et je me suis rendu compte qu'il possédait des caractéristiques psychologiques peu ordinaires.

– Lesquelles par exemple ?

– Rapidité d'analyse, esprit de synthèse, anticipation, calcul. Ce qui lui permet d'avoir toujours une bonne longueur d'avance.

– Une sorte de prescience en quelque sorte.

McConnell corrigea :

– Ou de la chance, tout simplement.

– Vous lisez trop de polars américains, capitaine, fit l'un d'eux.

Lynch se campa devant les premiers sièges.

– Ecoutez les gars, le capitaine n'est pas là pour entendre vos sarcasmes.

– Il doit bien avoir quelques faiblesses, tout de même, cet extra-terrestre, dit quelqu'un au fond de la salle.

– Oui, une hypertrophie du moi.

Hypertrophie du moi. De nouveau, les visages des anciens esquissèrent un sourire goguenard. Je devinais leurs pensées : « Ah ces Français ! Toujours à se torturer le cerveau et se gargariser de mots pour mieux échapper à la réalité. »

Je poursuivis sans me démonter :

– Il possède une autre qualité, un potentiel mimétique hors du commun, ce qui expliquerait sa parfaite adaptation à votre pays et à votre peuple.

J'avais parlé sur un ton neutre, sans passion, sans doute convaincant car la tension retombait peu à peu.

– Face à l'ennemi, notre alliance avec la France ne date pas d'aujourd'hui, intervint Lynch, en martelant les mots.

L'allusion fit mouche. La fibre patriote vibra chez les plus réticents. Dans son coin, Picard approuvait.

À ce moment-là, un policier en civil pénétra dans la salle et chuchota quelques mots à l'oreille de McConnell avant de disparaître.

Je continuai :

– Notez les prénoms des victimes. Deirdre, Brigid, Aine, tous inspirés de vos légendes.

– Un tueur mythologique ? plaisanta quelqu'un.

– Vous ne croyez pas si bien dire. D'après la femme qui a partagé sa vie en France, il chercherait à donner une dimension culturelle à ses actes. On ne comprend rien à cet homme si on le compare aux assassins frustes auxquels nous sommes habituellement confrontés.

– Si on tombe sur lui, qu'est-ce qu'on fait ? On le bute, ou on le met dans un zoo ? railla un policier. Un phénomène pareil, on aurait peut-être intérêt à le conserver dans le formol !

– Ce n'est pas une fierté française, vous savez.

– Très drôle, Wayne, fit Lynch. Les Irlandais ne sont pas mal non plus, quand ils s'en donnent la peine.

Un murmure ironique se répandit dans la salle.

McConnell se leva :

– Une nouvelle à vous communiquer. Le commissariat d'Endfield nous informe qu'un sans domicile fixe a squatté une bâtisse dans les bois. Nos collègues ont été alertés par un agriculteur. Quand ils sont arrivés sur place, la baraque était en feu. Tout ce qui reste de son passage, ce sont des traces de pneus. Le paysan prétend que le type avait un comportement anormal. La police technique et scientifique est sur les lieux, mais les vestiges semblent difficilement exploitables. Je n'en sais pas plus pour le moment.

À la fin de cet échange, un officier, spécialiste des gangs, se lança dans un exposé sur l'évolution de la criminalité en Irlande. Cette intervention avait été souhaitée par McConnell afin de compléter la formation de ses ouailles. En retrait, j'écoutais avec intérêt.

– La délinquance a suivi la courbe croissante de la prospérité dans ce pays. Plus on s'enrichit, plus ça flingue dans tous les sens. Dans les années 80, Dublin était la ville la plus tranquille au monde, aujourd'hui on dirait Chicago.

– Quel rapport avec notre tueur ?

– Des recoupements prêtent à penser qu'il a reçu l'aide d'un réseau de malfaiteurs. Nous travaillons sur cette éventualité.

– Quel intérêt auraient des voyous à couvrir un tueur en série étranger ? demanda l'une des rares femmes présentes.

– Les truands embauchent à tour de bras pour gérer leurs trafics, ils ne sont plus très regardants sur l'identité de leurs recrues.

Un agent en uniforme leva la main.

– Rien du côté de l'IRA ? interrogea-t-il.

Big chief s'interposa :

– Au cas où ça vous aurait échappé, sergent, la guerre est finie depuis plusieurs années. Les débris de l'armée républicaine ne dictent plus leur loi désormais.

Des visages se crispèrent. Visiblement, tout le monde ne partageait pas le point de vue du superintendant.

Il fallait conclure.

– Au nom de la brigade française que je représente, je tiens à vous remercier pour votre accueil et à vous féliciter pour le travail accompli.

Picard et moi avons serré des dizaines de paluches et donné autant d'accolades. Nous nous sommes entretenus une dernière fois avec McConnell, Lynch et Curtis, dans un bureau à part.

– Mission accomplie… !

Nous marchions dans le parc en devisant, quand mon téléphone sonna. Arrostéguy m'appelait, confortablement installé dans son bureau du quai des Orfèvres.

– Alors, fiston ! comment va la vie chez les Celtes ?

– Bien.

– Et cette réunion ? Bien passée ?

– Épatante. Je t'en parlerai à mon retour.

– J'envoie quelqu'un te prendre à Roissy ?

– Inutile, un ami vient me chercher.

– Comme tu voudras, on se voit demain.

Avant de raccrocher, il me balança cette information :

– Au fait, un homme a appelé deux fois aujourd'hui, il voulait absolument te parler.

– Son nom ?

– Jacques Guillard.

– Je le rappellerai sans faute.

Au Blooms, j'ai réglé ma note et récupéré mes affaires avant de partir pour l'aéroport. C'était trop tôt pour tirer des conclusions, même si nous avions le sentiment d'avoir fait avancer l'enquête.

Un embouteillage, à la sortie de la ville, nous immobilisa un bon moment. J'en profitai pour questionner Thomas :

– Qui est vraiment Alexia Costa ? Je sens qu'elle se cache derrière un personnage.

Il a souri.

– Deux jours à Doolin ne t'ont donc pas suffi ! Je sais bien que vous étiez occupés à autre chose mais, tout de même, vous auriez pu bavarder un peu tous les deux.

Je me fis insistant.

– Qu'est-ce que tu veux que je te dise ? C'est une personnalité complexe et attachante.

– Là-dessus, nous sommes d'accord.

– Quand elle est arrivée à Dublin comme étudiante, elle n'avait qu'une idée en tête : comprendre ce qui était arrivé à son père. Ça lui a pris du temps, mais elle a remonté toute la filière, de Doolin à Belfast en passant par Dublin. Les anciens paramilitaires sont des taiseux, il faut leur tirer les vers du nez, mais l'un d'eux a fini par lâcher le morceau.

– Liam.

– Ah, elle t'a quand même parlé de Liam.

– Elle m'a seulement dit qu'il lui avait révélé les circonstances de la mort de son père. Patrick Cronin aurait été abattu d'une balle dans la nuque à son retour d'Angleterre, son corps serait enterré quelque part dans les montagnes.

Il soupira, hésita.

– Après tout… je ne trahis personne. Liam lui avait appris que l'assassin de son père s'était reconverti en chef de gang et qu'il recrutait des étudiants pour refourguer sa came au cœur même de l'université. Alex a voulu se faire embaucher pour l'approcher. Oh, pas pour se venger. Le mafieux était trop inaccessible, toujours entouré de ses gardes du corps. Non, elle voulait comprendre pourquoi et comment il avait pu faire une chose pareille, alors que Patrick et lui étaient censés servir la même cause. Seulement le vieux singe a flairé le coup. Lui aussi a mené sa petite enquête sur Alexia. Quand il a découvert qu'elle était la fille de Patrick Cronin, il lui a tendu un piège, et Alex n'a rien trouvé de mieux que de tomber dedans.

– Quel piège ?

– Ils lui ont demandé de livrer un colis d'ecstasy à un étudiant sur le campus. La *Garda* l'attendait sous le porche, elle a été arrêtée aussitôt.

– Merde !!!

Scotché sur mon siège, je ne trouvai rien de mieux à dire.

Tandis que la circulation reprenait, Thomas poursuivit ses explications.

– Irène et moi arrivions en Irlande. Je venais juste de prendre mes fonctions. L'ambassadeur m'a fait venir dans son bureau pour m'exposer le problème. Christine Costa a déboulé sur l'île comme une furie, il fallait vite trouver un bon avocat pour éviter la peine maxi à sa fille. Malgré tous nos efforts, Alex a écopé d'un an, ce qui n'était pas cher payé pour avoir été balancée en livrant de la drogue.

Les morceaux du puzzle se mettaient en place petit à petit, tout prenait un sens, tout s'expliquait. J'avais bien intégré le fait qu'Alex était une fille à risque, mais je ne l'imaginais pas à ce point.

– Irène l'a soutenue pendant toute cette période. À sa sortie de la prison de Mountjoy, Alex était à la ramasse. Elle l'a tenue à bout de bras. Comme un poste se libérait à l'Alliance, on a aussitôt pensé à elle.

Il marqua un temps d'arrêt avant de me confier :

– Tu comprends, on n'a jamais pu avoir d'enfant. Depuis cette épreuve, on la considère un peu comme notre fille.

Il eut un petit rire nerveux en ajoutant :

– Avec le temps, elle a repris du poil de la bête. C'est une tête de mule. Il y a encore une chose qu'il te faut savoir.

– Quoi donc ?

– Alex est… comment dire… une militante engagée.

– Comment ça ?

– Tu n'as sans doute jamais entendu parler du *32 CSM* ?

– Non.

– Le *32 County Sovereignty Movement*, expliqua-t-il, est considéré comme la branche politique de la Real IRA, organisation répertoriée comme terroriste par le Département du Trésor des États-Unis. Il y a quelques mois, Alex les a rejoints malgré mes réserves. Le mouvement est né d'une scission au sein du Sinn Fein. Ses membres continuent de revendiquer l'unification totale de l'Irlande.

– Quel rôle joue-t-elle là-dedans ?

– Elle leur apporte un soutien inconditionnel.

– Elle a donc repris le flambeau de son père.

– En quelque sorte.

– Autrement dit, elle est fichée.

– Aucun doute là-dessus. Elle a très bien su manœuvrer jusqu'à présent, mais ça ne durera pas. Un jour ou l'autre, elle sera inquiétée.

Nous approchions de l'aéroport. Il fallait mettre un terme à cette série de confidences.

– Si je m'attendais à ça !

– Je te le dis parce que j'ai cru comprendre qu'Alex et toi aviez l'intention de vous revoir.

– En effet... Merci pour ta confiance.

Devant les portes du terminal, Thomas me donna une accolade.

– Reviens quand tu veux. Tu seras toujours le bienvenu en Irlande.

– À bientôt. Embrasse Irène pour moi.

– J'aimerais autant que ce que je t'ai raconté reste entre nous.

– Tu peux compter sur moi.

Pas encore parti, et l'Irlande me manquait déjà ! J'envoyai un dernier SMS à Alexia avant d'embarquer...

36

Chez Oscar Wilde, Dorian Gray est un jeune éphèbe « à la nature simple et belle ». Basil, son ami peintre, réalise un si beau tableau de lui que Dorian émet le souhait de ne pas vieillir : il se dit prêt à donner son âme pour que son image vieillisse à sa place. Son vœu est exaucé : Dorian reste beau et policé, c'est son portrait qui s'enlaidit, se ride au fil du temps, et porte les stigmates de ses vices. Lord Henry est un être trouble et hédoniste. Il rôde autour de Dorian et distille en lui les germes de la fatuité, de la perversion et de la cruauté. Pris à son propre piège, Dorian Gray finira par tuer son ami Basil qu'il juge responsable de son malheur.

Dorian et lord Henry ne font qu'un seul et même personnage dans l'œuvre de Wilde. Dorian en est la face brillante alors qu'Henry représente le côté gris et funeste de l'être humain. Éternel combat entre la lumière et l'ombre, le beau et le laid, l'esprit et la matière.

À la librairie de Montmartre, Yann Morlaix avait fait de ce titre sa meilleure vente.

Il en connaissait par cœur certains passages. Comme Dorian, il avait eu le sentiment de s'enfoncer dans la vie et dans le mal. Comme lui, il s'était figuré une conception du beau dans un monde qu'il trouvait hideux. Morlaix se croyait au-dessus des lois, humaines ou divines. Il avait opté pour l'enfer et la damnation, des moyens extrêmes pour atteindre une purification absolue sans retour en arrière possible. Il devait aller au bout de sa propre aventure, de son propre récit pour en écrire l'ultime chapitre, pour figer les traits de son propre portrait.

Il tournait autour de la maison des Cronin depuis des jours, attendant sa proie. De la fille, il ne connaissait rien. Pour mieux agresser une victime, il ne devait jamais penser à sa forme humaine.

La nuit, il stationnait au bord des falaises de Moher et dormait à l'intérieur du van. Chaque matin, il se réveillait face à l'océan. Devant lui, les îles d'Aran. Sur sa droite, les Maumturk et les Twelve Bens, montagnes du Connemara, de quoi entretenir son imaginaire...

Il se haïssait autant qu'il haïssait cette société où tout se valait, ou rien ne valait plus rien. La « Troisième heure » approchait, il sentait sa menace planer au-dessus de sa tête. Quelle que soit l'issue, rien ne serait plus comme avant. Il ne craignait pas d'errer sans fin à la manière de l'ange déchu, il redoutait seulement de ne pouvoir achever sa grande œuvre : sur une toile gigantesque de sa composition, le fond constitué de cendres et de terre, son pinceau trempé dans les larmes, la sueur et le sang. Il traversait des moments de doute suivis de périodes d'intense euphorie, cyclothymie de l'esthétique.

Sa mission accomplie, il traverserait l'Irlande, monterait dans le Nord, jusqu'au comté d'Antrim, jusqu'au port de Ballycastle où un pêcheur, prévenu par Charlie, le ferait passer en Écosse. Incognito, il gagnerait un port en Angleterre d'où il fuirait pour l'Amérique. *On the road...*

Avant, il appellerait Lisa. Ça faisait des mois qu'il n'avait pas entendu sa voix. Il lui dirait de ne pas avoir peur, qu'il était toujours présent à ses côtés grâce à cette puissance spirituelle qui les unissait, par delà la distance, par delà l'absence...

Je ne risquais pas de rater Arnaud à Roissy.
Il m'attendait en double file dans une MG
1250 rouge. Il avait décidé de venir me chercher avec son nouveau joujou et m'accueillit
en souriant comme un gamin facétieux et
satisfait de sa blague.

– Je voulais te faire la surprise.

– Pas très discrète !

– Comment ça s'est passé en Irlande ?

– Roule, je te raconterai.

Sac de voyage sous le menton, la capote au
ras des cheveux, je l'écoutais soliloquer sur
un ton enjoué. Il était invité à un prochain
colloque de criminologie à Montréal. Son
dernier article, paru dans une revue internationale, avait attiré l'attention sur lui. Nous
nous faisions klaxonner par les camions.

– Tu vois, ici rien n'a changé.

– En effet.

– Alors, cette enquête ?

– On est dans une impasse. Un suspect
introuvable. Pas de mobile. La *Garda* ne
trouve aucun lien entre le tueur et chaque
victime. En revanche, son ADN est sur toutes
les scènes de crime. C'est comme s'il devenait
transparent entre chaque passage à l'acte.

– Étrange qu'un type aussi prudent ne prenne pas de précautions pour dissimuler son ADN. Il doit pourtant connaître les techniques du feu ou de l'acide. Si c'est un acte manqué, il est suicidaire.

La Grande Parade, les maisons basses en brique rouge, le ciel de Dublin, Alexia, la maison de Doolin, les images se succédaient dans ma tête tandis que nous parlions. Je croyais encore entendre les mouettes crier au-dessus de la Liffey, l'accent de Lynch, le crissement du Luas et le battement lancinant du bodhran.

– Et avec la *Garda* ?

– On reste dans le cadre des accords bilatéraux, ils ne feront appel à nous qu'en cas de besoin.

– Dublin ?

– Quoi, Dublin ?

– C'était comment ?

– Une capitale à échelle humaine, de la Guinness qui coule à flots, une certaine jeunesse dans les rues. Moi qui n'aimais pas les villes du Nord, j'avoue avoir été séduit.

À l'approche de Paris, la circulation se densifiait, les motards se faufilaient entre les voitures, et l'odeur des gaz d'échappement devenait entêtante. Je profitai d'un moment de silence pour placer ce que j'avais à dire.

– J'ai rencontré une fille.

Je marquai un temps d'arrêt avant de préciser :

– Une Franco-Irlandaise.

Arnaud s'esclaffa.

– Ben, mon salaud, t'as pas perdu ton
temps ! Remarque bien, les histoires tron-
quées, les rencontres sans lendemain ont du
bon. Pas de désenchantement, pas d'ennui.

– Je suis tombé amoureux de ce pays.

– L'herbe y est plus verte ?

– Le dépaysement n'a rien à voir là-dedans.

– Sans blague !

– Tomber amoureux n'est pas une maladie, que je sache.

– Dans ton cas, ça pourrait le devenir. Et
Bérangère dans tout ça ?

– Tu sais bien que Bérangère et moi, c'est
fini !

Le ciel d'Île-de-France, parsemé de cirrus,
s'effilochait comme une chevelure d'argent
au-dessus de la capitale.

– Je te dépose où ?

– Quai des Orfèvres.

– À cette heure-ci ?

– Oui, Pichot m'attend.

Par rapport à Dublin, Paris ne m'avait
jamais paru si sophistiqué. Fière de son patrimoine culturel, la ville brillait de mille feux.
En comparaison, et malgré ses beaux quartiers géorgiens, Dublin faisait pâle figure.
Devant le « 36 », stationnaient une dizaine
de fourgons de sécurité. Le planton me salua
d'un signe de tête, je m'engouffrai sous le
porche et j'escaladai les marches. La Crim',

ses couloirs, son odeur de cire, son lino usé, ses effluves de tabac froid et de café.

Visage sérieux, traits tendus, Pichot était seul dans le bureau.

– Salut, Damien, content de te voir.

Pendant mon absence, une carte de l'Irlande avait été scotchée au tableau ; des punaises rouges indiquaient les lieux des crimes. Je m'assis en face de lui et lui rendis compte des séances de travail avec Lynch et Curtis, des entretiens avec McConnell et de la conférence organisée au QG de Phoenix Park. Il m'écoutait en fronçant les sourcils.

– Avez-vous abordé la question des protections de Morlaix ? me demanda-t-il.

– Naturellement.

– Qu'est-ce qu'ils en pensent ?

– Si protections il y a, ce serait plutôt parmi les gangs de trafiquants qu'il faudrait les chercher. Les réseaux sont multiples, la délinquance est organisée et rayonne dans tout le pays.

Il eut l'air dépité.

– Je ne serais pas surpris que la prochaine demande de CRI[*] nous soit tout simplement refusée, dit-il.

– Nous n'avons pas la main sur cette affaire, il faudra s'y résoudre.

La fatigue commençait à peser sur mes épaules. Mon dos me faisait souffrir, et une migraine gagnait mon cerveau. Le projecteur

_____

[*] CRI : commission rogatoire internationale.

d'un bateau-mouche forma un halo dansant sur le mur.

– Il s'est passé quelque chose pendant ton absence, fit Pichot, en ouvrant un tiroir sur le côté.

Il me tendit une carte postale.

– Lisa en a reçu une nouvelle. Ses parents nous l'ont déposée hier après-midi. Postée de Dublin. Inexploitable, trop d'empreintes. Pas de texte, toujours le même truc.

Je blêmis en pensant que Morlaix était peut-être repassé à l'acte alors que je me trouvais sur place.

– *Le Livre de Kells* ?

– Non, pas cette fois. On ne sait pas ce qu'il faut en déduire.

Je lus la légende : « Le voyage de Brendan au Paradis ».

– Qu'est-ce que ça peut bien signifier ?

Pichot se leva d'un bond et tapa du poing sur la table.

– Il nous prend pour des cons, voilà ce que ça veut dire.

Le choc résonna dans ma tête. Je fermai les yeux quelques secondes. Quand je les rouvris, ma décision était prise. *Repartir pour Dublin le plus tôt possible, quoi qu'il m'en coûte.* L'idée avait déjà fait son chemin, le geste de Pichot ne faisait que la mettre en lumière.

– Vous avez informé la *Garda Siochana*, je suppose.

– Arrostéguy a immédiatement scanné la carte pour la leur envoyer.

Ma migraine avait convoqué la cavalerie et les tambours.

– Qu'est-ce que ça donne du côté des Bretons ?

– On s'acharne sur Le Bihan. Son blog affiche des liens avec les peuples en rébellion, Palestiniens, Corses, Basques et, bien sûr, Irlandais du Nord. Barthes est sur une piste. Le Bihan collecterait des fonds pour venir en aide aux familles des dissidents emprisonnés en Irlande. C'est sûrement lui qui a organisé la fuite de Morlaix, je ne vois pas d'autre scénario possible.

– Le libraire roulait pour lui seul, il n'était ni indépendantiste ni anarchiste. Pourquoi Le Bihan l'aurait-il aidé à sortir du pays ?

– Par esprit de solidarité ou pour coller à son image de grand pourfendeur de la loi. Manzano envoie une commission rogatoire en Bretagne. Les gendarmes ne vont pas tarder à convoquer notre philosophe pour un complément d'enquête.

– Sans preuve ni aveu, on peut rien contre lui. Aider les familles de dissidents n'est pas un délit. On perd notre temps avec la piste bretonne.

– Ah oui ! Parce que tu vois autre chose à faire, toi ?

– Nous devons absolument nous concentrer sur l'Irlande.

– Il y a cinq minutes, tu disais que nous n'avions pas la main.

– Laisse-moi retourner là-bas.

– Sans mission officielle formalisée, tu plaisantes, j'espère ?

– Je me suis fait des relations à Dublin, rien ne m'interdit de rendre visite à des amis.

– Hors de question.

– Il me reste vingt et un jours de vacances à solder.

– Prends-les si tu veux, mais pas en Irlande. Tu te vois croiser McConnell dans un pub alors qu'il te croit à Paris. Qu'est-ce que tu lui dirais ?

– Bonjour, j'ai tellement aimé votre pays !

– Bon Dieu, Damien, ne nous complique pas la vie, tu veux ? Nous demanderons une autre commission rogatoire internationale, c'est notre seule possibilité.

Le chef de groupe leva les yeux vers l'horloge accrochée au mur.

– Allez, rentre chez toi, tu as une tête de déterré. On dirait que tu as fait la bringue toute la semaine. On reparlera de tout ça demain matin.

J'étais déterminé à traverser la mer d'Irlande dans l'autre sens, et rapidement. J'étais confiant, je savais que Pichot et Ughetti feraient ce qu'il fallait pour décrocher une deuxième CRI.

paint the town red all week

En quittant la brigade, je n'échangeais pas moins de dix SMS avec Alexia, tout en marchant du quai des Orfèvres à la place Maubert. Au lieu de nous séparer, la distance resserrait nos liens...

La fille aux yeux violets

38

Une jeune femme, élancée et blonde, se présenta au QG de Harcourt Street, demandant à parler à l'officier de police Lynch.

– Qu'est-ce que vous lui voulez, mademoiselle ? s'étonna le planton.

– Je sais qu'il enquête sur les meurtres.

– Un seul policier ne suffirait pas, vous savez. Ils sont plusieurs sur le coup.

Ça ne faisait rien, c'était lui et pas un autre qu'elle voulait voir. L'enquêteur Lynch avait été interviewé au journal du soir, lorsque le portrait du tueur avait été diffusé à la télé. Elle avait noté son nom.

Le *guard* appela de son poste.

– Une bimbo insiste pour vous parler, monsieur, rapport aux meurtres.

Il ne put se retenir d'ajouter un commentaire :

– Elle est vraiment canon.

– Bien, indiquez-lui le chemin de mon bureau.

Un deuxième *guard*, ragaillardi par la plastique et le déhanchement de la visiteuse, se fit un plaisir de l'accompagner.

– Entrez, mademoiselle.

Lynch était assis derrière le bureau encombré de dossiers. Le planton n'avait pas menti, la fille était superbe. Fine, divinement proportionnée, longue chevelure couleur de blé. Il lui indiqua une chaise. Comme elle hésitait, il insista :

– Je vous en prie.

Elle s'installa, croisa les jambes, tira sur sa jupe.

– Je m'appelle Karolina Safina. Je suis lituanienne, née à Vilnius, commença-t-elle. Je travaille au Diamond's trois soirs par semaine, le vendredi, le samedi et le dimanche. Mes papiers sont en règle, vous pouvez vérifier.

Son accent trahissait ses origines, elle roulait les « r » à la manière des Slaves. Elle paraissait impressionnée ou intimidée.

– Quel genre de travail ?

– Je suis serveuse, au carré des VIP.

Le propriétaire de la boîte soignait la clientèle friquée. De grands noms du showbiz organisaient des soirées privées à des prix exorbitants au Diamond's. Les filles étaient comprises dans le forfait. La coke qualifiée de drogue festive pour se donner bonne conscience, circulait à tous les niveaux. Une ligne sniffée en cachette dans les toilettes, et on revenait se trémousser sur la piste pendant des heures. Les collègues de Pearse Street Station, spécialisés dans la lutte contre les stupéfiants, ne savaient plus où donner de la tête. Même certains curés, disaient-ils, consommaient cette cochonnerie comme si on avait besoin d'un remontant pour parler à Dieu ?

– Que puis-je pour vous, miss Safina ?

En la regardant, il se demandait ce qu'avaient de plus que les autres ces filles de l'Est. Plus dégourdies sans doute. Plus courageuses aussi. Le travail ne leur faisait pas peur.

– La semaine dernière, ils ont montré le visage du tueur à la télé. Je suis venue pour ça.

Curtis s'approcha d'elle.

– Vous connaissez cet homme ?

Lynch changea de position et se pencha en avant.

– Pas personnellement, corrigea-t-elle. Il venait au Diamond's de temps en temps.

Lynch et Curtis échangèrent un regard.

– Ça vous ennuierait qu'on enregistre votre témoignage ?

Un tressaillement vite réprimé anima la joue de la Lituanienne.

– Non. Faites ce que vous avez à faire.

Curtis mit aussitôt l'enregistreur vocal en marche. S'approchant de l'appareil, il énonça la date et l'identité de la jeune femme, précisa qu'il s'agissait d'un témoignage spontané.

– Poursuivons, mademoiselle. Quand l'avez-vous vu pour la dernière fois ?

– Il y a environ six mois.

– Lui avez-vous adressé la parole ?

– Non, jamais. Il me faisait peur !

– Quel genre de client c'était ?

– Inquiétant.

– Pourquoi ?

– Il se cachait, il était dans l'ombre. Seul. Les gens qui descendent au Diamond's ne restent pas à l'écart d'habitude. Vous comprenez, ils viennent pour être vus. Le comportement de cet homme n'était pas normal, c'est pour ça que je l'ai remarqué.

– Il chassait, dit Lynch en s'adressant à son collègue.

– C'est ça, reprit Karolina. Il avait les yeux d'un chasseur.

– Vous en avez parlé à votre manager ?

– Non.

– Pour quelle raison ?

– Il n'y a que le rendement qui intéresse le manager. Remarquez, il est payé pour ça.

– Que faisait cet homme ?

– Rien. Il regardait autour de lui en consommant, c'est tout.

– Avez-vous noté s'il échangeait des mots ou des objets avec quelqu'un ?

– Non, il n'était vraiment pas là pour ça. Quand on travaille dans une boîte depuis un bail, ce sont des choses qu'on sent tout de suite.

– Mais enfin, qu'est-ce qu'il avait de si particulier pour qu'il vous ait marquée à ce point ?

– Son regard.

– Quoi, son regard ?

Elle réfléchit avant de répondre.

– Il était hypnotisant !

Les enquêteurs se relayèrent pour poser leurs questions, se promettant d'interroger les employés du Diamond's, les uns après les autres. Karolina ne pouvait pas avoir été la seule à remarquer cet homme.

39

Le rez-de-chaussée de l'Alliance française était dévolu à l'accueil, à la médiathèque, et au *Café des Amis*, point de rendez-vous de francophones et d'Irlandaises un peu snob. On venait y boire ou discuter en mangeant un plat préparé par le chef, *français bien sûr*. Deux étages plus haut, Irène Picard et Alexia Costa partageaient le même bureau.

Front appuyé à la fenêtre, Alexia regardait les étudiants de Trinity College s'entraîner au hurling sur la pelouse d'en face. « Je dois prendre mon destin en main », se disait-elle. Dans la rue, une longue file d'attente serpentait de part et d'autre de l'arrêt de bus.

La sonnerie du téléphone la tira de ses réflexions.

– C'est la troisième fois qu'on me raccroche au nez, s'énerva Irène, en reposant le combiné.

Les appels se multipliaient depuis le début de la matinée, sans compter les messages électroniques qui tombaient par dizaines, concernant les préparatifs du festival de littérature franco-irlandaise.

– Tu as appelé le Shelbourne ?

– Pas encore, répondit la jeune femme de son poste d'observation.

– Je ne voudrais pas me retrouver avec une vingtaine de VIP à la rue. J'ai dressé la liste définitive des auteurs, tu n'auras qu'à pointer les noms avec le service de réservation.

Cet événement solliciterait toute l'énergie du personnel de l'Alliance : rencontres, tables rondes, conférences, cafés littéraires et dédicaces se succédant pendant trois jours dans le prestigieux château de Dublin. Après le désistement de certains auteurs, Irène devait revoir son programme et prévenir les hôtels. Le Shelbourne avait été choisi pour les VIP et les écrivains réputés.

– Quelque chose ne va pas ? demanda Irène à l'adresse de sa collègue.

– Si, tout va bien.

Alexia s'inquiéta en voyant un Q7 Audi noir aux vitres teintées ralentir devant l'immeuble. Les hommes de Charlie aimaient à circuler dans ce genre d'engin. Depuis quelques jours, elle se sentait épiée, surveillée.

– Tu comptes rester le nez collé à la fenêtre encore longtemps ?

Elle sursauta et regagna son bureau.

– Je voudrais partir une heure plus tôt, ce soir, dit-elle. Si tu n'y vois pas d'inconvénients ?

– J'oubliais ton fameux rendez-vous avec la journaliste de l'*Independent*. Cette Mary Davitt ne me plaît pas.

– Pourquoi ça ?

– Toujours à l'affût de sujets qui décoiffent.

– Ses reportages ont le mérite d'appuyer là où ça fait mal. Nous nous sommes entretenues par téléphone à plusieurs reprises, je suis très confiante.

– Qu'espères-tu d'elle ?

Alexia soupira.

Elle s'était juré de réhabiliter la mémoire de son père par tous les moyens. Pour cela, elle devait dénoncer Charlie publiquement. Ce serait le meilleur moyen de lui couper l'herbe sous le pied et de l'empêcher de nuire. Elle espérait aussi trouver une oreille attentive auprès de Mary Davitt afin d'exposer les messages que ses amis d'Irlande du Nord avaient encore à faire passer.

– Tu sais ce que nous en pensons, Thomas et moi. Ton séjour à Mountjoy ne t'a donc pas suffi.

– Du sang irlandais coule dans mes veines, au cas où tu l'aurais oublié.

Irène balança la tête de droite à gauche.

– Où as-tu rendez-vous avec Mary Davitt ?

– Dans les montagnes de Dublin.

– À l'abri des regards, comme deux espionnes.

– Non, à la vue de tout le monde, chez Johnny Fox.

Sa reconnaissance presque filiale à l'égard des Picard n'empêcherait pas Alexia de garder son indépendance d'esprit. Elle avait

hérité d'une conscience aiguë de l'injustice
et de l'imposture. Elle observa Irène du coin
de l'œil, nota ses traits fatigués. Qu'avait-elle
de commun avec cette femme à la cinquantaine élégante ? Elle s'était posé la question
lors de leur première rencontre, au parloir de
la prison de Mountjoy. Thomas Picard était
venu lui rendre visite au titre de représentant
de l'État français ; il était accompagné de son
épouse. Le regard d'Irène Picard, empreint
de compréhension et de force l'avait sauvée,
ce jour-là. La femme de l'officier de liaison
avait employé les mots justes, le ton de sa
voix, à la fois calme et tonique, résonnait
encore à ses oreilles : « Ne compte pas les
jours, vis chaque instant comme une paren-
thèse dans ton existence, tu n'as rien à te
reprocher, ne ressasse pas le passé, pense
à ce que tu feras demain… » Et elle était
revenue la voir chaque semaine jusqu'à sa
sortie de Mountjoy. En prison, Alexia avait
un peu touché à la drogue. Par faiblesse et
par désespoir. C'était encore Irène qui l'avait
sortie de ce traquenard. Au fond, sous ses
airs de bourgeoise, la femme de l'officier de
liaison cachait une personnalité perspicace,
tout à fait capable de comprendre des luttes
qui n'étaient pas les siennes. Alexia eut envie
de lui parler de la visite de John à Doolin,
mais sa collègue semblait si absorbée par sa
tâche qu'elle jugea bon de différer ses confidences. *Une autre fois.*

– Un détail à éclaircir, déclara Irène, je monte au troisième quelques minutes.

La jeune femme allait profiter de ces instants pour replonger dans ses réflexions et ses souvenirs.

Aux côtés de sa mère, elle avait connu une adolescence dorée et solitaire : appartement à Auteuil, nounou à domicile, argent de poche et boîtes privées. À Paris, elle fréquentait les restaurants et les clubs à la mode. Pendant ses séjours prolongés dans le Clare, c'était tout le contraire : pas de luxe mais beaucoup de tendresse, de longues promenades sur la lande et des soirées au pub à écouter des chansons interminables, au milieu de gens simples. Le Clare, prédisait son grand-père, l'écarterait du piège des apparences. En marchant à ses côtés, Tom Cronin avait enseigné à Alexia l'histoire de son peuple. Il avait fait l'éloge de l'esprit critique, la mettant en garde contre les mirages de la société de consommation, et fustigeant la passivité. Il lui avait parlé aussi de Patrick, ponctuant toujours ses propos par : « C'était un bon fils ! »

Tom était mort chez lui, et tout le village était venu à son enterrement. Ce même jour, Alexia décidait de venir s'installer en Irlande définitivement. Elle était rentrée à Paris le temps de faire quelques démarches. Deux semaines plus tard, elle revenait à Dublin poser ses valises.

La sonnerie du téléphone la fit sursauter. Et s'il n'y avait personne au bout du fil, cette fois encore ? Qui s'amusait à lui faire peur ? Elle porta l'écouteur à son oreille.

– Allo ?

Silence…

– Paul ? dit-elle.

Quelqu'un respirait, un souffle ample et profond. Pas de réponse. Elle raccrocha d'un coup sec.

Quelques heures plus tard, elle conduisait nerveusement sur les lacets de la route militaire. Le vert de la Mini s'harmonisait avec la couleur dominante, un vert émeraude éclaboussé de pointes bleutées. Cette voie d'accès, tracée par les Anglais après la rébellion de 1798, formait comme un stigmate dans le paysage. Elle obliqua, jeta un coup d'œil sur la baie de Dublin ouverte sur le monde.

Un panneau publicitaire indiquait « Chez Johnnie Fox, le plus haut pub d'Irlande ». Le décor du bar-restaurant était un bric-à-brac d'objets insolites : vieilles horloges, ancienne pompe à essence, fripes de grand-mère, bibelots. Les Dublinois venaient prendre un bol d'air chez Johnnie. Des cars y déversaient leur clientèle de touristes chaque soir. On y écoutait de la musique *live* en mangeant un *Irish stew* ou un saumon poché accompagné de patates.

Alexia Costa se fraya un passage parmi les hommes qui trinquaient au bar. Dans la grande salle, des Américains à la recherche de leurs racines irlandaises, encourageaient un groupe de musiciens en tapant dans leurs mains.

Mary Davitt était attablée en retrait, une tasse de café devant elle.

– Alexia ? dit-elle en levant les yeux.

Les deux jeunes femmes échangèrent une poignée de main.

– Vous prenez quelque chose ?

– Un café, merci.

Mary héla une serveuse.

– Je pensais que nous serions plus tranquilles ici pour bavarder, j'ignorais qu'on y donnait des concerts tous les soirs, s'excusa la journaliste.

– Je vous remercie de me consacrer un peu de votre temps.

Reporter d'investigation, Mary arrivait à traiter de sujets brûlants allant du scandale des prêtres pédophiles à l'explosion de la bulle immobilière. Elle portait des jeans, une veste sport et un collier en argent autour du cou. Ses cheveux bruns tombaient naturellement sur ses épaules. Ses yeux, bleu-gris, n'étaient pas maquillés.

– Qu'est-ce que vous attendez de moi exactement ? demanda-t-elle.

– Je croyais avoir été assez claire au téléphone. Je voudrais que tout le monde sache

que Patrick Cronin n'a jamais trahi les siens
et qu'il a été victime d'une machination. Les
Britanniques se sont servis de lui pour mani-
puler l'IRA. Il était innocent.

Elles étaient entrées dans le vif du sujet.

– Vous croyez vraiment que le public s'intéresse encore à ces vieilles histoires ?

– Si vous révélez par la même occasion
que le tueur de Patrick est devenu un redou-
table caïd, trafiquant et chef de gang, et qu'il
fait la pluie et le beau temps à Dublin, je n'en
doute pas une seconde.

– D'où tenez-vous ces renseignements ?

Alexia dessina un geste vague de la main.

– Votre père n'était peut-être pas l'ange
que vous avez imaginé. Vous savez aussi bien
que moi de quelle violence étaient capables
les paramilitaires. Ses chefs ne l'ont pas
envoyé en Angleterre pour monter un groupe
de rock and roll, que je sache. On l'a soupçonné d'avoir participé à plusieurs attentats.

Apparemment, Mary avait potassé ses dossiers avant de venir.

– Sa culpabilité n'a jamais été établie,
répliqua Alexia.

– Son innocence non plus.

– Je vous parle d'une affaire précise. Je
connais le nom de celui qui a fait tirer sur
Patrick Cronin en 1984. Aujourd'hui, cet
homme est à la tête d'un réseau de grande
envergure.

– Pas de quoi faire un scoop.

– Vous changerez peut-être d'avis si je vous dis qu'il trempe dans les combines politico-financières : pots-de-vin, fraude, corruption et trafic d'influence. À six mois des présidentielles, ce genre d'informations en intéresserait plus d'un.

– Je n'ai pas envie de finir avec deux balles dans la tête.

Elles se jaugèrent quelques secondes avant de poursuivre.

– Parlons franc, fit la journaliste. Vous avez fait de la prison, n'est-ce pas ?

Alexia ne s'attendait pas à ce qu'on lui plante un couteau dans le dos. Mary Davitt n'était pas venue les mains vides, elle s'était renseignée. Autant crever l'abcès tout de suite.

– Un an à Mountjoy, en effet.

– Pour quel motif ?

– Officiellement, trafic d'ecstasy.

– Et... officieusement ?

– J'avais infiltré un réseau pour pouvoir en approcher le chef.

Les yeux de son interlocutrice se rétrécirent, comme si elle ajustait un instrument d'optique pour mieux la mettre à nu.

– L'homme qui a fait disparaître votre père, je suppose.

Cette femme, décidément, pigeait au quart de tour.

– Exactement.

– Si vous me disiez son nom, ce serait plus simple.

– Brian Kerrigan, mais tout le monde le connaît sous le pseudonyme de Charlie.

– Un an de prison, seulement. Vous vous en êtes bien tirée. Un as, votre avocat.

– Ma famille et des amis m'ont aidée.

Alexia soutint le regard de Mary Davitt.

– J'étais jeune, naïve et inexpérimentée. Aujourd'hui, si c'était à refaire, je m'y prendrais autrement.

– En contactant une journaliste de *l'Independent*, par exemple ?

Alexia esquissa un sourire.

– Par exemple.

– Autrement dit, vous comptez sur moi pour finir le travail.

– Je lis vos articles, je sais de quoi vous êtes capable.

– Votre confiance m'honore, mais qui vous dit que j'aurai envie de vous suivre ?

– Je ne vous ai pas choisie au hasard.

La journaliste se pencha vers elle, le visage grave.

– Ecoutez, je n'ai pas de temps à perdre. Vous non plus, je présume. Je veux tout savoir sur vous, votre famille, votre parcours, vos investigations et bien sûr vos sources. Tout, vous comprenez ? Je ferai le tri avant de vous donner ma réponse.

Alexia Costa réfléchit. Prendre le risque de tout déballer pour rien, le coup en valait-il la chandelle ?

– Alors, qu'est-ce que vous décidez ?

– D'accord sur tout, sauf pour les sources.

– C'est à prendre ou à laisser, je n'ai pas pour habitude de faire les choses à moitié.

Elle hésita encore un peu. Pour la forme.

– On commence quand ?

– Maintenant.

La journaliste de l'*Independent* plongea la main dans son sac ; elle posa un dictaphone sur la table.

– Un rendez-vous ne suffira pas, la prévint Alexia.

Mary activa le bouton d'enregistrement.

– Parfait. Nous prendrons le temps qu'il faudra.

40

Notre groupe poursuivait l'enquête dans sa partie française. Nous ne pouvions plus interroger Lisa Shoenberg, désormais isolée dans une unité psychiatrique. Protégée en somme. Nous avions fini par admettre que les cartes qu'elle avait reçues ne nous mèneraient nulle part, ce n'était qu'un artifice utilisé par le tueur pour pimenter ses actions. Kader les avait positionnées sur le tableau par ordre chronologique.

– C'est drôle, on dirait une bande dessinée.

Pichot comptait beaucoup sur les gendarmes de Carhaix, pressentant que la piste bretonne n'avait pas livré tous ses secrets.

Il m'avait refusé les congés que je demandais. Il craignait que je ne reparte pour l'Irlande « en touriste ». Ughetti avait vu le juge Manzano à deux reprises en quarante-huit heures, une deuxième CRI était à l'horizon. Je brûlais de retourner à Dublin.

Jacques Guillard téléphona à la Crim' une troisième fois pour me parler.

Je m'excusai :

– Désolé, Jacques, j'étais en déplacement. Mes collègues m'ont prévenu que vous aviez

cherché à me joindre. Je n'ai pas eu le temps
de vous rappeler.

Je le sentais surexcité à l'autre bout de la
ligne.

– J'ai beaucoup réfléchi depuis ta dernière
visite, il faut absolument qu'on en discute.

– De quoi s'agit-il ?

– Des cartes postales, et de ton enquête.

Ce n'était plus notre priorité, mais il insista.

– Mes remarques te paraîtront peut-être
fantaisistes, j'aimerais quand même te les
soumettre.

Je retournai donc à Gournay-sur-Marne.
Jacques m'attendait sur le perron. Impatient de me livrer le fruit de sa cogitation, il
me fit entrer et asseoir aussitôt. Des photocopies des cartes postales étaient étalées sur
la table.

– Je crois que le tueur se sert des représentations du *Livre de Kells* comme moyen de
communication. Tu as bien dit, la dernière
fois, que la jeune femme à qui elles étaient
destinées, était cultivée ?

– Elle était conférencière, avant de som-
brer dans la maladie. Elle a étudié à l'École
du Louvre.

– Spécialisée dans quelle période ?

– Le Moyen Âge.

Jacques Guillard s'affaissa sur sa chaise.

– C'est bien ce que je pensais.

Le décryptage le passionnait, il sollicitait en lui ce qu'il avait toujours préféré : la

recherche, la stimulation de la pensée, l'enquête pour parler comme un policier.

– Je ne vous suis pas, Jacques.

– C'est une question d'observation et de bon sens. Prenons la première carte. Un ange brandissant un extrait de l'Évangile selon saint Marc. Le livre joue un rôle central, il est à la fois véhicule, talisman et symbole. Quant à l'ange, c'est un messager.

– Où voulez-vous en venir ?

– Oublions le message sur le fond, restons pragmatiques. Un homme et un livre, à quoi ça te fait penser ?

À cette seconde, je fus frappé d'une évidence.

– À un libraire.

– C'est lui-même que l'assassin a mis en scène dans cette première carte.

Le vieil homme venait de pointer un élément que j'avais écarté de mon esprit, au nom de cette satanée pensée logique et rationnelle qui se méfie des symboles.

– La deuxième est tirée de l'Évangile selon saint Jean. « Au commencement était le verbe ». Il prévient la destinataire qu'il a l'intention de communiquer avec elle par le truchement des cartes.

Se faire expliquer la logique d'un tueur en série par un octogénaire plus familier de paléographie que de criminologie, la situation ne manquait pas de piquant.

Sur la troisième carte, un personnage auréolé, installé au sommet d'une montagne, traitait avec un personnage noiraud et désarticulé.

– La Tentation du Christ, m'expliqua-t-il. La scène fait allusion au séjour dans le désert parmi les bêtes sauvages, et à la confrontation avec le Diable.

– Que peut-il vouloir exprimer ?

– On dirait qu'il a entrepris un corps à corps avec le démon.

Je souris malgré moi.

– Et la quatrième ?

– *Hora Tercia*, la Troisième heure. De loin, la plus intrigante. Littéralement, elle n'évoque rien de particulier, c'est dans son sens figuré qu'elle devient intéressante.

– Parce qu'il y a un sens figuré ?

– Évidemment. La première heure commence avec l'aube, c'est-à-dire aux alentours de six heures, selon les saisons. Par conséquent, la troisième heure correspond à neuf heures. Voilà pour le temps physique. Mais l'évangéliste l'emploie dans une double acception, chronologique et symbolique.

Ce flot d'explications collaient parfaitement à l'esprit tordu de l'expéditeur.

– Dès lors, la troisième heure ponctue un passage, une transition. C'est la fin de quelque chose, un épilogue. Le chiffre *trois* n'est pas employé par hasard, le ternaire symbolise l'organisation, l'activité, la création. Toutes les civilisations l'ont utilisé, des Égyptiens aux Hindous, en passant par les Chinois. Les Celtes y étaient particulièrement attachés, certaines de leurs déesses formaient une triade. Tu as sûrement entendu parler du Triskel, cette figure celtique à trois volutes.

– Quel lien avec Morlaix ?

– Pour moi, il informe sa destinataire qu'il se sent acculé.

Je ne pouvais m'empêcher de faire le rapprochement avec les paroles prononcées par Lisa, lors de notre entretien. Cette troisième heure sonnait comme une menace à mes oreilles.

J'ai extrait la dernière carte de ma poche.

– La destinataire a reçu cette cinquième carte pendant mon absence.

– Voyons ça, dit-il en prenant sa loupe.

Sans tarder, il commenta :

– Un groupe d'hommes bravant la mer sur une coquille de noix. Le voyage de Brendan, un des grands mythes de l'humanité. Brendan se sentait investi d'une mission particulière : la ré-évangélisation du monde. *L'Imram*, le voyage initiatique, était un passage obligé pour ces fous de Dieu. L'Irlandais n'a pas hésité à prendre la mer à bord d'une frêle embarcation de pêcheurs, probablement un currach. On pense qu'il pourrait avoir découvert l'Amérique bien avant Christophe Colomb.

Décidément incollable, le vieil homme.

– Le rapport avec notre tueur ?

Jacques Guillard remonta ses lunettes sur le sommet de son crâne, se cala sur sa chaise et me regarda avec un petit sourire au coin des lèvres.

– Si j'allais au bout de mon raisonnement, je dirais qu'il a l'intention de prendre la mer.

– Vous voulez dire qu'il cherche à fuir.

– Précisément.

– Mais pourquoi quatre cartes ? Nous n'avons que trois corps. Qu'est-ce que ça peut bien signifier ? Et cette cinquième à présent ?

Nous n'allions pas tarder à le savoir, et la réponse, comme d'habitude, viendrait d'Irlande.

41

Thomas Picard était seul dans l'appartement de Leopardstown, Irène partait de bonne heure afin d'éviter les embouteillages du matin. Machinalement, il avait allumé le téléviseur de la chambre. L'information était diffusée en boucle. « Macabre découverte par les ouvriers de l'entreprise Robinson à Blarney dans la banlieue de Cork », commentait le journaliste dépêché sur place. Debout au pied du lit, les yeux braqués sur l'écran, une vague nausée lui étreignait la gorge. « Alors qu'ils dégageaient une parcelle de terrain à l'aide d'une pelleteuse, les employés ont mis au jour le corps d'une jeune femme... »

Des représentants de la police technique et scientifique déambulaient dans leur combinaison blanche, en fond d'écran. Ils travaillaient lentement, levant les pieds pour ne pas s'enfoncer dans la boue. L'organisation de leurs investigations semblait bien rodée : mise sous scellés de prélèvements, éclairages spéciaux, photographies...

« Vers cinq heures, hier après-midi, alors que l'équipe terminait sa journée, un conducteur d'engins a appelé le chef de chantier, il venait de buter sur une forme suspecte. Ils ont compris très vite qu'il s'agissait d'un corps humain. Décomposé en grande partie. La police a refusé de répondre à nos questions. On ne peut s'empêcher de rapprocher ce meurtre des précédents, et l'inquiétude de la population, ici à Blarney, ne cesse de grandir. »

Impatient de connaître l'identité de la jeune femme, Picard tenta de joindre Lynch sur son portable. *Putain de messagerie !* Il faudrait attendre l'examen du légiste pour savoir quand et comment la victime avait trouvé la mort. Pour lui, c'était tout vu, on venait de mettre la main sur le quatrième corps. Un peu tôt pour appeler la brigade criminelle, bien qu'avec le décalage, ses hommes devaient déjà être sur le pont. Il essaya de joindre Pichot mais se heurta une fois de plus à la voix anonyme d'une messagerie. Pourquoi devenait-il si fébrile ? Il en avait vu d'autres dans sa carrière de flic. Il alla jusqu'à la fenêtre. Les montagnes de Dublin respiraient lentement, comme si rien n'avait vraiment d'importance. Après qui le tueur en avait-il ? Pourquoi cet acharnement ? Il tressaillit en entendant son téléphone vibrer sur la table de nuit, et décrocha aussi sec.

– Thomas, c'est Alex. Il est tôt, je sais. Je voudrais te voir aujourd'hui ou demain, c'est possible ?

L'officier de liaison avait la tête ailleurs.

– T'es au courant ? dit-il.

– De quoi ?

– Un nouveau corps a été exhumé.

Silence dans l'écouteur.

– Alex ?

– Oui.

– J'ai cru qu'on avait été coupés.

Elle prit une brève inspiration.

– Un corps, dis-tu ?

– Sur un chantier, près de Cork. Enterré dans la tourbe, comme les autres.

Nouveau blanc à l'autre bout du fil.

– J'essaie de joindre la Crim', continua Picard, mais ils ne répondent pas.

– Thomas, j'ai quelque chose à te dire.

– Cette histoire de cadavre va faire un raffut du diable. Je ne serai pas disponible avant un moment.

– C'est embêtant.

– De quoi s'agit-il ?

Comment lui dire en deux mots que Charlie la menaçait, qu'elle était poursuivie par John et que, pour mille raisons, elle avait décidé de frapper un grand coup en contactant une journaliste. Cette affaire de meurtrier français commençait à lui taper sur les nerfs, toute l'Irlande ne pensait plus qu'à ça.

– Trop long à expliquer par téléphone.

– Si ça pouvait attendre quelques jours, ça m'arrangerait.

– OK, on se rappelle.

– Alex ? fit Picard avant de raccrocher.

– Oui.

– Si tu as Damien au téléphone, dis-lui qu'il m'appelle de toute urgence.

– Sans faute.

Picard retourna se planter devant le téléviseur, attiré malgré lui par la répétition de ces images macabres. Fourgonnettes de la police technique et scientifique, véhicules de police, voiture du médecin légiste, tous phares allumés, s'alignaient derrière le cordon de sécurité. Les gyrophares diffusaient leurs flashes bleutés. Une pluie fine composait un rideau de perles sous les réverbères. Il reconnut la silhouette de Lynch, légèrement voûtée, qui se profilait en arrière-plan. Le journaliste annonça la venue imminente du lord Mayor de Cork. Bon sang, d'où lui venait ce sentiment que les choses se compliquaient sérieusement ?

Au bureau, tout le monde ne parlait que de ça. L'ambassadeur l'appela, ainsi que l'ASI* de Londres. À tous, il répondit qu'il fallait attendre les conclusions du légiste avant de s'emballer.

Il envoya un mail à Pichot : « Cadavre retrouvé près de Cork. Lynch est sur le coup. Affaire à suivre. Téléphonerai dès que j'aurai des précisions. »

---

* Attaché de sécurité intérieure

En fin de matinée, Curtis lui adressait un SMS. Il était sur les lieux lui aussi. L'autopsie était en cours. On espérait les premiers résultats pour le début d'après-midi. Picard en référa aussitôt à la Crim' par un deuxième message.

Il était vingt et une heures quand Lynch l'appela sur son portable.

– Thomas ? Je ne vous dérange pas au moins ?

– J'espérais votre appel, Bob, pour tout dire. Allez-y, je vous écoute.

– Il s'agit d'une jeune femme blanche... mesurant 1 mètre 75. Corpulence moyenne. L'âge... entre vingt et vingt-cinq ans d'après le développement des dents de sagesse. Le décès remonterait à cinq mois, c'est-à-dire à octobre dernier.

La voix du policier irlandais exprimait une profonde lassitude. Il devait traduire les éléments d'après des notes prises à la va-vite car son phrasé était hésitant, plat et monocorde.

Picard fit un rapide calcul dans sa tête.

– Ce qui nous fait un meurtre par mois, au cours des quatre derniers mois de l'année écoulée, dit-il.

– Correct. J'ajoute que l'os hyoïde a été brisé... la victime est morte par strangulation manuelle.

– C'est tout ?

– Elle était toxico d'après les examens.

Lynch avait dû mettre ses notes de côté car ses paroles devinrent fluides tout à coup.

– La victime portait des papiers sur elle, ainsi qu'une carte de crédit. Elle s'appelait Aoife Mackintosh, c'était la nièce d'un promoteur connu à Limerick. Nous avons contacté la famille avec laquelle elle avait coupé les ponts depuis plus d'un an, personne ne s'inquiétait de sa disparition par conséquent. Elle se shootait pas mal, d'après le légiste.

– Aoife, c'est pas un prénom celtique, par hasard ?

– Si.

– Un de plus.

– Un tueur mystique, souffla Lynch, nos amis journalistes apprécieront.

– C'est signé, vous ne trouvez pas ?

– Ecoutez, on a trouvé des traces de peau sous ses ongles, elle a sans doute labouré le visage ou les bras du mec qui a fait ça. Le labo utilise les nouvelles techniques qui permettent de réduire le temps d'analyse, on aura les résultats des tests ADN dès demain.

– Qu'en pensez-vous, Bob ?

– Que du mal, Thomas. Que du mal ! L'oncle de la fille, en plus d'être un promoteur connu, fait de la politique. On dit qu'il soutiendra le Fianna Fail aux prochaines élections. Je ne vous fais pas de dessin, l'Irlande entière a les yeux rivés sur nous. Nous allons devoir travailler jour et nuit pour élucider cette affaire au plus vite.

– Si je peux vous aider à quelque chose, n'hésitez pas.

– Appelez la Crim', dites-leur que je ferai un point avec eux dès que possible. Ce sera tout pour aujourd'hui, Thomas.

42

Jusque-là, ministère de l'Intérieur et Quai d'Orsay étaient parvenus à contenir les journalistes : il y allait de la sérénité de l'enquête et des bonnes relations entre l'Irlande et la France. La dépouille d'Aoife Mackintosh devint le cadavre de trop. On assista à un déferlement médiatique dans les deux camps. Les murs du quai des Orfèvres résonnèrent de la colère de Saulieu et de celle, plus spectaculaire encore, du directeur. Les Irlandais aussi en prirent pour leur grade, eux qui n'avançaient pas dans leurs recherches. On frisa l'incident diplomatique. Deux conférences de presse eurent lieu, l'une à Paris, l'autre à Dublin.

Bérangère connaissait suffisamment le « 36 » pour se faire une idée du niveau de pression en cas de crise. Elle m'appela au bureau pour avoir confirmation de l'ambiance ; je lui dressai un tableau complet de la situation. À ses questions sur l'Irlande, je répondis de manière évasive.

– Tu vas chez Arnaud, ce soir ? demanda-t-elle avant de raccrocher.

– Oui, j'y serai vers vingt heures.

– Bon, on se retrouve là-bas.

Les dîners chez Arnaud étaient sacrés. Ces rencontres avaient lieu une ou deux fois par mois. Notre hôte commandait des plats chez le traiteur, j'apportais des bouteilles de vin, Bérangère s'occupait des desserts, Evelyne, assistante d'édition, débarquait avec des sacs de fruits qu'elle déposait dans une large coupe en verre. Notre petit groupe avait grossi au fil du temps. Chacun pouvant amener un invité surprise, il arrivait que le salon du psy fût plein à craquer. On laissait nos soucis à la porte, et on refaisait le monde en mangeant et en écoutant des airs de jazz.

Je bavardais avec Arnaud dans la cuisine quand Evelyne annonça son arrivée par un double coup de sonnette. Bérangère se présenta un peu plus tard. Elle pendit son imperméable au porte-manteau avec nervosité, et je reconnus aussitôt la marque d'une contrariété dans son geste.

Ce soir, pas d'invité surprise.

– Je meurs de faim, déclara Evelyne, en se servant un verre de vin blanc.

– Poulet tandoori au chutney de butternut, accompagné de riz parfumé aux lentilles corail, annonça notre hôte.

La situation dans le monde se prêtant à tous les commentaires, le dîner fut un échange d'opinions, démonstrations à l'appui. Je ne comprenais pas ce qui clochait dans l'attitude de Bérangère. Au fromage, l'assistante d'édition se tourna vers moi.

– Si tu nous parlais un peu de ton voyage. C'était comment Dublin ?

– Des murs gris, une température fraîche pour la saison, de la flotte tous les jours. À part ça, je n'ai pas retenu grand-chose.

– Très peu pour moi.

Je sentais le regard de Bérangère qui me fixait. Elle paraissait irritable, prête à bondir.

– Où en êtes-vous avec l'appétit de cet ogre qui consomme des femmes ? insista Evelyne.

Tout en répondant, j'entendais au fond de moi les paroles de *Love me or leave me*. Un langage « sans paroles » celui-là, se déroulait simultanément entre Bérangère et moi. En fond sonore dans la pièce où nous dînions, les mots de Billie Holiday répondaient comme un écho à notre situation.

Tell me now I've got to know
Whether you want me to stay or to go.

Bérangère n'ouvrait toujours pas la bouche.

– Je ne comprends pas que le tueur coure toujours, continua l'assistante d'édition. Comment expliquer une telle frénésie, une telle brutalité ?

Notre ami psy y alla de ses considérations de spécialiste.

– La pulsion de violence est dérivée de l'instinct de conservation, au même titre que l'instinct de reproduction qui se traduit par la pulsion érotique. Quand elle n'est pas canalisée, elle fabrique des criminels de l'extrême. La barbarie est en nous, c'est notre part de mystère. L'histoire est pleine d'exemples, des fêtes sanglantes de l'arène aux camps d'extermination. Et qu'on ne nous dise pas que tout ça est bel et bien terminé, l'actualité est là pour nous prouver le contraire.

– Pourquoi étrangle-t-il ses victimes ?

– La strangulation apporte un sentiment de volupté, les pulsions fusionnent pendant le corps à corps.

– Quand je pense que c'est un Français qui fait ça, les Irlandais doivent nous haïr.

Bérangère me défiait en silence.

J'avais attendu le dessert pour annoncer, sourire aux lèvres, qu'une deuxième commission rogatoire internationale avait été signée par le juge, et que mon départ pour Dublin était imminent.

– Ça a l'air de te convenir, lança Evelyne, en croquant dans une part de tarte au citron. Tu as l'intention de jouer « Tintin chez les Celtes », ma parole, gloussa-t-elle.

Bérangère sortit de ses gonds.

– Tu ne vois pas qu'il y a autre chose ?

– Quelle autre chose ?

Elle me fusilla du regard.

– Tu ne me feras pas gober que seule l'enquête t'attire à Dublin, je te connais trop, Damien.

– Je me suis fait quelques amis là-bas, c'est vrai.

– Tu te fous de moi, dit-elle en colère.

Elle jeta sa serviette sur la table, décréta qu'elle en avait assez entendu pour la soirée, qu'elle préférait partir, qu'il était inutile de la raccompagner, merci, qu'elle prendrait le métro. Quelques secondes plus tard, la porte de l'appartement claquait.

Je rentrai chez moi à pied. Rue de Vaugirard, la Sorbonne, Maubert. En chemin, à plusieurs reprises, je tentai d'appeler Bérangère sur son portable. Vainement. Nous avions décliné toutes les facettes du « vivre ensemble nous tue, nous séparer est mortel ». Nous n'avions plus de comptes à nous rendre, et j'étais libre après tout. Comment avait-elle eu vent de l'existence d'une autre femme ? Arnaud avait devancé ma question en me jurant qu'il n'y était pour rien. Je découvrirais bien plus tard, quand tout serait fini, qu'elle l'avait tout simplement deviné toute seule. Les femmes développent un instinct particulier dans ce genre de situation.

Ne trouvant pas le sommeil, je m'installai devant mon ordinateur et naviguai sur internet à la recherche de sites qui me rapprocheraient d'Alexia, cette fille aux yeux violets qui avait changé le cours de ma vie. « Histoire de l'Irlande », « les Troubles », « la dissidence », « Sinn Fein », « les grands leaders politiques, de Wolfe Tone à Gerry Adams », *le Livre de Kells*, ses enluminures et l'incroyable maîtrise des moines irlandais. Je poussai mes investigations sur le « Voyage de Brendan », et tombai sur le récit de Tim Severin, un explorateur qui avait traversé l'Atlantique sur une « outre » équipée de voiles, prouvant ainsi que le moine irlandais pouvait effectivement avoir été le premier à poser le pied en Amérique.

Dominant cet univers historique et imaginaire, participant de la vie et du mythe, la figure du tueur se profilait, menaçante...

43

Alexia rentra chez elle vers minuit. Le temps de retirer sa veste, on frappa à la porte. Ça ne pouvait pas être la voisine, Iulia était partie chez son petit ami, à Tipperary.

– C'est moi, babe, fit un homme derrière la porte.

– John ?

– Il faut qu'on cause tous les deux. Ouvre-moi, je te le demande.

« Ils ne me laisseraient donc jamais tranquille », soupira-t-elle.

– Tire-toi, ou je crie pour que tout l'immeuble entende.

– Arrête ton cinéma, j'ai quelque chose d'important à te dire.

– Je la connais, ta chanson.

– C'est du sérieux.

Elle entrouvrit la porte, maintenue bloquée par une chaîne.

– Qu'est-ce que tu veux ?

– Je suis venu en ami.

– C'est encore Charlie qui t'envoie.

– Non, je suis pas en service commandé.

Pour une fois, les yeux du gangster exprimaient la sincérité.

– Va-t'en, nous n'avons plus rien à nous
dire.

– Laisse-moi quinze minutes, le temps de
t'expliquer.

Iulia n'avait peut-être pas tort quand elle
lui conseillait d'aller se confier à la police.
Elle ne s'en sortirait jamais toute seule. « Une
chose après l'autre, se dit-elle. D'abord régler
ce projet d'article dans l'*Independent* ». Mary
Davitt lui avait proposé de la revoir rapidement pour continuer l'interview. Il leur restait tant de questions à aborder.

– Allez, laisse-moi entrer, s'impatienta
John.

Alexia décrocha la chaîne.

– Quinze minutes, pas une de plus. Je me
lève tôt demain, je voudrais dormir.

L'homme avança sur ses grandes jambes
un peu maigres. Tout son corps paraissait
désarticulé quand il marchait. Alexia posa
les yeux, malgré elle, sur la main où manquait une phalange. Une fois, elle lui avait
demandé ce qui lui était arrivé. « Accident
de travail, » avait-il répondu, laconique. Elle
préférait ne pas l'inviter à s'asseoir, de peur
qu'il ne s'incruste. Dehors, les réverbères diffusaient une lumière jaune sur le balcon et
la baie vitrée. À l'intérieur, la seule source
de clarté, un peu crue, provenait d'un lam-
padaire halogène.

– Qu'est-ce qui t'amène ? Une nouvelle menace ? À moins que Charlie, dans son immense mansuétude, ait décidé de m'accorder un délai supplémentaire. Si c'est ça, ma réponse est toujours la même.

Il ricana.

– Mademoiselle Costa est d'une humeur guerrière, ce soir.

– Attends, laisse-moi deviner, tu es venu me proposer un nouveau deal. Mon pauvre John, tu seras donc toujours dans les mauvais coups.

Le regard de l'homme se promena sur les murs blancs et le futon beige avant de revenir sur le corps élancé de la jeune femme. Elle l'avait toujours traité comme une merde. Pourtant, le dur, le caïd, le dealer sans pitié, se sentait pris au piège devant la silhouette longiligne et noire de cette fille aux yeux violets.

– Alors ? Je t'écoute, dit-elle.

Pour John, la délinquance n'était pas un choix, ni une fatalité. Juste un pis-aller. Né dans les taudis de Crumlin, il avait compris très tôt qu'il n'était pas venu au monde dans le bon camp, celui des hommes libres. La misère était le plus grand esclavage qu'il eût connu, et la plus grande source de frustration, aussi.

– Ce que j'ai à te dire est très grave.

– Vas-y, crache-le ton venin.

Il n'avait jamais compris ce qui l'attirait chez cette fille, si c'était son physique ou l'aura morale qu'elle dégageait. On la disait intouchable parce qu'elle était la fille de Patrick Cronin, un gars dont on respectait la mémoire, mais les choses avaient bien changé ces derniers temps. Fini le code d'honneur, seul le résultat comptait. Les statues avaient été abattues, personne n'était plus épargné. Les coreligionnaires de John tombaient les uns après les autres à chaque règlement de compte. Alexia n'était pas plus à l'abri que lui-même : c'était tout ça qu'il était venu lui expliquer. Mais puisqu'elle le prenait sur ce ton, il irait droit au but.

– Y'a un contrat sur ta tête.

Il renchérit, avec un sourire qui ressemblait à une grimace :

– La trêve est terminée, mademoiselle Costa.

Elle se crispa.

– Charlie ?

Il fit oui de la tête

Elle baissa les yeux, son visage se fit plus pâle.

Il aurait pu profiter de cet instant de faiblesse pour la plaquer au sol, comme il en avait souvent rêvé, mais savoir qu'une menace planait sur cette jolie tête contrariait sa libido.

– Tu ne me crois pas, peut-être ?

– Si, murmura-t-elle.

Elle aurait voulu tout recommencer, mais personne, jamais, ne reconstruit sa vie. *Digère, ma fille, et envole-toi.* S'envoler, elle en rêvait parfois.

– Tu fais moins la fière, on dirait.

Alexia se demanda pourquoi John trahissait son chef. Elle était loin de soupçonner l'état de discorde dans lequel se trouvait le réseau de Charlie depuis qu'un jeune loup, transfuge d'un clan ennemi, s'y était introduit. Le caïd, subjugué par le nouveau venu, buvait ses paroles et le sollicitait pour toutes les questions de stratégie, reléguant ses anciens compagnons au deuxième rang. John, aide de camp fidèle et loyal, supportait de plus en plus mal cette situation. Un groupe uni, dans le milieu, ça n'existe pas, chacun essaie de tirer la couverture à soi. John considérait que la trahison n'était pas de son fait. Charlie serait le grand responsable du fiasco qu'il voyait venir.

– Tu es suivie. Tes contacts avec les journalistes ne sont pas passés inaperçus.

– Je suis libre de voir qui je veux.

– Tu croyais vraiment qu'on allait te laisser faire ?

Alexia sentit la rage monter dans sa poitrine.

– Je vous emmerde tous.

Il glissa ses mains dans les poches de son blouson.

– Même tes amis d'Irlande du Nord ne peuvent rien pour toi. Écoute mon conseil. Laisse tomber, rentre en France par le premier avion, sans billet de retour, et tu auras la vie sauve.

– Sinon ?

– Ton corps de gazelle finira enfoui sous la tourbe.

– *Fuck !** siffla-t-elle entre ses dents.

– Estime-toi heureuse d'avoir encore le choix, c'est plutôt rare par les temps qui courent.

Il marcha vers la porte.

– Maintenant, tu sais à quoi t'en tenir. N'attends pas trop longtemps pour te décider.

Il se retourna, la regarda une dernière fois.

– Bonne nuit, ma belle.

Elle entendit ses pas s'évanouir dans le hall, les portes de l'ascenseur s'ouvrir et se refermer, puis plus rien. Elle resta plantée au milieu de la pièce. Charlie était un monstre, un paranoïaque dépourvu de pitié et doté d'un sang-froid inaltérable. Une petite voix lui disait pourtant de ne pas fléchir, de ne pas céder à la panique, que tout finirait par s'arranger.

Comment Alexia aurait-elle pu se douter que John, dans le secret de son cœur, avait

----

* Putain !

décidé de mettre un terme au massacre ?
Il s'était promis que ni Charlie ni personne
ne toucherait à un cheveu de cette fille. Il
serait son ange gardien, malgré elle. Elle était
menacée et protégée à la fois. Sans le savoir.

44

Ce jeudi matin, Pichot discutait avec le commissaire deux bureaux plus loin. Nous les attendions pour notre *petite messe* quotidienne. Girodeau avait ajouté une punaise rouge sur la carte d'Irlande, à côté de la ville de Cork. Arrostéguy écrivait sur le paperboard. Les mains dans les poches, je me tenais debout devant la fenêtre, à regarder les premiers bateaux-mouches de la journée remonter le fleuve. Kader bavardait avec un collègue, près de la machine à café ; leurs voix graves résonnaient dans le couloir. À peine arrivé, Loyrette s'était jeté sur un ordinateur sans nous saluer. Il tapotait sur son clavier comme un malade depuis une dizaine de minutes, quand sa voix s'éleva soudain :

– J'ai trouvé ! cria-t-il. « Aoife », prénom gaélique signifiant « beauté ». Ça se prononce « Iffa ». Prénom d'une princesse guerrière. Deirdre, Brigid, Aine, Aoife, rien que des prénoms rattachés à la mythologie. Ça ne peut pas être une coïncidence, les victimes ne sont pas sélectionnées par hasard.

Pichot et Kader nous rejoignirent pour en parler. Nous étions divisés sur cette référence à la mythologie. Les mortes portaient toutes des prénoms de figures légendaires. Soit. Mais cet usage étant fréquent en terre d'Irlande, fallait-il en conclure à un lien déterminant pour notre affaire ?

Morlaix avait plusieurs visages, consommant l'art de l'usurpation et de l'imposture à outrance. Il pouvait être ce libraire érudit qui avait envoûté une petite conférencière, ce jardinier docile ayant séduit Jennifer Gouviaux, ou un dangereux prédateur ensorcelant les jeunes femmes. Le seul lien objectif entre l'ancien et le nouveau Yann Morlaix, c'était Lisa. Le rapport du psychiatre nous était parvenu la veille. Le médecin avait diagnostiqué une psychose. Il était question de « rationalisation morbide sur des thèmes mystico-religieux », il évoquait une « technique interprétative » chez le sujet. En clair, Lisa traduisait les faits de la vie quotidienne les plus ordinaires de manière fantasmagorique. Elle entendait des voix et croyait que des êtres supérieurs lui envoyaient des messages à travers la télévision. Le rapport évoquait aussi une anhédonie ou incapacité de la patiente à ressentir des émotions positives, symptôme fréquemment observé chez les personnes dépressives et les schizophrènes. Cette expertise ne nous aidait pas plus que ça, tout ce qui était écrit, nous le savions déjà.

La lecture des cartes postales était un sujet de désaccord : là où Pichot et Arrostéguy

voyaient une mystification, Loyrette et moi
décelions un jeu avec ses règles, Kader et
Girodeau optant davantage pour la version
du délire. Je rappelai à mes collègues que
Morlaix s'était vanté d'accomplir des œuvres
d'art.

– Mégalo en plus, renchérit Pichot.

– Aucun homme atteint d'un délire patho-
logique ne tiendrait aussi longtemps. Pour
moi, il est parfaitement lucide, conscient et
déterminé.

Ce matin-là, les gendarmes de Carhaix,
forts d'une commission rogatoire, cuisinaient
Michel Le Bihan aux petits oignons. Nous
n'attendions pas de nouvelles avant la fin
de journée, persuadés qu'il en irait de cette
audition comme de la précédente. Défaitisme
trompeur. Le téléphone retentit sur le coup
de midi. Barthes avait la voix claire et ferme
du fonctionnaire ayant accompli avec succès
une mission de la plus haute importance.

– Le prof de philo est passé à table. Nous
l'avons enregistré, tout est dans la boîte.

Pour Michel Le Bihan aussi, la dépouille
d'Aoife Mackintosh avait été le cadavre de
trop. La nouvelle avait créé une fêlure dans
son personnage, les gendarmes avaient réussi
à le désarçonner et à le faire parler.

Après son « évasion » des carrières de
Montmartre, Morlaix avait déboulé chez lui,
un beau matin, ni vu ni connu. Le Bihan

l'avait bien caché dans une ferme, à la sortie de Saint-Cadou. En tant qu'anarchiste révolutionnaire, il soutenait la dissidence irlandaise et entretenait des relations régulières avec un réseau nord-irlandais. Il s'était rendu plusieurs fois à Belfast et à Derry. C'était lui qui avait organisé la fuite de Morlaix en Irlande. Ce dernier avait quitté la France sur un bateau, au départ de Roscoff, direction Cork. Michel Le Bihan lui avait donné l'adresse d'une femme, dans la banlieue de Dublin, une certaine Susie O'Brien qui accueillait les déracinés et les paumés. À sa demande expresse, Morlaix ne lui avait plus jamais donné signe de vie. Le prof de philo avait tout ignoré jusqu'au récent tintamarre médiatique. À la seconde où il avait entendu parler des crimes en Irlande, il avait compris. Il ne dormait plus ces temps-ci. En un sens, ses aveux le libéraient d'un poids énorme.

L'infraction retenue contre lui relevait du « recel de criminel » réprimé par l'article 434-6 du Code pénal. Tous les éléments matériels et moraux corroboraient : fourniture d'un lieu de retraite, aide financière, assistance pour soustraire le criminel à la justice en toute connaissance de cause. Il n'y avait pas de circonstance aggravante, le prof de philo n'ayant jamais commis cette infraction auparavant. Néanmoins la charge était lourde. Saisi, le juge des libertés et de la

détention plaça Le Bihan sous contrôle judiciaire. La procédure suivrait son cours.

Pichot s'empressa de téléphoner à nos
homologues irlandais qui reçurent l'information comme un bon présage : la neutra-
lisation du tueur en série, selon eux, n'était
plus qu'une question d'heures ou de jours.
Susie O'Brien était fichée comme ancienne
activiste au sein de l'IRA. Ils allaient s'en
occuper sur-le-champ.

– On commence à y voir plus clair, se
réjouit Lynch.

Notre groupe assumait la permanence du
jeudi au vendredi. D'astreinte, nous devions
être prêts à répondre au premier appel de
l'état-major.

La nuit fut tranquille. Pourtant je ne par-
venais pas à dormir. Je regardais les lueurs
dessinées par les phares des voitures sur
mon plafond. Je me levai pour voir si Alexia
m'avait envoyé de nouveaux messages. Déçu,
je me recouchai et repassai les éléments de
l'enquête dans ma tête. Quelque chose ne col-
lait pas. Une question plus personnelle me
vint à l'esprit : qui d'Alexia Costa ou de Yann
Morlaix m'attirait réellement de l'autre côté
de la Manche et de la mer d'Irlande ?

Comme un jeu de dominos peut se renverser intégralement sous une faible impulsion, le témoignage de Michel Le Bihan
avait déclenché ce que nous attendions

tous. Après ses aveux et sa mise en examen, les choses s'emboîtèrent et s'articulèrent, implacables. La vanne ouverte, les eaux tumultueuses n'arrêteraient plus de se déverser.

45

À Doolin, les choses commençaient à bouger imperceptiblement. Si quelque chose devait arriver, le voisin d'Alexia serait le premier à alerter la *Garda*. L'octogénaire facétieux, Joseph O'Sullivan, avait été le meilleur ami de Tom Cronin, le grand-père d'Alexia Costa. Ensemble, ils avaient distillé le *poteen* en fraude, à partir d'un petit alambic familial. La plupart des gens l'appelaient Jo, mais ses vieux amis préféraient lui donner son prénom gaélique : Séosamh. Une figure à Doolin. Il ne quittait plus sa chambre depuis qu'un accident cardio-vasculaire l'avait privé de l'usage de ses jambes, ce qui l'obligeait à circuler à bord d'un fauteuil électrique. Regarder la télévision et surveiller les alentours à l'aide d'une paire de jumelles étaient ses passe-temps favoris.

Depuis la mort de sa femme, sa fille Roisin s'occupait de l'exploitation avec son mari. Le gouvernement avait encouragé les agriculteurs à moderniser leur mode de vie. L'ancienne maison servait d'étable. Une construction en L, plus moderne, abritait désormais la famille. Finis le débarras à ciel ouvert, la niche du chien dans la cour et la bouse de vache ! Pour doubler leurs revenus, Roisin avait transformé une aile de la nouvelle demeure en chambres d'hôtes. Moitié ferme, moitié B&B. Une belle affaire qui tournait à plein régime pendant les mois d'été. De l'étage, on avait une vue imprenable sur l'océan et la baie de Galway. Peu de maisons pouvaient se targuer de posséder une telle situation. Même Alexia, de la fenêtre de sa chambre, ne voyait pas aussi loin.

Ce jour-là, Jo était seul dans la maison. Roisin et son mari étaient descendus au bourg boire une bière avec des amis au pub où une jeune fille avait l'habitude de danser sur un air de *hornpipe*. Il appuya sur la télécommande pour éteindre le poste de télévision. Il en avait marre de ces histoires de crimes. Il avança son fauteuil jusqu'au bow-window en grimaçant, et s'empara des jumelles posées sur une tablette, à proximité de la fenêtre. Surveiller les environs restait sa principale distraction.

Une camionnette blanche tournait dans les parages depuis quelques jours, et ce manège ne lui disait rien de bon. Heureusement qu'il était là pour veiller au grain ! Zoom sur la maison des Cronin. Tout était calme, Alexia n'était pas encore là. Elle n'arrivait pas avant minuit, le vendredi. Les gens trouvaient bizarre que la fille de Patrick et de la journaliste française s'incruste dans leur pays. O'Sullivan la défendait. Elle revenait sur les

terres de son père, quoi de plus naturel ?
Patrick Cronin n'avait pas fait l'unanimité
dans le village en s'engageant pour l'IRA,
trente années plus tôt. Ça chiffonnait les
bonnes consciences, ça dérangeait les esprits
timorés. Jo l'aimait bien, et sa disparition
l'avait profondément affecté.

Il regarda sa montre. Roisin ne tarde-
rait pas à revenir pour lui monter la soupe.
Un dernier tour d'horizon avec sa paire de
jumelles. Des phares firent irruption dans
le virage. *Encore cette foutue camionnette
blanche, immatriculée à Dublin.* Le véhicule
disparut quelques secondes derrière de hauts
talus pour réapparaître trois coudées plus
loin. Il se focalisa sur le pare-brise, tenta de
distinguer les traits du chauffeur. Difficile
avec cette lumière entre chien et loup ! De
plus, son front était caché par un bonnet de
laine.

Ni une ni deux, il appela la *Garda*.

– Salut Jo, qu'est-ce qui t'amène encore ?
fit le policier à l'autre bout du fil.

O'Sullivan passait pour un emmerdeur.
Tout le monde connaissait son passe-temps.
Ce n'était pas la première fois qu'il appelait
les gardes-côtes ou le poste de Lahinch pour
témoigner d'une scène aperçue au bout de
ses jumelles : un touriste au comportement
suspect, un ivrogne tombé de son vélo sur la
route, une tempête qui avait arraché la toi-
ture d'une remise.

– Désolé de vous déranger, les gars. Je voulais pas aller me coucher sans vous signaler une camionnette blanche qui circule de manière suspecte dans le secteur.

– Ah oui ? Et qu'est-ce qu'elle a de suspect, cette bagnole ?

– Ben, je connais toutes les camionnettes de Doolin, celle-là est immatriculée à Dublin et elle tourne depuis trois jours. C'est pas clair, tout ça.

Le policier fit un effort surhumain pour ne pas envoyer le vieux schnock sur les roses.

– Tout le monde a le droit de se promener, Jo.

– Je vous dis qu'elle a quelque chose de bizarre. Ça va, ça vient, ça ralentit, ça reste un moment sur la route, à l'arrêt, moteur allumé. Y'aurait du cambriolage dans l'air que ça m'étonnerait pas.

Il entendit glousser dans le combiné.

– Ecoute, Joseph, je vais te donner un bon conseil. Demande à ta fille de venir te border, et dors sur tes deux oreilles. On s'occupe du reste, d'accord ?

– Moi, ce que j'en dis...

– Merci Jo, t'es vraiment un as de l'espionnage. James Bond n'a plus qu'à se rhabiller avec un gars comme toi.

Dépité, Joseph O'Sullivan raccrocha.

Il entendit quelqu'un entrer au rez-de-chaussée. Il soupira, fit rouler son fauteuil en direction de la porte. Roisin montait le rejoindre par l'escalier.

Ce soir-là, l'Austin verte d'Alexia Costa fit son apparition vers vingt-trois heures trente aux abords de Doolin. À bord, la jeune femme écoutait de la musique en sourdine. Elle s'engagea sur le chemin. Tout au bout, la maison l'attendait, accueillante. Alexia se sentit soulagée. Rien n'avait bougé, chaque chose était à sa place. Alourdi par la sève nouvelle, le rosier pliait devant la porte, comme s'il voulait en protéger l'accès. Le chat des voisins était assis sur le muret en pierre, ses yeux, gros comme des billes, luisaient dans la pénombre. Elle se gara dans la cour, coupa le moteur en regardant vers la colline d'en face. La ferme des O'Sullivan se dressait sur la hauteur. Une lumière brillait à l'intérieur. Vision rassurante. Joseph O'Sullivan n'était pas seulement un voisin. Depuis la mort de Tom, il était devenu son ami et confident.

Dans la maison, son premier geste fut d'allumer la cheminée afin de réchauffer l'atmosphère. Le chat miaula à la porte ; elle le fit entrer et lui donna à manger. La tourbe mélangée au bois dégageait une odeur familière dans l'âtre. Alexia se détendit en regardant les flammes qui montaient. Non, la vie n'était pas figée, elle se transformait à l'image de ce feu, et chaque jour qui naissait recélait un nouveau défi. Elle prenait très au

sérieux les menaces de John et comptait se
confier à Thomas Picard. S'il fallait en parler à la *Garda*, elle se sentait prête à le faire
désormais. Elle ne pouvait pas continuer à
vivre la peur au ventre. En arrivant à Doolin,
l'angoisse avait lâché son étreinte, elle restait
néanmoins sur ses gardes et, chose inhabi-
tuelle quand elle était à la campagne, elle
ferma toutes les issues à double tour avant de
monter se coucher vers une heure du matin.

46

L'ADN trouvé dans les particules de peau sous les ongles de la victime Aoife Mackintosh, appartenait bien au tueur français. Les séquences ordonnées des nucléotides correspondaient parfaitement. Aoife ne figurait pas sur la liste des *missing persons*, sa famille n'ayant jamais signalé sa disparition. Persuadés qu'elle leur reviendrait un jour, ses parents espéraient son retour. Ils la décrivaient comme une jeune fille instable et révoltée. Bien que ne donnant plus de ses nouvelles, Aoife avait continué de se servir de sa carte bancaire. Les relevés montraient qu'elle ne tenait pas en place, qu'elle voyageait beaucoup à travers le pays. La dernière utilisation de sa carte de crédit remontait cependant à six mois. Elle avait retiré quelques centaines d'euros au distributeur d'une banque au centre-ville de Dublin. On perdait sa trace ensuite. Elle devait être tombée sur le tueur quelque part entre Dublin et Blarney, lieu où sa dépouille avait été exhumée. Lynch et Curtis nous transmettaient régulièrement toutes ces informations en direct. Ils ne nous cachaient pas non plus qu'ils redoutaient un rebondissement de l'affaire. Ils n'étaient pas tranquilles.

Les aveux de Michel Le Bihan venaient de conduire nos collègues irlandais à s'intéresser de près à Susie O'Brien. Activiste en Irlande du Nord dans les années 70, elle n'était plus impliquée dans aucun mouvement, mais restait fichée comme « potentiellement dangereuse ». La cellule antidrogue aussi l'avait dans le collimateur : Mrs O'Brien était suspectée de servir de boîte aux lettres à un réseau tenu d'une poigne de fer par un dénommé Charlie, alias Brian Kerrigan, ancien paramilitaire reconverti en gangster.

Susie reçut les *gardaï* calmement, donnant même l'impression qu'elle s'attendait à leur visite. Elle n'opposa aucune résistance lors de son arrestation et se livra sans complexes dans les locaux de Phoenix Park. Quand le Français avait débarqué chez elle, à Ballymun, elle ne lui avait pas demandé son *curriculum vitae*. Pouvait-elle imaginer qu'il avait les mains tachées de sang ? Non, bien sûr, sinon, elle ne l'aurait jamais fait entrer dans sa maison. Elle aimait à rendre service, un point c'est tout. Fallait pas tout mélanger. Qu'est-ce qu'elle en savait, elle, du passé et du vice de ce criminel ? C'était pas la première fois qu'elle hébergeait

quelqu'un, et jamais rien de grave n'était
arrivé. Ses activités à elle ? Où était le problème ? Non, elle n'avait pas honte de vivre
d'expédients. Fallait bien manger. Que faisait le gouvernement pour les petites gens
comme elle ? Rien. Il s'aplatissait, courbait
l'échine devant Bruxelles. C'était honteux
aussi de laisser les jeunes croupir à Ballymun. Quel avenir pour eux ? À part la drogue
et les rodéos de voitures... Tout le monde
la connaissait dans le quartier, c'était une
honnête femme, elle n'avait jamais fait de
mal à personne. Ils pouvaient vérifier. Dieu
protégeait les mômes de Ballymun, Il les
vengerait un jour.

Son inconscience, feinte ou non, et son
naturel déconcertèrent les enquêteurs. La
Garda fouilla de fond en comble l'appartement et la boutique de la sexagénaire. Une
valise pleine de faux papiers et des cartons
de cigarettes de contrebande furent décou-
verts sous les cageots à légumes, de quoi la
faire réfléchir un bout de temps derrière les
barreaux.

Sur Charlie, Susie se montra circons-
pecte. Elle avait trouvé naturel de l'aider,
vu qu'elle connaissait bien sa mère, comme
elle originaire de Derry. Il avait combattu
avec les patriotes. La faute à qui s'il était
tombé dans la délinquance ? Elle jura ne pas
connaître la nature et l'étendue de ses activités. Charlie n'était pas bavard, et c'était très

bien comme ça parce qu'elle ne tenait pas à savoir.

Plus diserte sur le Français, elle révéla qu'il leur servait de messager. C'était un assassin, oui, et alors ? C'était pas écrit sur son front. Pas son genre, à elle, de dénoncer quelqu'un aux flics, parce que les *coppers* et elle, ça faisait deux poids et deux mesures depuis toujours. Susie était incapable de dire où se trouvait Morlaix. Il circulait sur les routes d'Irlande, impalpable, invisible. Ce type lui faisait peur à la fin. Pourquoi ? Parce qu'il n'y avait rien d'humain chez cet homme.

On en était là lorsque, le samedi matin, un nouveau coup de tonnerre retentit dans le ciel irlandais. J'étais au bureau, je mettais de l'ordre dans mes dossiers afin de faciliter la tâche de mes collègues pendant mon absence. Pichot aussi était présent. Il ne s'éloignait jamais du « 36 » quand il sentait mûrir une affaire, comme si sa présence pouvait influer sur le dénouement. Le téléphone sonna, je décrochai. La voix de Lynch m'était devenue si familière que je le reconnaissais à ses premières paroles.

– Le corps de Brian Kerrigan, alias Charlie, vient d'être trouvé, criblé de balles, dans le port de Dublin, à deux pas de la grande roue et du théâtre O2.

Je voyais très bien l'endroit. La mort d'un
caïd tel que Charlie, banale en temps ordinaires, revêtait une importance considérable
en de telles circonstances.

Il poursuivit :

– Les médias ne parlent que de ça. Que
voulez-vous, mes compatriotes ont l'esprit
clanique vissé au corps, ces querelles entre
gangs les fascinent.

– Cette mort violente n'arrange pas vraiment nos affaires.

– Non, elle nous prive d'explications essen-
tielles. L'unité antigang crie victoire, mais
Curtis et moi ne sommes pas aussi enthou-
siastes.

Depuis les récents aveux de Susie O'Brien,
Charlie apparaissait de plus en plus comme
une des clés de l'enquête. Ils avaient espéré
l'interroger et recueillir des renseignements
majeurs. Voilà que tout tombait à l'eau.

– Charlie aurait fait l'objet d'un règlement
de comptes, on dit que c'est l'un de ses
hommes qui lui a tiré dessus. Personne ne
peut le prouver, il n'y a aucun témoin ocu-
laire.

Il corrigea :

– Du moins, d'après ce que nous en savons.

– Que donne la balistique ?

– L'arme utilisée viendrait de Russie. Pas
étonnant avec le trafic actuel. Ça canarde sec
en ce moment entre bandes rivales.

Pour conclure, il ajouta que la nouvelle avait littéralement foudroyé Susie O'Brien.

– On l'a hospitalisée ce matin. Cette femme demeure une énigme pour nous.

Une idée saugrenue me traversa l'esprit.

– Dites-moi, Bob, c'est McConnell qui vous a demandé de nous transmettre les infos, ou vous appelez sur votre propre initiative ?

– J'ai pris sur moi de vous téléphoner.

– C'est bien ce que je pensais.

Je le remerciai avant de raccrocher.

Cet appel nous laissait perplexes, Pichot et moi. Les nœuds avaient beau se relâcher les uns après les autres, Yann Morlaix courait toujours. Chaque nouvelle piste semblait nous glisser entre les mains. Lynch ne s'était pas étendu, mais il était clair que la hiérarchie de la police irlandaise ne cherchait pas à nous mettre dans la boucle. La coopération policière dépendait d'abord des caprices des hommes. C'était leur droit. Depuis ma visite, la consigne devait tenir en deux mots : « Plus d'ingérence ! » La conférence organisée par McConnell était un coup d'esbroufe. Il espérait gagner du temps en flattant mon orgueil et celui de la Crim'. Son rêve secret était de venir à bout de cette affaire sans avoir à nous solliciter de manière formelle. Peut-être espérait-il une promotion ? Pichot enrageait. Je le calmais en lui disant que nous aurions peut-être réagi de la même manière, si la situation avait été inversée.

Plus les heures se suivaient, plus je ressentais le besoin de retourner sur place. C'était comme un appel qui dépassait ma raison. Une sorte de sentiment d'urgence...

47

Un plateau ras. Huit kilomètres de sentiers. La tour O'Brien, plantée au bord du promontoire, affrontant le vent. Le ressac heurtant la roche en écumant, deux cents mètres plus bas. Un passage nuageux ou un grain assombriraient peut-être le ciel avant la tombée du jour, comme il arrivait souvent dans ce pays. Peu lui importait. Les écouteurs du MP3 dans les oreilles, Alexia courait sur les falaises de Moher. Elle avait appris la mort de Charlie par la radio, elle se sentait pousser des ailes. « Enfin libre ! »

Elle termina sa course par des exercices de respiration et quelques étirements avant de remonter à bord de son Austin. À Doolin, elle fit quelques achats dans l'épicerie au toit de chaume, entra dans la boutique de souvenirs que tenait son amie Kate. Cette vieille maison, repeinte en rose saumon, faisait la joie des photographes et des touristes amateurs de clichés. Enfin, elle croisa Roisin O'Sullivan qui sortait de la messe.

– Alex, tu tombes bien. Jo aimerait te voir. Viens déjeuner avec nous, on parlera tranquillement.

Elle connaissait les O'Sullivan depuis sa plus tendre enfance. Le repas dominical faisait partie d'un rituel auquel elle se pliait volontiers.

– Merci, Roisin.

Elle rentra chez elle et prit une longue douche tiède.

Mary Davitt l'appela au moment où elle enfilait un peignoir. La journaliste tenait à la rassurer, la mort subite du caïd ne changeait rien à leur projet, elle tombait même à pic.

– On ne pouvait espérer mieux. L'heure des révélations a sonné, Alexia.

– Heureuse de vous l'entendre dire. Dois-je comprendre que vous acceptez de traiter le dossier ?

– C'est assez clair, il me semble.

Elle jubilait intérieurement.

– Nous ne présenterons pas Patrick Cronin comme un héros, au risque de le ringardiser. J'aimerais aborder le sujet dans un sens plus large, m'appuyer sur son histoire pour décrire l'évolution de la société irlandaise depuis trente années.

Du Mary Davitt tout craché, cette façon d'appréhender un sujet dans toute son ampleur. C'était précisément pour cette raison qu'elle l'avait choisie.

Avant de raccrocher, elles arrêtèrent un autre rendez-vous. Il était entendu qu'elles se rendraient ensemble à Belfast. Alexia devait organiser une rencontre entre la journaliste de *l'Independent* et des représentants du 32 CSM, dans la plus grande discrétion. Paul, son ex-petit ami, avait préparé le terrain, il attendait le feu vert des dirigeants. Ce ne serait pas la première fois que l'organisation s'exprimerait, mais à l'approche des présidentielles, il était important que certaines choses soient dites.

Martin McGuinness, l'ex-chef d'état-major de l'IRA provisoire, ne venait-il pas d'évoquer sa « possible » candidature pour ces élections majeures ? À la veille de la visite historique d'Elisabeth II en Irlande du Nord, ce reportage viendrait à point nommé. Des Irlandais considéraient la venue de la Reine comme une provocation de plus et ne se gênaient pas pour le dire. La police nord-irlandaise était sur les dents. Tous les ingrédients étaient réunis pour susciter l'intérêt du public.

Alexia atteindrait les trois objectifs qu'elle s'était fixés : dénoncer Charlie, même de manière posthume, réhabiliter la mémoire de Patrick Cronin, et faire parler du 32 CSM, le mouvement qu'elle soutenait par conviction et par fidélité, fidélité envers Tom et Patrick Cronin, fidélité envers elle-même.

Elle se rendit à pied chez ses voisins les O'Sullivan, en coupant à travers champs.

Au cours du repas, n'ayant pas de secrets pour ses amis, elle s'exprima librement :

– La mort de Brian Kerrigan est un soulagement. Il cherchait à m'intimider depuis quelques semaines. Pour la première fois depuis des années, je me sens vraiment libre. Là où il est, Charlie ne peut plus rien contre moi.

Roisin rebondit.

– Personne ne regrettera cette petite ordure. Si tous les gangsters pouvaient s'entretuer, ça rendrait un fier service au pays.

Alexia expliqua comment elle s'y était prise pour convaincre la journaliste de l'*Independent*.

– Je lui ai laissé entendre que je détenais certaines informations, ce qui est vrai d'ailleurs. Nous irons ensemble à Belfast. Paul organise un rendez-vous. Je suis sûre que nous ferons du bon travail. Le contexte n'a jamais été aussi favorable pour passer à l'offensive sur le plan médiatique.

– Tu es arrivée au bout du chemin, la complimenta le vieux Jo.

Pointant le ciel de son index, il ajouta :

– Tom et Patrick peuvent être fiers de toi, là-haut.

Ciaran, le mari de Roisin, prit la parole à son tour.

– Des rumeurs circulent à ton sujet.

– Ah oui ! Lesquelles ?

– La réunion que Paul et toi avez organisée dans le comté pour défendre le point de vue du 32 CSM, n'a pas plu à certains. Des gens disent que tes relations avec les dissidents n'apporteront rien de bon au village, que tu ferais mieux de t'occuper de tes affaires ou de rentrer en France.

— Ce n'est pas l'avis de tout le monde. Nous étions une bonne cinquantaine à cette réunion. Sans parler des sympathisants qui n'ont pas pu venir mais ont envoyé des messages d'encouragement par dizaines.

— Que tu veuilles réhabiliter la mémoire de ton père, passe encore, mais que tu te mêles de politique ne plaît pas beaucoup. La dissidence, tu comprends, les gens en ont soupé !

Elle explosa.

— Les années passent, mais les mentalités restent les mêmes. Faut-il rester les bras croisés ? Nous voulons une Irlande unie, libre et indépendante, quelle honte à ça ? Très longtemps encore, il se trouvera des gens pour penser comme nous et se battre. Les Anglais ne pourront rien contre. Il faut qu'ils partent. Un point c'est tout. Et pour toujours.

Joseph O'Sullivan l'encouragea.

— Tu as notre soutien, quoi que tu fasses, Alexia.

Ciaran était le plus tiède du clan O'Sullivan.

— Ouvre quand même les yeux, insista-t-il, ce combat intéresse de moins en moins de monde. L'heure est à la réconciliation et à la mondialisation. Vous n'arrêterez pas le processus. Que peut faire une poignée d'hommes et de femmes contre une évolution mondiale ?

– Ce ne sera pas la première fois que
quelques résistants modifient la donne. J'agis
en mon âme et conscience.

Elle hésita avant de conclure :

– Et rien ne me fera changer d'avis.

Roisin apporta le gâteau, un *sherry trifle*
avec de la crème, de la chantilly et des fruits,
et l'on changea de conversation. Il fut question de cette camionnette blanche qui tournait et virait. Jo n'en démordait pas, il flairait
quelque chose de louche.

– Je t'en prie, papa, s'écria Roisin, tu ne
vas pas remettre ça.

– Les autres véhicules ne font que passer
sur cette route, cette camionnette ne m'inspire pas confiance, insista le patriarche.

Alexia laissa échapper un sourire. Les
manies de Jo l'amusaient plus qu'elles ne la
dérangeaient.

Il était quatre heures de l'après-midi quand
elle décida de prendre congé.

– Quand rentres-tu à Dublin ? lui demanda
Roisin.

– Ce soir, avant la tombée de la nuit.

48

Alexia prit un livre et s'allongea dans le canapé du salon. Absorbée par sa lecture, elle n'entendit pas la porte du vestibule qui s'ouvrait lentement. Inconsciemment, elle enregistra bien un changement de densité dans l'air, mais rien qui fût susceptible de l'alerter. Elle posa le livre sur son ventre et s'endormit.

À son réveil, une dizaine de minutes plus tard, elle sentit un danger planer autour d'elle sans pouvoir en définir l'origine. Comme une oppression, une gêne ou une anxiété au niveau des poumons. Dans la pièce, tout semblait normal. Elle se souvint alors que quelque chose avait attiré son attention avant qu'elle ne s'endorme. C'était quoi déjà ? Un bruit ? Non. Une sensation plutôt. Une vibration indéfinissable. Sujette aux angoisses, elle mit ça sur le compte d'une crise comme elle en avait connu d'autres.

Son regard fut attiré par un reflet sur le cendrier en métal posé sur la table basse. Alors tout devint clair. Elle n'était pas seule. Elle se releva. Son téléphone portable et son livre tombèrent sur le tapis. Au moment où elle voulut se retourner, un bras enserra son cou. Elle se débattit, essaya de détacher les mains qui l'étranglaient. La suffocation lui fit venir des larmes. Elle ne voyait pas le visage de l'homme, mais elle sentait sa respiration sur sa joue. Elle voulut crier. Il serra plus fort. Elle voulut le mordre, il lâcha prise légèrement. Profitant de ce maigre avantage, elle s'élança. Il la rattrapa aussi sec, mit une main sur sa bouche. Elle bascula. À droite, à gauche. Il la secoua dans tous les sens. Elle sentit son crâne devenir plus lourd, ses pensées plus opaques et confuses. Son regard se brouilla, ses jambes fléchirent. Elle perçut des bruits de meubles qui se renversaient autour d'elle. Alexia se dit que tout était fini, qu'elle allait mourir comme ça, sans comprendre pourquoi. Puis il y eut un grand trou noir dans sa tête. À bout de force et de souffle, elle finit par perdre connaissance.

Quand elle refit surface, tout tremblait autour d'elle. Elle avait froid et ça sentait le gazole. Etait-ce donc ça l'odeur de la mort ? Le temps de réaliser qu'elle était allongée dans un véhicule en marche... Sa tête lui faisait mal, une autre odeur désagréable lui montait au cerveau, comme de l'éther ou un composé de ce genre. Les chaos de la route résonnaient dans sa colonne vertébrale. Sa gorge émit un gémissement, vite réfréné par le bâillon qui lui maintenait la bouche fermée. La scène de violence dans le salon lui revint en mémoire et la terreur l'envahit.

Ils devaient rouler depuis longtemps car son corps était tout ankylosé. Le conducteur, nerveux et pressé, ralentissait à peine dans les virages, donnait des coups d'accélérateur sans se soucier de sa passagère. Qui était cet homme ? Que lui voulait-il ? Avait-il quelque chose à voir avec Charlie ? Elle luttait intérieurement pour ne pas céder à la panique. Fermant les yeux, elle se concentra sur sa respiration, afin de calmer les battements de son cœur.

Le van s'arrêta. Elle entendit la porte se refermer, puis une série de bruits qu'elle identifia sans difficulté : ils étaient arrêtés à une station-service. Elle essaya de lever la tête, constata que ses mains et ses pieds étaient liés par une corde en nylon. Elle ne pouvait appeler à cause du bâillon, et la radio marchait à tue-tête dans la cabine.

Quel jour on est déjà ? Peut-être dimanche ? Petit à petit, sa conscience se reconstituait. L'inconnu l'avait endormie artificiellement. Elle essayait de remettre de l'ordre dans ses idées. Bêtement, elle pensa à son portable. Puis elle songea aux Picard, à Iulia et à Damien. Tous ces gens finiraient par comprendre qu'il lui était arrivé quelque chose de grave.

La camionnette redémarra. Il lui sembla qu'ils traversaient une suite de villages. Le chauffeur hésita, s'arrêta sur le bord de la route. Le moteur tournait toujours. Il donnait l'impression de chercher son chemin.

Peut-être consultait-il une carte routière ?
Marche arrière. Nouvelle direction. Elle
était incapable de deviner où ils étaient. La
lucarne arrière diffusait une lumière de plus
en plus grise. On s'acheminait vers la nuit et
ils roulaient toujours.

Après d'autres ralentissements, d'autres
hésitations, le véhicule s'arrêta. Un silence
long et douloureux. Paralysée par la peur,
Alexia ne savait plus si son corps tremblait
de panique ou de froid. L'idée d'avoir perdu
toute notion de temps et d'espace la terrorisait. Des spasmes la parcouraient. Elle ferma
les yeux, essaya de se maîtriser mais ses nerfs
ne lui obéissaient plus. Charlie était mort. Qui
d'autre que lui désirait attenter à sa vie ? L'un
de ses lieutenants peut-être. Afin d'accomplir
la volonté du caïd *post mortem*.

Les portes arrière s'ouvrirent brusquement. Une lampe torche l'aveugla. Elle gémit.
Qu'allait-elle devenir ? L'homme s'agenouilla
près d'elle et détacha le bâillon.

– N'aie pas peur, dit-il, il ne t'arrivera rien.

À sa grande stupéfaction, l'inconnu lui
avait parlé en français.

– Qui êtes-vous ? demanda-t-elle.

Pas de réponse, mais lorsqu'il se pencha à
nouveau, le visage de l'homme fut subitement
éclairé par le faisceau lumineux. Elle sursauta.

– Je vous reconnais.

– Tant mieux. Ça nous évitera des présentations inutiles.

– Vous êtes...

– Garde tes forces, tu en auras besoin pour plus tard.

– Pourquoi moi ? bégaya-t-elle.

– Si tout se passe bien, dans quelques heures, quelques jours au plus tard, tu seras libre.

De quelle liberté s'agissait-il ? Envisageait-il de la libérer de la vie, de l'angoisse et de la torture ?

Des larmes qu'elle ne contrôlait pas coulèrent sur ses joues. Elle croyait revivre les heures sombres de Mountjoy. En pire.

– On est où ?

Il répondit, tout en déliant les jambes d'Alexia, afin qu'elle puisse marcher.

– Quelque part sur terre..., entre le ciel et les ténèbres....

Elle déplia son corps endolori.

– Descends, ordonna-t-il.

Ses jambes se dérobaient sous elle. Les mains liées, elle avançait en titubant. Elle trébucha, il la retint, la guida par une pression des doigts sur l'épaule. Malgré l'obscurité, elle devinait qu'ils étaient en pleine nature, pas loin de l'océan. La nuit était froide. L'air était d'une rare pureté. Elle songea au Donegal ou à l'Irlande du Nord. Une maison à l'abandon se dressait devant eux.

– Avance.

Elle obtempéra. Il ouvrit la porte et poussa Alexia à l'intérieur.

49

J'assistai à la réunion des chefs du lundi matin, et saluai mes collègues. « Bon voyage, vieux ! » dirent-ils en me tapant sur l'épaule. Mon avion pour Dublin décollant en début d'après-midi, j'avais juste le temps de récupérer mon bagage chez moi. Quelque chose me chiffonnait, un sentiment diffus que je ne pouvais expliquer, mêlé d'appréhension et de doute. Je n'avais plus de nouvelles d'Alexia depuis la veille. Elle n'avait pas répondu à mes mails. J'avais envoyé un SMS du bureau : « Que se passe-t-il ? Où es-tu ? » Pas de réponse. Alex avait-elle changé d'attitude à mon égard ? Je la connaissais si peu et si mal. Tout était possible.

Dans la voiture qui me conduisait à l'aéroport, mon téléphone sonna. Le nom de Picard s'afficha ; je décrochai.

– Damien ?

– Salut, Thomas, je suis en route vers Roissy, je serai à Dublin dans quelques heures.

– Alex n'est pas venue travailler à l'Alliance ce matin, et elle ne répond pas au téléphone. Je t'appelle pour savoir si tu es au courant de quelque chose.

– Je n'ai plus de nouvelles depuis vingt-quatre heures. Pour ne rien te cacher, je suis inquiet, moi aussi.

– Je reviens de Fatima, elle n'était pas chez elle. Sa voisine prétend ne pas l'avoir vue depuis plusieurs jours. Je ne comprends pas, elle prévient toujours quand elle s'absente.

– Elle n'est pas restée à Doolin par hasard ?

– Le meilleur moyen pour le savoir, c'est encore d'y aller.

– J'atterris dans deux heures. Passe me prendre à l'aéroport, on ira ensemble.

– La *garda* est au courant que tu débarques ?

– Oui, j'ai prévenu Lynch, mais je n'ai pas précisé le jour et l'heure.

– Bien, ça nous laisse un peu de temps.

Le trajet jusqu'à Roissy me parut interminable. Pareil pour les formalités à l'aéroport. Il y avait la queue à l'enregistrement. Rebelote au filtre de la sécurité où les voyageurs s'agglutinaient sur une longue file. Il y avait urgence ! Je rêvai d'atteindre Dublin sans délai, sans avoir à subir tous ces contrôles. Pendant le vol, mon inquiétude ne fit que grandir. Les phrases de Picard me hantaient. Me revenaient en mémoire les explications évasives de Thomas, l'allure mystérieuse d'Alexia, le 4×4 qui nous avait suivis un moment sur l'autoroute.

J'aurais préféré voir la silhouette d'Alexia, ce fut celle de Picard qui m'accueillit à ma descente d'avion.

– Du nouveau ? demandai-je

– Non, rien. Alex n'a toujours pas donné signe de vie. Ah, je n'aime pas ça ! Elle voulait me parler, il y a quelques jours. Elle avait un secret à me dire. Je venais d'apprendre que le quatrième corps avait été trouvé, je n'étais pas disponible. On devait se voir prochainement.

Il émit un bruit sec avec sa langue.

– Vraiment, je n'aime pas ça du tout.

– Tu as prévenu la *Garda* ?

– Je viens de parler à Lynch. Je lui ai dit que tu étais près d'atterrir et que nous avions l'intention de faire un saut à Doolin.

– Alors ?

– Il dit qu'on s'inquiète peut-être pour rien. Je dois le rappeler quand nous serons sur place. Ne perdons pas de temps.

On a roulé sans s'arrêter et sans parler, ou presque. Je consultais ma messagerie toutes les dix minutes, dans l'espoir de découvrir un message d'Alexia. En vain. Un compte à rebours avait commencé. Nous n'avions encore aucune preuve de sa disparition. Nous n'étions pas encore parvenus au stade de la procédure de recherche ou de l'enquête pour homicide mais, réflexe de flics oblige, nous y pensions déjà. De gros nuages assombrissaient l'ambiance au-dessus de nos têtes, poussés par le vent, laissant de larges trouées béantes par lesquelles une lumière de fin de journée s'insinuait.

Le Burren nous apparut dans toute sa splendeur au moment où le jour s'amenuisait. Je reconnaissais chaque village, et presque chaque carrefour de cette région qui m'avait offert tant de moments d'émotion. À un croisement, au milieu de panneaux écrits en anglais et en gaélique, le nom de « Doolin » raviva mes souvenirs.

Picard s'arrêta devant la maison au muret de pierre. Ça faisait bizarre de se retrouver chez elle, sans elle ! Le chat est venu se frotter à mes jambes en miaulant. L'Austin était garée derrière, dans la cour. Les portières n'étaient pas fermées à clé. La porte d'entrée était restée ouverte.

On se foutait pas mal de laisser nos empreintes ou notre ADN ici où là. Nos traces étaient déjà inscrites dans cette demeure, de toute façon. Thomas a allumé la lumière et le cauchemar a commencé. Des chaises avaient été renversées, la table du salon était de guingois, des objets étaient éparpillés sur le sol, le tapis de l'entrée avait été déplacé. Des gens s'étaient battus entre ces murs. On a inspecté la maison de fond en comble. Nom de Dieu ! répétait Thomas en passant de pièce en pièce. Des traces sur le parquet faisaient penser à un corps que l'on avait tiré jusque dans le vestibule, jusqu'à la porte qui donnait sur le jardinet derrière. L'auteur de ce désastre n'avait pas pris le soin de maquiller la scène. La lecture était simple, immédiate. La panique paralysait mes gestes tandis que mon cerveau s'affolait. Cette scène me ramenait des années en arrière, le jour où j'avais découvert le cadavre de Cécile. Thomas me regarda étonné.

– Ça ne va pas ?

Je respirai un grand coup.

– Ça ira...

Un objet brillait près du tapis. C'était le téléphone portable d'Alex. Le journal des appels affichait le nom d'Irène et celui de Thomas à plusieurs reprises au cours des dernières vingt-quatre heures. Plus haut, mon numéro revenait souvent. Celui de Paul Ryan apparaissait aussi. Alexia avait reçu un appel d'une certaine Mary Davitt le dimanche matin, leur conversation avait duré une heure et douze minutes. D'autres noms et numéros défilèrent sous mes doigts. Sur le répondeur, un certain John avait laissé un message deux jours auparavant. Pas de numéro de ce correspondant, l'appel était masqué. Je mis le haut-parleur pour écouter. Quelques mots en anglais, rapides, efficaces. Le messager évoquait un contrat.

Je me tournai vers Thomas.

– T'es au courant pour cette histoire de contrat ?

Devenu blême, il appela Lynch. Sa voix me paraissait lointaine, presque irréelle. En professionnel qu'il était, il décrivait la scène, énumérait les indices avec un calme dont je me sentais incapable.

– Qu'est-ce qu'il dit ? demandai-je après qu'il eut raccroché.

– Il se couvre, il veut que nous appelions le commissariat de Lahinch.

Thomas composa le numéro donné par l'inspecteur et recommença son speech.

Une vingtaine de minutes plus tard, deux *guards*, un vieux un peu flegmatique et un jeune boutonneux, arrivaient à bord d'une Mondeo, en faisant hurler leur sirène. Ils nous lancèrent de drôles de regards, comme si nous étions suspects. À croire qu'il ne se passait jamais rien de ce côté-ci de l'île, dans ce petit bourg tourné vers l'Atlantique. J'eus la sensation d'être pris la main dans le sac.

– Vous êtes sûrs que votre amie a été enlevée ? insista l'aîné.

– C'est pourtant évident, fit Thomas.

– Quel rôle vous jouez, vous, là-dedans ?

Ils furent étonnés d'apprendre que nous étions policiers, français de surcroît.

Picard exposa la situation, et les deux Irlandais inspectèrent les lieux. Ils nous écoutaient poliment, mais ne semblaient pas mesurer l'ampleur des dégâts. Le boutonneux évoqua une scène de ménage qui aurait pu mal tourner.

– Dans ce cas, pourquoi notre amie se serait-elle volatilisée ?

– La disparition d'un sujet adulte est toujours délicate, renchérit le plus expérimenté des deux. Une fugue est toujours possible. J'ai déjà rencontré un cas similaire. On avait retrouvé la prétendue victime, quelques semaines plus tard, filant le parfait amour avec son amant.

J'enrageais intérieurement.

– Ce n'est pas le cas de mademoiselle Costa. Nous la connaissons suffisamment.

– Bon, on embarque le téléphone.

Le jeunot enfila des gants et déposa l'objet dans une poche en plastique.

– Venez demain matin au commissariat de Lahinch pour la déposition, ordonna le plus vieux avant de quitter les lieux.

Nous étions frustrés et particulièrement inquiets.

Pas besoin de chercher bien loin un hébergement pour la nuit, le B&B O'Sullivan n'était qu'à quelques centaines de mètres de la maison d'Alexia. Malgré l'heure avancée, la lumière brillait encore au rez-de-chaussée ainsi qu'à l'étage. Les sirènes des deux *guards* n'étaient pas passées inaperçues ; alertés par le bruit, les propriétaires veillaient encore. La porte s'ouvrit sur une femme à la cinquantaine robuste. Elle s'effaça pour nous laisser entrer.

– Deux chambres ? Pas de problèmes.

Un escalier distribuait les étages supérieurs.

– Je m'appelle Roisin, dit-elle pour nous mettre à l'aise. Les chambres d'hôtes se trouvent dans l'autre aile. Suivez-moi.

Elle nous fit traverser la cour pour pénétrer à l'intérieur du bâtiment.

– Si le cœur vous en dit, venez boire quelque chose avec nous, proposa-t-elle, après avoir ouvert nos chambres. Mon mari et moi, on vous attend au salon.

Ce n'était pas de refus, nous avions réellement besoin d'un remontant.

Leur living-room était décoré dans un style campagnard. Meubles en bois clair, tissus à carreaux, quelques objets bien choisis et des photophores qui brillaient aux quatre coins de la pièce.

– Je vous présente Ciaran, nous dit Roisin.

Le propriétaire avait tout du *gentleman farmer*. De l'habillement, pantalon de velours et gilet en peau, jusqu'aux joues couperosées par le vent et la pluie. Il nous salua, s'empara d'une bouteille de Jameson et commença à verser le liquide doré dans quatre verres à whisky.

– Nous sommes des amis d'Alexia Costa, commença Thomas. Nous sommes français. Mon ami vient de Paris. Quant à moi, je suis rattaché à l'ambassade de France à Dublin. Nous sommes tous les deux policiers.

Nos hôtes échangèrent un regard inquiet.

– Je crois qu'Alexia nous a déjà parlé de
vous et de votre femme, fit Roisin, en s'adressant à Thomas qui esquissa un sourire gêné.

– C'est bien possible.

– Quelque chose de grave est arrivé ? s'enquit Ciaran.

– Alexia n'est pas rentrée à Dublin hier
soir. Elle n'était pas à son travail ce matin.
Sa voiture est toujours dans la cour, derrière
la maison. Elle a disparu sans emporter son
téléphone, et le salon est sens dessus dessous.
Il y a eu une bagarre à l'intérieur.

Je pris le relais :

– Pour répondre à votre question, oui, il
s'est passé quelque chose de grave.

Roisin joignit ses mains ; elle les posa sur
sa bouche en étouffant un cri.

50

Dès qu'il avait parlé dans sa langue maternelle, Alexia avait compris qu'il s'agissait de l'homme que toutes les polices recherchaient depuis plusieurs mois, depuis le début de cette série de crimes qui terrorisaient toute l'île. Elle connaissait son nom mais préférait ne pas le nommer. Pour elle, il n'avait pas d'identité, elle l'appelait « l'homme ».

Au moment où la lumière de la torche avait éclairé son visage mal rasé, elle avait eu un flash. C'était au Diamond's qu'elle l'avait rencontré. Iulia l'entraînait parfois dans cette boîte branchée de Dublin. L'homme était assis sur un tabouret à l'angle du comptoir. Malgré sa maigreur, il dégageait une force incroyable. Silencieux et immobile, il observait les filles. Comment oublier son regard tranchant comme un laser ?

Depuis qu'il la tenait prisonnière dans cette maison au bord de l'océan, elle avait perdu la notion du temps, elle se repérait à la clarté qui filtrait par une fenêtre étroite, seule source de lumière. Il y avait eu la nuit, suivie d'une journée. Une autre nuit se préparait. Elle avait aussi perdu le sommeil. En vingt-quatre heures, elle n'avait fait que piquer des sommes.

L'homme avait allumé un feu dans la cheminée qui constituait le seul mobilier de la pièce où elle se trouvait. Le halo des flammes faisait office de chandelle et dansait sur les murs, vif comme ces petits personnages de la légende irlandaise, feux follets inquiétants et insaisissables.

Son bourreau s'était installé dans la pièce voisine. Elle l'avait entendu téléphoner, élever le ton et s'emporter. Il était question d'un bateau et d'une traversée qui semblait compromise ou retardée. L'Écosse n'était qu'à une demi-heure de mer. Idéal pour s'échapper. Pour lui, les choses ne devaient pas se passer comme prévu. Il avait fait les cent pas dans le vestibule à l'issue de cette conversation, puis il avait poussé sa porte et l'avait regardée longuement, sans rien dire.

Combien de temps allait-elle rester captive ? S'il ne l'avait pas encore supprimée, y avait-il un espoir qu'il lui laisse la vie sauve, comme promis ? Pourquoi serait-elle épargnée ? « Je dois trouver un moyen pour m'en sortir », se répétait-elle.

Un vieux journal avait été abandonné le long du mur, le *Ballymena Times*, confirmant sa première impression qu'ils étaient en Irlande du Nord, dans le comté d'Antrim. Elle était allongée sur un matelas de fortune, à même le carrelage, les pieds et les poings liés, un duvet sur les jambes. La maison était silencieuse. Seul son ventre émettait des sons en gargouillant. Elle avait faim. En milieu de journée, l'homme avait déposé un sachet de chips éventré et une cannette de Coca décapsulée, près de sa couche. Elle avait dû se débrouiller pour manger et boire en rampant sur le côté, les mains attachées. Une odeur d'ammoniaque se dégageait du bidon en métal qui lui servait de cabinet d'aisance. Humiliation suprême, quand elle voulait se soulager, elle devait appeler. Il la libérait, la laissait seule quelques minutes, puis revenait la ligoter. Il s'adressait à elle par monosyllabes et ne répondait pas à ses questions. Elle enrageait de se voir réduite au rang de bête.

La tête lui tournait. Elle tira sur ses liens, un cri lui échappa. Ses poignets la faisaient souffrir, le sang apparaissait à fleur de peau à certains endroits. Son dos aussi lui faisait mal, éprouvé par les longues heures de voyage sur le plancher du van. Des hématomes ravivaient les douleurs lorsqu'elle changeait de position. Et toujours cette odeur d'éther dans le nez, qui lui donnait envie de vomir.

L'aube et son cortège d'angoisses approchaient. Elle le devinait à la lumière bleutée qui tapissait la fenêtre. Alexia n'avait toujours pas fermé l'œil. Une multitude d'images et d'idées l'avaient assaillie toute la nuit. Dans sa tête, les événements des dernières semaines se mélangeaient : sa rencontre avec Damien, les meurtres des jeunes femmes, cette amitié naissante avec Mary Davitt, les menaces proférées par John, la mort de Charlie, et son enlèvement pour finir.

Évoquant son enquête, Damien lui avait alors dit que, sans protection en Irlande, le meurtrier n'aurait pas tenu plus de six mois, et qu'il était probablement couvert par une organisation de malfaiteurs qui le laisseraient tomber à la première occasion...

Les connexions se refaisaient petit à petit dans son cerveau. Il semblait de plus en plus évident que le réseau en question ne pouvait être que celui de Charlie. L'« homme » aurait-il passé un accord avec le caïd ? Une sorte de pacte dans lequel Alexia servirait de monnaie d'échange. Ces dernières années, elle était devenue la mauvaise conscience de Charlie, son obsession. John l'avait prévenue, il y avait un contrat sur sa tête. C'était donc ça. Tout devenait clair. Mais maintenant que le chef était mort, que pouvait mijoter le Français ?

Dans la pièce voisine, Alexia reconnut son pas, lent et martelé. Son cœur s'emballa. Elle se mit dans la peau d'un condamné à mort qui entend son bourreau approcher dans le couloir de la mort. Or, les pas s'éloignèrent, la porte d'entrée claqua. Un bruit de moteur, puis plus rien. Vide et solitude. Silence de mort ? Elle s'affola. Abandonnée dans ce taudis infâme où elle allait crever, toute seule, comme un rat. Personne ne saurait où la trouver. Elle y mourrait de faim, de soif et de peur. Combien de temps durerait son agonie ? Par quelles souffrances allait-elle passer ? La vision de son corps puant et décharné lui vint à l'esprit. Une crise d'angoisse la submergea. Elle hurla, suffoqua. Un liquide chaud se répandit sous elle. Ça ne faisait que commencer.

51

Très vite, un courant de confiance s'instaura entre Roisin, Ciaran, Thomas et moi. Nous ne sentions pas l'envie d'aller nous coucher et restâmes à converser autour d'un Jameson pour nous remonter le moral.

– Les deux *guards* ne sont pas parvenus à la même conclusion que nous. Pour eux, rien ne permet de conclure à un enlèvement. Je compte bien les faire changer d'avis en me rendant au commissariat de Lahinch demain matin, déclara Thomas.

– Mon père a prévenu les gardes-côtes et la *Garda* qu'un véhicule suspect rôdait par ici depuis quelque temps, ajouta notre hôtesse. Ils ne l'ont pas pris au sérieux.

Je lus ma propre angoisse dans le regard de Thomas. Nous pensions la même chose : « Et si Alexia était la prochaine victime ? »

– Alex a déjeuné avec nous, hier. Elle a quitté la maison vers quatre heures. Elle voulait rentrer à Dublin en fin de journée. On ne voit pas la cour d'ici, sinon, en constatant que l'Austin était restée là, on se serait méfiés, Ciaran et moi.

Au milieu de la conversation, une agitation se fit entendre au-dessus de nos têtes.

– Le vieux non plus ne peut pas dormir, déclara notre hôte.

– Va le chercher, dit sa femme.

Puis, s'adressant à nous :

– C'est mon père.

Quelques minutes plus tard, un vieillard entra dans la pièce sur son fauteuil roulant. Son gendre suivait, quelques pas derrière.

Le nouveau venu se présenta :

– Joseph O'Sullivan. Mais vous pouvez m'appeler Jo, si ça vous fait plaisir.

Malgré son âge et son handicap, il se tenait droit dans sa chaise ; ses mains, parsemées de taches de rousseur, tenaient fermement l'extrémité des accoudoirs.

– Que signifie ce remue-ménage ? demanda-t-il à sa fille.

– Alexia a disparu, papa. Ces messieurs sont des policiers français.

Son regard d'aigle nous transperça.

– Elle nous avait parlé de ses amis, si tu te souviens.

Il hocha la tête.

– Tu veux boire quelque chose ?

– Pas cette bibine pour touristes, répliqua-t-il en pointant la bouteille de Jameson du menton. Sers-moi un verre de *poteen*.

Il voulut d'abord s'assurer que nous connaissions bien Alexia. Thomas évoqua ses origines, la raison pour laquelle elle s'était installée à Dublin, les problèmes qu'elle avait rencontrés avec la justice et le rôle qu'il avait joué dans cette affaire. Le vieux comptait les points. Les O'Sullivan étaient au courant de tout ce qui concernait notre amie. Depuis la mort de Tom Cronin, Jo était devenu son grand-père de substitution. Les familles se connaissaient depuis des dizaines d'années. L'amour du Clare les unissait, mais pas seulement, les deux clans étaient liés par un esprit revanchard entretenu depuis l'aube des temps.

– Alexia a raison de vouloir défendre la mémoire de son père, déclara-t-il en lançant un regard appuyé à son gendre. À sa place, j'en ferais autant.

Ils n'étaient visiblement pas d'accord sur ce point.

Joseph sentait bien que quelque chose ne tournait pas rond depuis quelque temps, cette camionnette par exemple, elle n'était pas là par hasard. On se foutait de lui parce qu'il surveillait les environs du bout de ses jumelles, n'empêche qu'il était le seul à connaître le numéro d'immatriculation du véhicule.

Je bondis sur ma chaise.

– Vous l'avez communiqué à la *Garda* ?

– Non. Ils m'ont pris pour un con. Je connais le numéro par cœur, si ça vous intéresse.

Il annonça une série de chiffres et de lettres sans hésitation.

– Il y a plusieurs pistes possibles, déclara Joseph O'Sullivan. Alexia a beaucoup d'ennemis, quand on y pense, et pas des moindres. Je l'ai mise en garde, pas plus tard qu'hier. Chercher des noises à des gangsters ne pouvait que lui attirer des ennuis.

– Qui vous dit qu'elle a été enlevée par ces types-là ? demanda Thomas.

– Je reconnais leurs méthodes. Ils n'aiment pas qu'on joue les fouille-merde. Les ordres peuvent venir d'ailleurs, je vous l'accorde. Les choses sont si compliquées ces temps-ci, les amis d'hier deviennent vos ennemis, et ceux qui prétendent vouloir vous sauver vous trahiront à la première occasion.

Nous étions dans la nuit de lundi à mardi. Charlie était mort le samedi précédent. Thomas et moi avions appris par Lynch que le caïd et Morlaix se connaissaient. Susie O'Brien avait lâché le morceau. L'information n'avait pas été publiée, la police irlandaise n'ayant pas plus voulu communiquer sur ce point que sur les circonstances de la mort de Charlie. Ni Thomas ni moi n'osions dire tout haut ce qui trottait dans nos têtes depuis un moment. Et si Morlaix avait obéi aux ordres du chef ? Comment le savoir ? Les Irlandais couvraient jalousement leurs renseignements. Par prudence ou par souci de leur indépendance.

– Nous savons qu'elle fréquente des dissidents, risqua Thomas. Alexia en a parlé à Irène, ma femme. Elles sont très proches toutes les deux. C'est une chose d'avoir de la sympathie pour les dissidents, c'en est une autre de se trouver mêlée à leurs affaires.

Jo balaya son hypothèse d'un geste agacé.

– Ça ne peut pas venir d'eux.

– Qu'en savez-vous ?

Il ne répondit pas, mais son assurance laissait penser qu'il était bien informé. Nous sentions qu'il ne souhaitait pas épiloguer sur le sujet et que nos questions, si nous avions l'intention d'en poser, resteraient sans réponses.

– Vous avait-elle parlé de ses relations avec une journaliste ?

– C'est moi qui lui avais conseillé de se mettre en rapport avec cette femme. De nos jours, les médias font la pluie et le beau temps, il vaut mieux passer par eux pour se faire entendre.

– Cette démarche a peut-être tout déclenché.

Nouveau hochement de tête de la part du vieux Jo.

– On ne peut pas écarter cette supposition.

L'idée que Morlaix était au courant de ma relation avec Alexia Costa commençait à me travailler sérieusement. Ce n'était pas difficile de savoir que la Crim' avait rendu visite à la police irlandaise, la presse s'en était suffisamment fait l'écho. N'importe quel personnage un peu douteux et bien introduit pouvait avoir accès à certaines informations.

Plus j'y pensais et plus je me persuadais que
Morlaix était au courant de ma venue. Dans
ce cas, en enlevant Alexia, c'était peut-être
moi qu'il visait ?

Thomas devinait mes réflexions.

– Pardon ? Que dis-tu ?

– Rien, je me parlais à moi-même.

– Roisin propose qu'on aille se reposer
quelques heures. Elle a raison, la journée de
demain promet d'être longue.

Je détournai mon visage vers la baie vitrée.
Derrière l'autre aile de la maison, on distin-
guait un vieux corps de ferme. La nuit, d'un
brun profond, paraissait étrangement silencieuse.

52

Lahinch était une station balnéaire où je me serais volontiers attardé en d'autres circonstances. Nous avons longé un terrain de golf, avant d'atteindre le poste de police qui se trouvait à deux pas de l'océan. Un représentant du commissariat central d'Ennis était là pour nous recevoir. Il nous dit s'appeler Hanly et ne manqua pas de préciser qu'il avait fait le voyage Ennis-Lahinch exprès pour nous. Une vingtaine de kilomètres en tout. C'était un grand gaillard. La petite trentaine, genre premier de la classe, prêt à tout pour arriver. Il ne paraissait pas surpris de me voir, les deux *guards* de la veille lui ayant transmis l'information. Nous avons vite compris qu'il avait des instructions pour nous maintenir à l'écart de l'enquête, à sa façon cassante de nous rappeler toutes les cinq minutes que nous n'avions aucun lien de parenté avec la disparue, ce qui signifiait, en clair, que nous devions rentrer sagement chez nous et attendre. Le portable de mademoiselle Costa était entre les mains du service spécialisé, il fallait patienter. « Attendre », « patienter », il n'avait que ces mots à la bouche. Nos liens avec Alexia l'intriguaient, il y revenait tout

le temps, voulait savoir depuis quand nous
la connaissions et quelle était la nature de
nos relations. À ses yeux, nous n'étions plus
des collègues mais des témoins, voire des
suspects potentiels. Nous répondions au
compte-gouttes, notre marge de manœuvre
était assez étroite. Il n'était pas question de
leur donner des billes concernant les relations d'Alex avec l'Irlande du Nord. Trop
risqué. D'un autre côté, il y avait peut-être
un lien entre cet engagement et sa disparition. Comment savoir ? Sur la route, Thomas
m'avait donné la consigne de ne pas « trop en
dire ». Hanly n'avait pas l'air au parfum pour
les activités subversives d'Alex. Soit qu'il eût
des consignes, soit qu'il fût sans munitions.
Il nous conseilla de nous mettre en rapport
avec l'unité centrale de Dublin qui allait
suivre cette affaire. *C'était bien notre intention.*

— Nous vous tiendrons au courant dans les
jours à venir.

Je m'écriai :

— Les jours à venir ! Mais c'est une plaisanterie ! Vous savez pertinemment que les
premières heures d'un enlèvement sont déci-
sives. Il faut agir maintenant et vite !

— Du calme, m'a lancé Picard.

— Cette enquête n'est pas de votre ressort,
a renchéri l'autre, d'un air pincé. Vous n'avez
aucune compétence ou autorité dans ce pays,
monsieur Escoffier.

En me disqualifiant de la sorte, ce blanc-bec me rappelait d'abord que la *Garda* était au courant de ma présence sur l'île, ensuite que ma venue à Lahinch sortait du champ officiel, enfin que j'avais intérêt à me tenir tranquille si je ne voulais pas être reconduit d'autorité à l'aéroport le plus proche. *À bon entendeur, salut !*

Picard voulut calmer le jeu :

– Écoutez-moi bien, dois-je vous rappeler que nous sommes dans le même camp ? Une jeune femme a disparu. Il se trouve qu'elle nous est chère à tous les deux. Excusez le capitaine, il est inquiet, tout comme moi.

Hanly se leva et nous raccompagna jusqu'à la porte.

– On vous appellera si nécessaire. Maintenant, messieurs, laissez-nous travailler.

À ce moment précis, je compris ce que haïr un flic voulait dire.

Après avoir quitté le commissariat, Thomas et moi avons marché un moment sur le port. Nous ne comprenions plus rien. Tout se mêlait : la vengeance d'Alexia, les histoires politiques entre le Nord et le Sud, l'incroyable prééminence de certains gangs dans la vie de tous les jours, les ramifications souterraines. Qui avait la main dans cet imbroglio ? Nous étions persuadés qu'un rapport existait entre la mort du caïd Brian Kerrigan et la disparition d'Alex, mais comment le prouver ? Nous décidâmes de rentrer sur

Dublin. Un entretien avec McConnell nous paraissait s'imposer.

Chez les O'Sullivan, Roisin nous avait préparé des sandwiches au saumon pour la route. Qu'était-il advenu d'Alexia ? L'angoisse comme la confiance tissant des liens puissants entre les êtres, nous étions tristes et ennuyés de quitter les O'Sullivan sans pouvoir leur donner un espoir. Au moment de nous séparer, Roisin nous a serrés dans ses bras, Jo et Ciaran nous ont longuement « secoué » la main.

Thomas restait crispé sur son volant. Je fixais la route. Silence dans l'habitacle. Nous ne trouvions plus rien à dire. Chacun de nous inventait des scénarios, tous plus horribles les uns que les autres, sans oser en parler...

La tourbe irlandaise me hantait. J'imaginais le corps d'Alexia enseveli sous des tonnes de terre.

Soudain, le téléphone de Thomas se mit à sonner.

– Lynch, me dit-il en jetant un œil sur l'écran.

– Thomas ?

– Je vous écoute, Bob.

– Où êtes-vous ?

– Sur l'autoroute, à mi-parcours entre Galway et Dublin.

– Le capitaine est avec vous ?

– Oui. Vos collègues de Lahinch nous ont gentiment conseillé de nous mêler de nos affaires. Nous serons à Dublin dans une heure maxi.

Il me sembla entendre un souffle d'agacement dans le téléphone.

— Il y a du nouveau, fit Lynch.

— Allez-y, on vous écoute.

— Susie O'Brien, vous savez, la femme qui a abrité Yann Morlaix pendant des mois et qu'on a placée sous les verrous.

— Oui.

— Elle est passée aux aveux ce matin. Voyez-vous, ça peut servir à quelque chose d'avoir la foi, elle a dit qu'elle voulait soulager sa conscience.

— Que vous a-t-elle appris ?

— Yann Morlaix lui aurait avoué que Charlie voulait qu'il supprime une fille. Laquelle ? Elle ne sait pas.

Je crus qu'une lame venait de me transpercer le cœur. Thomas se mit à bégayer.

— Comment ? Quoi ? Qu'est-ce que vous racontez ?

— Pas de panique. Rien ne dit qu'il ait eu le temps de passer à l'action.

— Putain, Bob, dites-nous ce que vous savez.

— Morlaix est venu lui faire ses adieux, il y a une semaine de ça. Il roulait dans une camionnette blanche, un véhicule volé très certainement.

Thomas suffoquait.

— Une camionnette blanche, dites-vous ?

– C'est ça. Elle nous a même donné l'immatriculation.

Lynch commença à énumérer les lettres et les chiffres. Nous les connaissions par cœur, Jo O'Sullivan nous avait communiqué les mêmes. Je vis les mains de Thomas trembler sur le volant.

– La fille en question, Bob, c'est Alexia Costa. Ça ne fait plus aucun doute. Ses voisins ont noté la présence de ce véhicule dans les alentours de Doolin. Je crains qu'il ne soit trop tard.

– Attendez, c'est pas fini. Nos services ont immédiatement répercuté l'information à travers tout le pays. Le van a été repéré au poste frontière de Newry, dans une station-service. Le gérant nous a envoyé la vidéo, on voit un type faire le plein, et la plaque d'immatriculation est bien la même. Il se dirigeait vers le nord. Toutes les brigades sont sur le coup. La police nord-irlandaise met ses hélicos à notre disposition. La chasse a commencé, Thomas. Rien n'est perdu.

– Où va-t-il selon vous ?

– Il se rendrait tout au nord que ça ne m'étonnerait pas. Curtis et moi, on est sur la route. Je vous appelle de la voiture. C'est McConnell qui m'a dit de vous contacter.

– McConnell ? Je croyais qu'il se méfiait de nous.

– Le petit merdeux qui vous a reçus à Lahinch s'est vanté de vous avoir écrasés comme des merdes. McConnell est furieux. Il a reçu des ordres : « pas d'embrouilles avec la police française ». Je suis chargé de réparer les pots cassés. Ça me va très bien, vous connaissez ma position à votre égard, elle n'a pas changé. Je vous appelle dès que j'en sais un peu plus.

– Changement de cap, décréta Thomas, après avoir raccroché. On file vers le nord.

Arrêt dans un centre commercial, le temps de ravitailler la voiture et les hommes. Les noms de sites touristiques défilaient sous nos yeux : Newgrange, la Vallée de la Boyne, Drogheda, Dundalk... Thomas était tendu. Quant à moi, j'hésitais entre colère et panique.

J'ai découvert Newry au détour d'un virage. Nous étions passés de l'Eire au Royaume-Uni sans que je m'en rende compte. Tout me paraissait identique de chaque côté du *Border*. Il n'y avait pas si longtemps pourtant, les passions se déchaînaient de part et d'autre de cette frontière. Nous continuions droit devant, sans savoir où nous nous arrêterions, mus par un instinct étrange, comme appelés par le nord. Nous avons contourné Belfast. Lynch rappela au moment où l'on atteignait la côte d'Antrim.

– La camionnette a été vue à plusieurs endroits entre Portrush et Ballycastle. Un hélico balaie le secteur.

– Oui, je l'entends au-dessus de nous, confirma Thomas.

– Où êtes-vous à présent ? insista Lynch.

– Je vois le château de Dunluce en contrebas.

Des ruines se dessinaient à contre-jour. Le château, en équilibre sur son promontoire, étrange silhouette de pierre sur fond de ciel rougeoyant, me rappelait une peinture romantique.

– Parfait. Continuez sur Bushmills. On se retrouve près de la distillerie.

Les bâtiments en imposaient. Cheminées de four en forme de pagodes, blocs d'immeubles en pierre sombre, espaces verts et large parking. Une énorme inscription « Old Bushmill's » peinte sur les toits, ne laissait aucun doute sur l'affectation des lieux.

Des voitures de police barraient la route. Deux camions de l'armée nord-irlandaise stationnaient sur le parking. La police du Nord et celle du Sud s'étaient associées dans cette affaire. Des voix s'élevaient, des ordres étaient lancés, des voitures démarraient bruyamment. Le déploiement de forces était impressionnant. Des policiers nord-irlandais en uniforme nous intimèrent l'ordre de nous garer un peu plus loin. Thomas s'exécuta. Deux civils se sont détachés du groupe pour nous rejoindre. Lynch et Curtis. Enfin, deux visages amis !

– La région est bouclée, annonça Lynch
en nous serrant la main. On a installé des
barrages partout, il est foutu !

– Nous l'aurons avant la nuit, a renchéri
Curtis.

– Rien ne dit qu'Alexia soit encore en vie,
s'inquiéta Thomas qui pensait surtout à elle.
Je redoute le pire.

53

La lumière baissait. Il lui semblait qu'elle était restée enfermée dans cette maison depuis des jours et des jours. Son estomac protestait douloureusement. Sa langue était gonflée par la soif. Elle n'osait plus bouger de peur de réactiver les souffrances autour des chevilles et des poignets qui commençaient à saigner. Des cernes sombres devaient creuser ses yeux. Elle respirait mal, par saccades. Pas un bruit dans les parages.

Le feu de cheminée était éteint depuis longtemps et elle avait froid. La peur avait aussi engourdi son système nerveux, elle ne parvenait plus à réfléchir, à mettre de l'ordre dans ses idées. L'angoisse lui donnait mal au ventre. Par un ultime réflexe de dignité, elle retenait ses intestins prêts à capituler.

Pour se redonner du courage, elle pensa à ses amis combattants, à ceux qui ne craignaient pas de remonter le courant, ne redoutaient ni l'opprobre ni la geôle, allant parfois jusqu'au sacrifice de leur vie. Elle essaya de se souvenir de Tom marchant sur les falaises de Moher, lui apprenant les variétés de fleurs sauvages. Apaisement de courte durée.

Un bruit de moteur se rapprochait. Elle l'eût reconnu entre mille, c'était celui de la camionnette. L'homme revenait. Un soulagement paradoxal mais immense se répandit dans ses vaisseaux. Elle en pleurait. Claquement de portière, des pas sur le gravillon. Elle percevait la colère dans les gestes. Il rentra. Elle appela. Il l'ignora. Que faisait-il ? Que se passait-il ? Elle devinait à la brutalité de ses pas que les choses n'allaient pas comme il voulait. Il y eut un grand remue-ménage dans le corridor et les autres pièces. L'oreille aux aguets, elle tentait d'en comprendre la signification.

Une odeur d'essence se répandit dans la maison. Paralysée, elle s'arrêta de respirer et ferma les yeux. Brulée vive ! Son cœur allait exploser dans sa poitrine. Qu'attendait-il pour frotter une allumette ? Qu'on en finisse une bonne fois pour toutes. Que cesse ce cauchemar !

Il y eut d'autres bruits qu'elle ne perçut qu'à moitié, Alexia s'enfonçant petit à petit dans un état semi-comateux. Une vague odeur de fumée. Elle perdit connaissance.

– Il se passe quelque chose sur la Chaussée des Géants, nous cria Lynch en revenant du poste de contrôle. Montez dans la Ford, on y va. Curtis reste au poste.

Il conduisait par à-coups. « Chaussée des Géants », ce nom me faisait penser à une armée de Gargantua enjambant la mer. Je n'étais pas loin du compte. La légende attribue en effet cette particularité géologique à un géant qui aurait construit une jetée pour aller combattre son rival écossais, un colosse lui aussi. J'ai appris depuis que les Irlandais considèrent ce site comme la huitième merveille du monde. Quarante mille colonnes hexagonales de basalte, plantées le long de la côte d'Antrim depuis soixante millions d'années.

Alors que nous approchions du site, une voiture de police vint à notre rencontre. Le conducteur baissa sa vitre pour nous dire qu'une maison brûlait à l'intérieur des terres. Les pompiers étaient sur place et géraient la situation.

– Il y a des victimes ?

– On n'en sait rien encore.

Ma gorge se noua. J'aurais voulu aller voir par moi-même, mais nous étions pris par l'action, emportés malgré nous dans un tourbillon de folie.

– Le fugitif est dans le coin, a prévenu le *guard*.

– Est-ce qu'on sait s'il est armé ? demanda Lynch.

Notre messager parut surpris. Armé ou pas, ce n'était pas le sujet.

– Ce qui compte, c'est que *nous*, nous soyons bien équipés, railla-t-il. Dans ses yeux, je lisais l'assurance et la détermination. Je compris qu'ils avaient reçu l'ordre de buter Morlaix au cas où il chercherait à leur échapper, ce qui paraissait hautement improbable étant donné le déploiement de forces.

– Les collègues de Ballymena et Coleraine arrivent en renfort. On a bouclé les issues des deux côtés. Cette fois, il ne pourra plus s'enfuir !

Un vrai plan de guerre.

La route faisait une boucle à plusieurs endroits pour permettre aux visiteurs d'approcher au plus près des falaises et contempler l'enfilade de baies en forme d'alvéoles qui s'égrenaient le long de la roche. Le fuyard serait bientôt piégé entre l'océan et l'armada des policiers qui se mettait en mouvement. Morlaix était trop malin pour ne pas avoir tout prévu. Or, cette fois-ci quelque chose

n'avait pas marché. Son plan avait-il foiré ?
Le bateau qu'il espérait n'était-il pas venu ?
Ses protecteurs l'avaient sans doute lâché au
dernier moment. Sans le secours de Charlie,
Yann Morlaix redevenait la bête traquée qu'il
n'avait jamais cessé d'être.

Les bateaux pour l'Écosse partaient du
port de Ballycastle situé à une dizaine de
kilomètres de Bushmills. La consigne était
de resserrer l'étau et de sécuriser les alentours. Lynch choisit la route des terres pour
aller plus vite. Nous arrivions à une inter-
section quand la voix de Curtis cria dans la
radio.

– Les collègues l'ont vu courir sur le chemin côtier, il se dirige vers Rope Bridge.

– Rope Bridge ? s'étonna Thomas.

Me regardant, il précisa :

– Un vrai cul-de-sac.

Curtis ajouta, un ton plus bas :

– On a la fille. Tout va bien. Les pompiers
l'ont trouvée dans la maison en feu. Choquée,
mais saine et sauve. Une ambulance la trans-
porte vers l'hôpital de Coleraine.

Un immense soulagement m'envahit tandis
que l'émotion montait dans ma gorge.

– Bien reçu, dit Lynch.

Machine arrière. Virage à gauche. Les
roues de la Ford rebondirent sur les ornières.
Les dernières paroles de Curtis avaient eu un
effet apaisant, et mes nerfs se détendaient.

Alexia était en vie, cela seul comptait. Quant au fugitif, je savais que les Irlandais ne lui laisseraient aucune chance.

Quelques minutes plus tard, en sortant de la voiture de Lynch, on distingua clairement les positions : une baie en fer à cheval avec des îlots rocheux finissant en tenaille. Un ciel immense, des zébrures rose vif qui se mêlaient aux stratus, plongeant dans une mer bleutée. Les falaises blanchâtres de Rathlin Island, au loin, comme une palissade dressée dans l'océan. Derrière nous, des vallons verdoyants se terminaient en pente raide jusqu'au bord du promontoire.

En cette fin de journée, les touristes avaient déserté les lieux. Deux employés, équipés de gilets orange, étaient plantés au bord du promontoire, fascinés par la scène. Un policier vint leur donner l'ordre de s'éloigner et de se mettre à l'abri.

J'avais vu juste, les Irish menaient cette intervention comme un raid en territoire ennemi. Ils progressaient vite. Ils avaient l'expérience des trente années de « Troubles » derrière eux. Un cordon de flics se déplaçait en direction de l'à-pic ; un hélicoptère tournait sur zone ; le vent s'était levé et le pilote maintenait son appareil assez haut afin de ne pas se faire plaquer au sol ; le bruit de son moteur ajoutait une note dramatique.

Dispersés sur les collines, des flics en uniforme prenaient position suivant une tactique implacable. Une vedette patrouillait en mer, surveillant l'accès aux grottes naturelles. Un écho fantomatique résonnait d'une colline à l'autre. Un policier nord-irlandais hurlait dans son haut-parleur comme au temps de la guérilla dans les rues de Belfast. Sans doute le chef des opérations.

Au bord de la falaise, j'ai saisi ce que Thomas entendait par cul-de-sac : un pont en corde suspendu au-dessus de la mer, sorte de cordon ombilical reliant la terre à une île de petite taille. On y accédait en descendant une volée de marches. Trente mètres plus bas, les vagues s'enroulaient autour des rochers.

Tout à coup, je vis une silhouette surgir du décor. Notre « homme » courait en sautant sur le sentier côtier. Yann Morlaix se dirigeait vers le pont, il volait littéralement.

– Mais qu'est-ce qu'il fabrique, bordel ? Il va se jeter dans la gueule du loup, dit Thomas derrière moi. S'il franchit ce pont, il est cuit.

Le meurtrier français que nous traquions depuis tant d'années, qui m'avait échappé, que nous avions cru à jamais disparu, effacé des archives criminelles, son fantôme courait à quelques dizaines de mètres de nous. Je n'en croyais pas mes yeux. Je vis Morlaix hésiter une seconde ou deux avant de se lancer sur la première marche. Il savait très bien qu'il n'y avait pas d'issue. Son geste était désespéré. Moi seul, en cet instant, étais en mesure de deviner ce qui se passait dans son cerveau. Je l'avais déjà vu tromper la mort, se fondre dans les ténèbres de la terre, dans l'enfer de Montmartre. Sa cavale permanente serait-elle finie ? Yann Morlaix préférait mourir en choisissant le moment.

Le type au haut-parleur brailla quelque ordre approprié. Morlaix progressait sur le pont en s'agrippant à la corde qui faisait office à la fois de rampe et de garde-fou. La structure bougeait au vent et sous chacun de ses pas. Au milieu, il s'arrêta, se retourna pour évaluer ses chances : il n'en avait aucune. Quand il regarda dans ma direction, je sus qu'il m'avait reconnu à la façon dont il s'était raidi brusquement. À cette distance, il m'était difficile de lire sur son visage, mais je savais qu'il souriait avec cette ironie qui m'avait autrefois humilié. J'eus l'impression qu'il m'envoyait un dernier message : nous étions parvenus au bout d'une partie qui n'aurait aucun vainqueur. J'ai compris qu'il avait l'intention d'enjamber le filet, de se jeter dans le vide pour enfin se fondre dans le monde des ténèbres. Plutôt la mort que la justice des hommes !

Un bruit de moteur retentit à ce moment-là. Une moto, jaillie de nulle part, arrivait à toute allure sur la colline d'en face. Derrière le pilote, le passager était armé. Le Français se tourna vers eux mais ne bougea pas, satisfait comme s'il attendait ce moment. Le sniper le visa à travers la lunette. Morlaix sursauta sous l'impact. Au deuxième shoot, son corps s'affaissa. Au troisième, il s'effondra. La moto disparut aussitôt dans un nuage de poussière, nous laissant interloqués et stupides. Personne n'avait eu le temps ou l'intention de réagir. Les deux types connaissaient parfaitement le terrain et les environs. En quelques secondes, ils avaient disparu du décor, ils s'étaient volatilisés. Un coup spectaculaire, parfaitement réglé. Un travail rapide et efficace. Sur le pont en corde, le corps de Yann Morlaix reposait comme un tas de chiffons, flottait bas comme le pavillon d'une cause perdue.

Je restais interdit.

Les Irlandais couraient dans tous les sens. Trop tard ! Des voitures quittaient les lieux en faisant crisser les pneus. Finis la discipline et l'ordre martial des premières heures.

– Ils peuvent toujours essayer, ils ne les rattraperont jamais, affirma Picard, sûr de lui.

Le chef des opérations était furieux, il s'adressait à un groupe de policiers en gesticulant. Autour de nous, des *guards* balisaient la scène de l'exécution en déroulant une bande de sécurité.

Lynch arriva vers nous, tout essoufflé.

– Ils l'ont tué. Il n'y a plus rien à faire.

Nous avions l'impression d'avoir été spoliés par cette fin violente et expéditive.

– Qui a fait le coup ? demanda Thomas.

– Sûrement ses anciens amis. Les gangsters préfèrent régler leurs comptes eux-mêmes.

– Mais comment savaient-ils que Morlaix était ici ?

– Ils le traçaient depuis des jours. Charlie n'était plus là pour le protéger.

Je donnai alors ma version.

– Morlaix avait choisi de mourir. Jamais il ne serait tombé aussi facilement s'il ne l'avait pas décidé.

– Pas d'extradition, pas de procès, pas de justice et pas de prison. Après tout, c'est aussi bien comme ça, fit Picard.

– Le légiste sera là d'une minute à l'autre. Vous connaissez la procédure, ça risque de prendre un certain temps. Je peux vous conduire jusqu'à l'hôpital de Coleraine, si vous voulez, proposa Lynch.

C'était mon vœu le plus cher, mais il me restait une dernière chose à accomplir.

– Je voudrais voir le corps de plus près.

Il y eut un silence.

– Je vous assure qu'il est bel et bien mort, cette fois-ci, me certifia Lynch.

– Permettez-moi de vérifier.

– Bon, attendez-là, je vais voir ce que je peux faire.

Il s'est dirigé vers McConnell qui parlait au téléphone, près d'un véhicule de police. Ils ont parlementé quelques secondes, puis Lynch nous a fait signe de le rejoindre sur le pont.

– Vas-y tout seul, me dit Picard.

J'ai marché comme un zombi, emprunté le petit escalier, posé mes pieds sur les planches en bois. Deux policiers en civil pariaient sur le modèle d'arme qui avait tué le fugitif. Ils hésitaient entre Remington et Cheyenne Tactical. J'ai avancé jusqu'au cadavre, je me suis accroupi pour le voir de plus près. Morlaix était sans vie, je ne rêvais pas, c'était bien lui. Un filet de sang s'échappait de sa bouche. Dix minutes auparavant, il courait en se cramponnant à la corde, il me narguait avec ce sourire que je lui connaissais. Mi-ange, mi-démon. À présent, tout était fini. Morlaix ne tuerait plus, il n'hypnotiserait plus ses victimes avant de les faire disparaître. Il ne hanterait plus mes nuits. Ni à Paris ni nulle part ailleurs. Je me suis relevé, j'ai reculé légèrement. Il m'avait fallu trois ans pour atteindre mon but. Celui que j'avais poursuivi gisait maintenant à mes pieds. Pourtant, aussi invraisemblable que cela puisse paraître, j'avais du mal à me faire à l'idée que le combat était terminé.

Revenu sur mes pas, je me suis posté en haut de la colline, saisi par le spectacle de l'Irish rhapsodie. La nature continuait son grand concert symphonique, elle n'avait rien à faire de ce petit groupe d'hommes qui s'agitaient sur un bout de rocher. Le soleil entrait dans la mer, incandescent. J'ai respiré enfin !

Thomas m'attendait tranquillement.

– Je viens d'appeler Paris, m'a-t-il annoncé. Pichot se félicite du résultat.

Comme le légiste arrivait, Lynch a demandé à un policier en civil de nous raccompagner jusqu'à Bushmills. Nous avons récupéré son 4×4 puis, sans me demander mon avis, Thomas a pris la direction du Causeway Hospital de Coleraine. Il faisait nuit quand nous sommes arrivés. Était-il encore possible de rendre visite à miss Costa ?

– Voyez avec les infirmières au quatrième étage, aile ouest, escalier B, nous a répondu l'employée.

Dans l'ascenseur, j'eus un mauvais pressentiment. Mon angoisse s'accentua lorsque les portes s'ouvrirent sur un long couloir blanc et froid. Une infirmière était assise dans un bureau et consultait un registre. Levant le nez vers nous, elle dit :

– Les visites sont terminées, messieurs. Revenez demain.

– Nous venons prendre des nouvelles de miss Costa, a rétorqué Thomas. Alexia Costa.

Le visage de la femme s'est allongé.

– Miss Costa n'est plus ici, elle a quitté l'hôpital, il y a une vingtaine de minutes environ.

– Comment ça ?

– Elle a signé une décharge, quelqu'un est venu la chercher.

– Vous savez qui ?

– Son ami, je crois. C'est ma collègue qui s'en est occupée.

Elle a feuilleté le registre.

– Voilà, j'ai trouvé. Un certain Paul Ryan.

Bien qu'elle ait été très éprouvée psychologiquement, Alexia avait fait preuve d'une telle détermination que le médecin avait fini par accéder à sa demande. Ses blessures n'étaient pas profondes, elle n'aurait aucune séquelle sur le plan physique. « Sur le plan psychologique, c'est autre chose, » a ajouté la femme.

– Dans ce cas, nous n'avons plus rien à faire ici. Excusez-nous pour le dérangement.

Déjà épuisés par le *road movie*, la tension de la journée, la traque finale, la fugue d'Alexia nous achevait. Thomas se sentait trahi et s'avouait désolé pour moi.

– Paul et Alex se connaissent depuis plusieurs années. Ils s'étaient déjà séparés pour mieux se retrouver. Alex t'appellera sans

doute dans un jour ou deux pour te demander de comprendre...

– Tu aurais dû me prévenir.

– C'était mon intention, mais tu avais l'air
tellement mordu.

– Quel con j'ai été !

– Elle a des sentiments pour toi. Si, je t'assure. C'est un petit animal sauvage. Il n'est
pas né celui qui la gardera près de lui. Paul
et Alex mènent le même combat. Ils sont faits
de la même pâte.

– Tandis que moi, je n'étais qu'accessoire.
Je n'ai fait que passer dans sa vie.

– Je me demandais quelle tournure prendrait votre histoire.

– Eh bien, tu vois, c'est fini avant même
d'avoir commencé ! Elle m'avait dit qu'on
n'avait pas fait les choses dans l'ordre, qu'on
s'était aimés avant de se connaître.

L'ex-petit ami d'Alex vivait à Belfast qui
n'était qu'à une heure et demie de voiture
de Coleraine. C'est à lui qu'elle avait pensé
en premier, c'est lui qu'elle avait appelé
pour qu'il vienne la chercher. Alex m'avait
rayé de son existence en quelques heures,
elle n'avait pas eu le courage de téléphoner pour me faire part de sa décision, ni
d'appeler Thomas pour lui donner de ses
nouvelles.

Je ne comprenais plus rien. J'ai toujours
eu le vertige devant le vide. L'absence me fait
peur.

Nous avons marché dans la rue et poussé la porte d'un pub. J'avais besoin de m'enfiler une bonne dizaine de pintes pour m'étourdir. Puis, dans un petit hôtel voisin bon marché, je me suis écroulé sur mon lit, assommé, et j'ai pioncé jusqu'au matin.

Thomas a frappé à la porte de ma chambre vers dix heures, le lendemain.

– Prépare-toi, on rentre à Dublin.

J'ai demandé à mon ami d'éteindre la radio de la voiture, je n'avais pas envie d'entendre les commentaires des journalistes sur ce qui s'était passé. Mes yeux fixaient le paysage. J'avais la tête lourde, je ne voulais penser à rien.

– Qu'est-ce que tu vas faire maintenant ? m'a demandé Thomas au bout d'un long moment.

– J'en sais rien. J'ai des vacances à prendre, ça tombe bien, je crois que le moment est venu.

– Tu peux venir à la maison, si tu veux. Le temps de te refaire une santé.

C'était une manière de me faire comprendre que je n'avais pas l'air bien du tout. De fait, j'encaissais mal le dernier coup porté par Alexia. Une fatigue intense ajoutait à ma déconfiture.

J'ai passé deux jours et deux nuits chez les Picard. Irène, comme on pouvait s'y attendre, fut d'une délicatesse exemplaire. J'ai repris des forces et visité quelques sites, l'usine

Guinness, la maison de Bernard Shaw et l'ancienne prison de Kilmainham, suivant bêtement la foule de touristes.

Thomas fut convoqué à Harcourt Street par McConnell pour un débriefing sur le dénouement de l'enquête. À son retour, je ne lui demandai ni comment ça s'était passé, ni ce qui avait été dit. Morlaix était mort de son délire. Alexia Costa militait pour d'autres causes et se perdrait dans d'autres engagements tout aussi improbables. Fin de l'histoire ! Je ne voulais plus entendre parler d'affaires, sentimentale ou criminelle. J'ai revu Lynch et Curtis, on a bu un verre ensemble dans un pub de Temple Bar, en échangeant de mauvaises blagues.

Le troisième jour, j'allais déjà beaucoup mieux.

– Qu'est-ce que tu dirais d'une partie de pêche dans le Donegal ? Quelques jours entre hommes, m'a proposé Thomas.

– Tu parles sérieusement ?

– Prépare ton sac. Un pull, une bonne paire de chaussures et une brosse à dents suffiront.

Au moment de partir, Irène me demanda de la suivre dans la cuisine. Je savais qu'elle allait me parler d'Alexia.

– J'ai un message à vous transmettre.

Je pris un air narquois.

– Ah oui ! Vraiment ?

– Alexia regrette ce qui s'est passé. Elle voulait que vous sachiez qu'elle a toujours été sincère envers vous.

– C'est tout ce qu'elle a dit ?

– Oui.

– Comment va-t-elle ?

– Mieux. Elle est à Belfast. La police du Nord l'a cuisinée pendant des heures, elle est très fatiguée. Je lui ai conseillé de se reposer une dizaine de jours avant de reprendre le travail. Pour tout dire, je crois qu'elle ne remettra jamais les pieds à l'Alliance. Voyez-vous, Damien, je connais bien Alexia, elle appartient à cette race de gens qui se sentent investis d'une mission et que rien, jamais, ne détourne du chemin qu'ils se sont fixé. N'en prenez pas ombrage, vous n'avez rien à vous reprocher.

En me regardant partir, elle a ajouté d'une voix rassurante et amicale :

– Vous finirez par l'oublier et par ne plus vous poser de questions. Ne cherchez pas à tout expliquer de l'âme irlandaise. Respectez-en les mystères à défaut de pouvoir les comprendre.

En route vers le Donegal, on a roulé pendant des heures. Le ciel et l'asphalte se confondaient, mon regard se perdait à l'horizon. Je réfléchissais à ce que nous venions de vivre, je revoyais la silhouette de Morlaix sur Roper Bridge, son air provocateur au

moment de mourir. Je repensais au visage
d'Alexia, à la couleur de ses yeux, à cette
façon qu'elle avait de sourire en baissant un
peu la tête, et je réalisais que plus rien ne
serait comme avant...

Remerciements :

À Guillaume, alias William, pour la découverte de l'Irlande profonde.

À Alexandra pour les portraits psychologiques.

À Philippe Briand, Damien Raux, Guillaume Ryckewaert, Gérard Opresco pour l'enquête française.

À Patrick Issemberg pour les aspects psychiatriques et médicaux.

À Lili, Hugh et Mary, Wayne et Rosaleen, Dave 00 et Maria, Daisy, pour la partie irlandaise.

À Sophie Hordé.

À Bernard Marc.

À Georges, rencontré dans un pub irlandais.

Et à tous les Irlandais anonymes qui ont nourri les pages de ce roman.

Du même auteur :

– Sous le signe de la souris, *Liv'Editions*, 2008.
– Le Roman de Gournay, *Liv'Editions*, 2008.
– Le Fracas des Hommes, avec Bernard Marc, *Calmann-Lévy*, 2011.

PRIX DU QUAI DES ORFÈVRES

Le Prix du Quai des Orfèvres, fondé en 1946 par Jacques Catineau, est destiné à couronner chaque année le meilleur manuscrit d'un roman policier inédit, œuvre présentée par un écrivain de langue française.

• Le montant du prix est de 777 euros, remis à l'auteur le jour de la proclamation du résultat par M. le Préfet de police. Le manuscrit retenu est publié, dans l'année, par la Librairie Arthème Fayard, le contrat d'auteur garantissant un tirage minimal de 50 000 exemplaires.

• Le jury du Prix du Quai des Orfèvres, placé sous la présidence effective du Directeur de la Police judiciaire, est composé de personnalités remplissant des fonctions ou ayant eu une activité leur permettant de porter un jugement sur les œuvres soumises à leur appréciation.

• Toute personne désirant participer au Prix du Quai des Orfèvres peut en demander le règlement au :
Secrétariat général du Prix du Quai des Orfèvres
36, quai des Orfèvres
75001 Paris

E-mail : prixduquaidesorfevres@gmail.com
Site : www.prixduquaidesorfevres.fr

La date de réception des manuscrits est fixée au plus tard au 15 mars de chaque année.

Composition et mise en pages
Nord Compo à Villeneuve-d'Ascq

Impression réalisée par
CPI BRODARD ET TAUPIN
La Flèche
pour le compte des Éditions Fayard
en novembre 2014

Fayard s'engage pour
l'environnement en réduisant
l'empreinte carbone de ses livres.
Celle de cet exemplaire est de :
0,450 kg éq. CO₂
Rendez-vous sur
www.fayard-durable.fr

PAPIER À BASE DE
FIBRES CERTIFIÉES

Imprimé en France
Dépôt légal : novembre 2014
N° d'impression : 3008108
27-5556-6/02